Na Ubook você tem acesso a este e outros milhares de títulos para ler e ouvir. Ilimitados!

Audiobooks Podcasts Músicas **Ebooks Notícias** Revistas Séries & Docs

Junto com este livro, você ganhou **30 dias grátis** para experimentar a maior plataforma de audiotainment da América Latina.

Use o QR Code

OU

1. Acesse ubook.com e clique em Planos no menu superior.
2. Insira o código **GOUBOOK** no campo Voucher Promocional.
3. Conclua sua assinatura.

ubookapp

ubookapp

ubookapp

Paixão por contar histórias

Dan Malakin

STALKER

TRADUÇÃO
UBK Publishing House

© 2019, Dan Malakin
Copyright da tradução © 2020, Ubook Editora S.A.

Publicado mediante acordo com Rights People, Londres. Edição original do livro *The Regret*, publicado por Bloodhound Books.

Todos os direitos reservados. Nenhuma parte deste livro pode ser utilizada ou reproduzida sob quaisquer meios existentes sem autorização por escrito dos editores.

COPIDESQUE	Lígia Alves
REVISÃO	Thiago Carlos dos Santos
ADAPTAÇÃO DE CAPA E PROJETO GRÁFICO	Bruno Santos
CAPA	Bloodhound Books
IMAGEM DE CAPA	Artem Furman/Shutterstock

Dados Internacionais de Catalogação na Publicação (CIP)
(Câmara Brasileira do Livro, SP, Brasil)

Malakin, Dan
    Stalker / Dan Malakin ; tradução UBK Publishing House. -- Rio de Janeiro : Ubook Editora, 2020.

Título original: The regret
Sequência de: Forte por amor
ISBN 978-65-87549-92-7

1. Ficção de suspense 2. Ficção inglesa I. Título.

20-42801   CDD-823

Ubook Editora S.A
Av. das Américas, 500, Bloco 12, Salas 303/304,
Barra da Tijuca, Rio de Janeiro/RJ.
Cep.: 22.640-100
Tel.: (21) 3570-8150

Para Delia

O GOLPE

Quer saber como se faz para invadir a vida de uma pessoa?

Mande um e-mail que supostamente seja do banco em que essa pessoa tem conta, ou da Amazon, ou do eBay. O mesmo logotipo, a mesma conversinha corporativa, algumas linhas de lenga-lenga alarmista. *Detectamos um problema com a sua conta.* Se essa pessoa for burra o bastante para clicar no link, vai cair em uma página hospedada no seu servidor, onde um formulário aparentemente autêntico vai capturar os detalhes do login dela.

Esse tipo de ataque é como uma rede. Jogue-a longe e espere capturar alguém bem estúpido. Agora, se quiser atingir uma pessoa específica — vamos chamá-la de Rachel —, e se ela puder nadar até se aproximar da sua rede, então prepare o ataque.

É o chamado *Spear Phishing*.

É assim que se faz.

Descubra tudo sobre a vida de Rachel. Os turnos em que ela trabalha como enfermeira no Hospital St. Pancras. O relacionamento com a filha de três anos. Tenha isso em mente quando montar o seu plano, já que Rachel estará tão ocupada que não vai notar um e-mail bonitinho, muito bem disfarçado, que a convencerá a baixar um *spyware* em seu celular para capturar suas senhas. Facebook, Instagram, Snapchat: estas são as portas e janelas digitais da nossa vida privada, e nós somos descuidados com as fechaduras. Nem imaginamos quem pode estar à espreita lá fora.

Esse e-mail não pode ser um spam mal escrito, algum pedido de passagem aérea para um príncipe congolês desonrado — assim que ele aterrissar, vai te reembolsar usando uma parte dos milhões que estão trancados na sua conta offshore, o príncipe jura. Não. O e-mail precisa ser importante, exigir atenção imediata.

É preciso fazer a pessoa clicar no link.

A maneira mais fácil de fazer um e-mail parecer autêntico? Acrescente uma troca de mensagens abaixo, para que aquilo pareça parte de uma conversa. A pessoa rola a tela, entende a história e acredita que é real.

Vai acontecer com Rachel o mesmo que aconteceu com os demais.

Pense nisso como um tipo de sedução.

PARTE 1

1
RACHEL

Por mais organizada que ela tentasse ser, arrumando seu uniforme na noite anterior, separando as roupas de Lily, algo sempre as fazia chegar atrasadas. Seu relógio de bolso de enfermeira sumia, ou a filha se recusava a escovar os dentes. Aquela meia hora para se vestir, se arrumar e cruzar a porta havia voado sem que ela percebesse.

Naquela manhã, elas estavam paradas no último obstáculo: os sapatos. Lily queria calçá-los sozinha. Estava tudo indo bem até chegar a hora da fivela, quando ela tinha que passar uma fina língua de couro por uma moldura delicada e atravessar o minúsculo buraco com a pequena haste. Sem chance. O sol se expandiria e envolveria todos nós num inferno ardente antes que isso acontecesse.

— Por favor, querida — disse Rachel, ajoelhada de frente para Lily. — Deixe a mamãe fazer.

Lily torceu o corpo, as bochechas infladas em concentração, e levantou o calcanhar até a altura dos olhos para ver melhor o que estava fazendo de errado.

Rachel olhou para o céu cinzento através da janela e suspirou. Mais uma manhã sombria, os telhados dos terraços vitorianos se estendendo pela rua escorregadia por causa da chuva de outono; o verão havia acabado muito cedo. Londres sempre parecia tão concreta sob o céu cinzento. Às vezes a escuridão parecia penetrar a alma de Rachel, principalmente pelo modo como ela estava se sentindo naquele dia. Não ajudava, também, o fato de Konrad ter chegado tarde na noite anterior, fazendo barulho lá embaixo a ponto de acordá-la. Levou muito tempo para que Rachel voltasse a dormir. Ela não se importava que ele dormisse ali depois de uma noitada — fazia mais sentido do que caminhar até a casa dos pais em High Barnet —, mas o mínimo que Konrad podia fazer era ficar quieto quando chegasse.

E, mais uma vez, ele tinha agido de forma estranha a semana toda — desde que aparecera com aqueles hematomas no rosto. Naquele dia Konrad dissera que Pete, seu melhor amigo e sócio na empresa de relocação deles, tinha acidentalmente atingido sua bochecha ao fechar a porta da van, mas isso não explicava a maneira como ele vinha agindo desde então. Ignorando os telefonemas de Rachel durante o dia e mal-humorado quando se encontravam. Bebendo muito também, como naquela noite em que Konrad tomou sozinho quatro garrafas de cerveja na frente da televisão sem dirigir uma palavra sequer a ela. Era tão diferente de seu jeito descontraído habitual.

— Querida — disse Rachel, tentando pegar o sapato das mãos de Lily. — Nós vamos chegar *atrasadas*.

Ela se afastou.

— Não, mamãe! Eu faço.

— Se você não me der isso agora, eu vou falar para o papai que não vai ter desenho animado depois da aula.

Quem diria que o suborno seria uma parte tão importante na arte de lidar com os filhos? Era surpreendente que todas as crianças não se tornassem políticos corruptos na vida adulta.

Rachel sentiu o celular vibrar no bolso. Ela estremeceu de leve, pegou o aparelho e viu que havia chegado um e-mail. Provavelmente era só um spam, mas poderia ser do pai dela, já que ele viria buscar Lily mais tarde; ela dormiria na casa do avô naquela noite. Quando o crédito do telefone acabava, ele mandava e-mails do computador da biblioteca pública.

Esse era do trabalho, do departamento pessoal. O assunto era: *Cheque urgente*. Ela abriu a mensagem.

Oi, Rachel, houve um problema com o software da folha de pagamento durante a noite, e os dados bancários de algumas pessoas podem estar desatualizados. Por favor, verifique o arquivo anexo para confirmar se o seu está correto e me avise.

É um pouco urgente. Desculpe!
Obrigado, Ian

Rachel não tinha tempo para isso, mas, se houvesse algum problema, precisava saber. As duas passavam o mês com o salário que ela recebia, então, àquela altura, no dia do pagamento, o saldo da sua conta corrente era de apenas um dígito. Rachel leu o e-mail e viu que era o último de uma conversa, com muitas pessoas importantes copiadas nas mensagens anteriores, até mesmo o presidente de um dos setores do Camden e Islington NHS.

O arquivo anexo estava nomeado como *Infos_Rachel_Stone.pdf*. Ela clicou nele e esperou até que fosse baixado. Nada aconteceu. Rachel clicou repetidamente, mas nada. Celular estúpido. Era um Samsung S4 Mini branco com a tela rachada e a entrada de fone de ouvido quebrada, que fora doado por Mark, pai de Lily, depois que o seu antigo caíra na banheira ao tirar a menina de lá. Outra das "características" do Samsung era a tendência a desligar nas horas *mais* irritantes, como naquele exato momento.

Rachel fez uma careta para a tela apagada. Ótimo, típico. Ela teria que ligar para o RH do hospital.

Desculpe, Doris, você consegue esperar um pouco para tomar seu analgésico? Estou esperando aqui e ouvindo a mesma música de elevador pela milésima vez!

A voz de Konrad a assustou.

— Bom dia, linda.

Ele estava encostado na porta, ainda com a roupa que havia vestido para sair, a camiseta Diesel de cor creme amassada debaixo do sobretudo preto. Bonitinho com aquele cabelo bagunçado de quem acabou de sair da cama, Rachel quase o perdoou por tê-la acordado. E, se isso tivesse sido a única coisa, ela provavelmente teria perdoado, mas não fora um incidente isolado. Aquele modo de agir dele não podia continuar.

— Você está chateada comigo? — ele perguntou.
— O que te faz pensar que eu estou?

Ele tentou sorrir.

— O seu rosto?

— Você não se lembra de ter feito um barulhão lá embaixo quando chegou? Eu não sei o que está acontecendo com você, mas...

— Desculpe, Rach — ele pediu, agachando-se ao lado dela. — Sinto *muito*, Rach.

Rachel recuou do cheiro de álcool impregnado na pele dele.

— Aposto que agora o sofá também está fedendo a bebida.

— Eu ando meio estressado, só isso. Com o trabalho e tal. Ontem à noite tive que relaxar um pouco. Mas eu prometo, eu juro que, se eu ficar bêbado daquele jeito outra vez, vou dormir em Barnet. Não venho para cá para te acordar.

Rachel queria acreditar, mas a maneira como seus olhos vagavam de um lado a outro enquanto ele falava, como se Konrad estivesse checando se alguém estava atrás dele, a fez pensar que ele estava mentindo. Tinha alguma coisa a ver com Rachel? Ela havia ficado nervosa por causa disso a semana toda, mas não conseguia pensar no que tinha feito de errado. Os últimos onze meses com Konrad foram como um romance, a maneira como suas vidas tinham se encaixado, se bem que de um jeito meio tedioso, quando os dois saíam todos os dias para o trabalho e depois se aconchegavam no sofá à noite para assistir a *Love Island*. Surpreendentemente, os sentimentos eram exatamente como se costuma descrever — o agito no peito quando Konrad lhe vinha à mente, a ansiedade para vê-lo à noite, quando poderiam compartilhar histórias engraçadas sobre o dia de ambos, a sensação de que ela talvez tivesse encontrado o *cara certo*, muito depois de desistir da ideia de que isso era tão real quanto a fada do dente. Rachel não queria perder isso.

Ela levou a mão à testa, o início de uma enxaqueca pulsando nas têmporas, e olhou de relance para Lily. Ainda lutando com a fivela. A menina não desistiria nunca.

— *Tudo bem* — disse Rachel. — Vamos deixar isso de lado. Só não se atrase hoje, ok?

— Seis e meia em ponto.

Quando se abraçaram, Rachel sentiu a tensão em seu corpo diminuir um pouco. Eles se afastaram e ela viu Konrad tremer de dor, com a mão sobre o antebraço.

— O que foi?

— Eu bati sem querer ontem no trabalho, só isso.
— Deixa eu ver.
Ele levou o braço para junto do peito, olhos bem abertos, com um olhar... o quê? Assustado?
— Eu realmente tenho que ir — ele explicou.
Rachel olhou para os hematomas com aquele tom desbotado de amarelo na bochecha dele, acima da barba por fazer.
— Eu quero ver o seu braço, Konrad.
— Tudo bem — ele concordou. — Mas não surte.

2
QUEIMADURAS

— Como assim um *jogo*?

Eles estavam no banheiro, Konrad sentado na beirada da banheira enquanto Rachel procurava o sabonete bactericida e o algodão no armário embaixo da pia.

— Vira-vira — respondeu ele. — *Muita* vodca. Alguém sugeriu uma aposta para saber quem aguentava mais dor... Eu sei, eu sei, é estupidez. Nem precisa dizer nada!

Rachel abriu o antisséptico e molhou o algodão; o cheiro do remédio a acalmou, fazendo-a recuperar o controle. Quando vira os ferimentos pela primeira vez — três feridas vermelhas em carne viva, cada uma do tamanho de uma moeda de dez centavos, com casquinha nas laterais e uma mancha preta no meio —, Rachel pensou que fossem ferimentos de bala. Ela tinha virado o braço dele, esperando ver por onde o projétil saíra, mas o outro lado do estava normal. Então Rachel se deu conta: eram *queimaduras de charuto*. Alguém tinha queimado o braço de Konrad com *charuto*.

Ele tremeu enquanto ela limpava o pus que estava acumulado sobre feridas. No que era o pior dos ferimentos, a pele de tom rosado vivo era motivo de preocupação: ele teria que ficar de olho, talvez tomar antibióticos caso piorasse. Ela sabia quão rapidamente a sepse poderia se espalhar, mesmo em alguém tão jovem e saudável quanto ele.

— E com quem foi que você saiu? — perguntou ela. — Quando vocês resolveram fazer o colleguinha de cinzeiro?

Ele encolheu os ombros e olhou para o lado.

— Você sabe, os caras.

— O Pete estava lá?
Outra pausa, testa franzida.
— Não foi culpa do Pete.
— Ah, *tudo bem*. Agora eu entendi.
— Rach, para.
Não havia nenhum resquício de amor entre ela e o melhor amigo de Konrad. Como poderia haver? Nunca houvera afeto algum, para começar. Quando se conheceram, ele tinha medido Rachel de cima abaixo e zombado:
— Então é você o passarinho que roubou o meu camarada?
Desde aquele dia, Pete tratava Rachel com desdém. Ela era uma irritação, uma distração, a Yoko de seu Beatle, isso se os Beatles passassem seu tempo perturbando mulheres em casas noturnas em vez de gravar álbuns. Na verdade, nunca essa descrição para a palavra *perturbar* foi mais apropriada para alguém do que para Pete, com seu coquezinho e suas tatuagens tribais e a ilusão equivocada que tinha de que toda mulher, só de vê-lo, já ficava completamente excitada. Ele até a chamou de "cheirada" uma vez. *Cheirada!* Falou isso na cara dela. Era o que ela e Lily chamavam de grosseria.
— Se esse é o tipo de coisa que acontece quando você sai com o Pete — falou Rachel —, então talvez fosse o caso de não sair mais com ele.
— Eu já disse, não foi...
— Estou falando sobre *você*.
Rachel sentiu que estava prestes a chorar e se segurou. Não tinha tempo para se maquiar outra vez.
— Você não pode trazer... problemas para dentro da minha casa. Não com a Lily aqui. Eu não quero te perder...
— Você não vai, você não vai! Isso nunca mais vai acontecer, eu prometo.
Konrad segurou as mãos de Rachel.
— Por favor, Rachel. Você e Lily são tudo para mim. O que eu mais quero na vida é que nós três fiquemos juntos.
Ela mirou os olhos verdes pálidos dele. Antes da última semana, Konrad nunca fora nada menos que um namorado perfeito. Por mais que Rachel ainda achasse que Konrad não estava lhe contando *toda a*

verdade, se foi isso que ele disse que aconteceu, e se a noite anterior tinha sido a última vez em que Konrad fizera algo assim, será que ele não merecia o benefício da dúvida?

— É isso mesmo, Konrad — disse ela. — Nunca mais.

Eles estavam prestes se beijar, mas, antes que seus lábios pudessem se tocar, Lily gritou. Rachel correu para o quarto e a encontrou emburrada por causa do sapato, derrotada. Rachel se ajoelhou e calçou o pé da menina, e viu que horas eram na tela do telefone reiniciado. Sete e trinta e oito. Se elas corressem, chegariam à escola a tempo. Levantando a filha, ela sorriu com gratidão para os céus.

Talvez hoje seja um bom dia, no fim das contas, pensou, sem imaginar que não havia nada mais distante da verdade.

3
E-MAIL

Rachel trabalhava no Hospital St. Pancras, na enfermaria Oakwood, cuidando de dezoito pacientes agradáveis, muitos dos quais tornavam possível lembrar da época anterior ao Serviço Nacional de Saúde inglês, e que apreciavam toda a dedicação com que os enfermeiros cuidavam deles. Trabalhar com saúde sênior não havia sido sua primeira escolha; parte do motivo pelo qual ela decidira se tornar enfermeira tinha sido seu desejo de retribuir depois do tempo que passara no hospital quando era adolescente.

Quando procurou emprego pela primeira vez, Rachel aceitou uma vaga no The Northside Centre, em Wood Green, um lugar dedicado à saúde mental de adolescentes. Mas a carga horária, o estresse — as crianças de lá eram carentes, traumatizadas, atormentadas — e também cuidar de Lily, assim como de sua avó quando ela ficou doente, era pesado demais. Então Rachel aceitou o trabalho no St. Pancras.

A vida na enfermaria geriátrica, no entanto, não era nada fácil. Naquela manhã tinha sido pior que na maioria dos dias, pois eles haviam recebido dois novos pacientes, dentre os quais um senhor gentil cujo lado esquerdo do corpo tinha ficado paralisado após um derrame. Ela não havia nem conseguido retomar o fôlego e já eram dez e meia. Rachel precisava ligar para o RH para confirmar seus dados bancários antes de o pessoal do departamento ir almoçar.

Ela correu para a sala de descanso. Primeiro o mais importante — mais café! A chaleira ainda estava quente, então ela pegou uma caneca do *Eu <3 Sistema Nacional de Saúde* do escorredor, colocou café instantâneo, água fervente e arrematou com um pouquinho da água fria da torneira. Rachel parou, a caneca nos lábios, o estômago se revirando de fome. Na noite anterior ela havia comido um pouco de macarrão, mas acabara desistindo depois que a comida chegara a seu estômago tão sólida e pesada quanto pedra, e Rachel nem sequer tinha tentado tomar o café da manhã naquele dia. Era melhor comer algo naquele momento, pois talvez não houvesse outra pausa até o fim do dia. Ela procurou, no armário embaixo da pia, seu suplemento de baunilha Ensure, um pó altamente calórico e doce que Rachel sempre conseguia, de alguma forma, mandar goela abaixo, não importava quão estressada estivesse, misturado em seu café. *Calorias são calorias. Não faça drama.*

Primeiro, verifique seus dados bancários no e-mail. Talvez nem houvesse com que se preocupar. Ela tomou metade da bebida, pegou seu celular e abriu o Gmail, mas descobriu que estava desconectada. Por que isso sempre acontecia quando estava com pressa?

— Dai-me forças... — murmurou, enquanto digitava sua senha. Só Deus sabia quando Rachel poderia comprar um aparelho novo e decente, por isso até lá ela teria que tentar ser grata por aquele pedaço de lixo.

Sua caixa de entrada abriu, e ela deslizou para cima e para baixo, procurando o e-mail, mas não conseguiu encontrá-lo. Havia chegado naquela manhã, antes de ela sair, tinha certeza disso, mas não estava lá. Rachel devia tê-lo apagado sem querer. Ela verificou a lixeira. Vazia.

Ela congelou, olhando fixamente para a tela, sentindo como se tivesse havido um terremoto silencioso. Como se o mundo tivesse subitamente virado de cabeça para baixo.

E-mails não desaparecem de uma hora para outra.

Não era possível...

A porta da sala de descanso foi aberta e Spence entrou dançando, usando seu uniforme azul pastel, um som grave de baixo escapando de seus fones de ouvido. Quando viu Rachel, Spence deu uma segunda olhada nela e tirou os fones do ouvido.

— É isso mesmo — disse ele. — Eu vou comprar o barco.

Essa era a piada interna deles, originada após os muitos goles de ponche de rum que tomaram na festa de Natal do ano anterior. Se a vida ficasse difícil demais, eles comprariam um barco e navegariam pelo mundo, apesar de nenhum deles ter conhecimento náutico para navegar em nada maior do que uma piscina.

Rachel tomou o resto do café, com um baita gosto de baunilha.

— Eu pareço tão mal assim?

— Caribe, Cuba e depois alguns dias em Miami para encerrar.

— Eu já encerrei — falou ela, dando um sorriso insosso.

Spence colocou os fones de ouvido em sua bolsa da Adidas.

— Konrad?

— Está tudo bem. Ele... Nada. Ele chegou um pouco tarde. Me acordou.

— E eu sou a rainha de Kings Cross.

Rachel acendeu o fogo embaixo da a chaleira.

— Vossa majestade aceita uma bebida?

— Quer cancelar a *festinha* de hoje à noite?

Ele pendurou a bolsa em um gancho na porta.

— O meu pai está de babá hoje. A noite é uma criança.

— Vai para a cama às nove?

— Hahaha, veremos.

Embora Spence só estivesse trabalhando enfermaria havia um ano, substituindo Rowena depois que ela fora morar na Austrália, parecia que ele e Rachel eram velhos amigos. Eles simplesmente se apegaram um ao outro. Rachel não fazia amizade com homens facilmente. Mesmo com Mark, em quem confiava tanto quanto em qualquer um, ela ficava receosa de que ele, secretamente, quisesse algo mais e ficasse contra ela se não conseguisse. Com Spence, isso nunca seria um problema. Baixo e bem musculoso, seu cabelo descolorido era estilizado com pomada e ficava com as pontas desconectadas — em linguagem gay, o clássico boy magia. E não importava que ele estivesse longe de ser o tipo dela. Spence não ia flertar com Rachel quando eles estivessem bêbados, ou avançar para cima dela quando estivessem no táxi a caminho de casa. Sem a agitação do frisson da tensão sexual, o que havia entre eles era genuíno.

— Você recebeu o e-mail? — perguntou Rachel, enquanto Spence colocava um saquinho de chá de hortelã em sua caneca.

Ele negou com a cabeça enquanto observava a chaleira.

— Que e-mail?
— Da folha de pagamento.
— Sobre o quê?
— Falava que eu tinha que verificar meus dados bancários, mas não consegui baixar o anexo. E agora eu não consigo encontrar a mensagem...

Spence bebericou o chá e acabou queimando o lábio superior, sobre o qual passou a língua.

— Com certeza não é nada importante.
— E se tiver algum problema com o meu salário?
— Vai dar tudo certo.
— Mas e se...?
— Vamos parar de sofrer por antecipação, ok?

Ele segurou as mãos agitadas de Rachel.

— Além do mais, eu não recebi o e-mail. Então só você está ferrada.
— Obrigada. Você é um bom amigo.

Rachel não pôde deixar de retribuir o sorriso. O otimismo perpétuo de Spence, a maneira como ele era capaz de barrar as espirais de sentimentos negativos dela antes que ela fosse arrastada para baixo era o que Rachel mais amava na companhia dele. Não só ela, mas todo mundo. Se ela era a melhor enfermeira, pelo menos tecnicamente, Spence era o mais popular entre os pacientes, capaz de tirar um *bom-dia* até mesmo dos mais mal-humorados e destinatário, de longe, da maioria dos cartões de agradecimento recebidos na enfermaria.

— Liga pra eles — disse ele. — Tenho certeza que não é nada demais.

Rachel encontrou o número no site do Trust, e ligou.

— É o número do helpdesk — queixou-se ela. — Em pleno dia do pagamento. Vou ficar aqui até a semana que vem.

Rachel olhou para o relógio na parede. Já eram 11h45.

— É melhor eu voltar. Faz quinze minutos que estou fora da enfermaria. Vai estar o caos lá. Vovozinhas enlouquecidas!
— Continue com o cateter — disse Spence, sorrindo. — Continue. Eu volto mais cedo.
— Mas e o seu chá?
— Está muito quente. Eu volto para pegar quando você terminar.
— Vou compensar você! — falou Rachel, enquanto a porta fechava.

Ela aguardou mais dez minutos, depois encerrou a ligação e voltou para a enfermaria. E não importava quantas vezes dissesse a si mesma para parar de se estressar, que, se realmente houvesse um problema com seus dados bancários, então o RH entraria em contato novamente, e que, no pior dos casos, ela poderia pedir emprestado a Mark até que seu salário caísse: ela não conseguia relaxar.

E-mails não desaparecem simplesmente.

A última vez que esse tipo de coisa acontecera tinha sido durante os piores dezoito meses de sua vida. Rachel lembrou daquela época, quase dez anos antes, e o mesmo medo a fez tremer.

Alguma coisa estava acontecendo. Ela conseguia sentir.

4
SNAP

Depois do trabalho, Rachel se apressou para pegar o ônibus. O 91 estava estacionado no ponto com três pessoas aguardando para embarcar. Rachel correu até ele e entrou no veículo logo depois que a última pessoa havia embarcado, passou o cartão de débito no leitor e disse, em meio à falta de ar, um obrigado ao motorista. Ele virou o volante para a direita sem nem olhar para ela. *Ah, Londres. Cidade de mal-humorados.*

Ela ficou ali no andar de baixo do ônibus, no fundo, e pegou um smoothie de proteínas sabor frutas vermelhas. Alguns goles, para experimentar, caíram bem, então ela tomou metade da garrafa de uma vez só. Não podia deixar a fome chegar àquele ponto novamente, quando parecia que o estômago estava se espremendo, embora isso tivesse ajudado a distrair sua mente de todo o estresse que o dia trouxera. Pelo menos Rachel tinha recebido seu salário — ela havia verificado sua conta via internet — e podia parar de se preocupar com isso. O RH provavelmente tinha cancelado o envio do e-mail, o que explicava o fato de ele ter desaparecido.

Então, só restava Konrad para ela se preocupar. Apesar de dizer a si mesma para esquecer, que tinha aceitado a explicação dele, Rachel ainda não acreditava. Claro, alguns dos caras com quem ele andava, Pete em particular, estavam a um dedo de ser um Neandertal, mas ela não conseguia vê-los apagando cigarros uns nos outros.

O que realmente estava acontecendo? Não só na noite anterior, mas o modo como ele tinha agido durante toda a semana. Será que Konrad queria que ela terminasse com ele? Konrad seria um desses homens molengas demais para deixá-la, então se comportava de uma maneira que você acabava fazendo o trabalho sujo por ele? Vinte e seis anos de vida tentando, procurando pílulas de felicidade, e Rachel estava finalmente em um relacionamento, com a cabeça no lugar, ou o máximo que poderia estar, e parecia que isso estava escapulindo! Era tão decepcionante. Não só para ela, mas também para Lily. A filha de Rachel tinha se apegado a Konrad, e ele também era ótimo com ela, ficava feliz em brincar de fazer festas de chá, ou ler *Elmer, o elefante,* ou rastejar com ela nas suas costas, dando coices enquanto ela batia os calcanhares nas suas costelas. Que outro cara de trinta anos faria muito mais do que aceitar a filha dela, ao recebê-la de braços abertos na sua vida? Além disso, Konrad era gostoso. Músculos vigorosos e lindos olhos verdes e maçãs do rosto que você poderia passar o dia todo admirando. Não importava quantas vezes ele dissesse que era bonita: às vezes Rachel ainda se perguntava o que Konrad via nela, mãe solteira e estressada. Ela imaginava seu perfil aparecendo no Tinder, seus olhos com bolsas escuras porque nunca dormia o suficiente. *Deslize para a esquerda! ESQUERDA!*

Mark, o pai de Lily, já estava convencido de que Konrad era um problema. *Duvidoso como um site de leilões,* tinham sido suas palavras exatas. Na época, Rachel havia desconsiderado isso — caras como Konrad, confiantes, bonitões, bons em esportes, provavelmente tinham atormentado nerds como Mark na escola. Mas e se ele estivesse certo, afinal?

Ela pegou o telefone e abriu o Instagram. Konrad não usava muito as redes sociais, mas seus amigos usavam, e Rachel queria ver se conseguia dar uma olhada em alguma foto postada na noite anterior.

Ela congelou, seu pescoço todo arrepiado.

Aquilo foi esquisito. Assim como acontecera com sua conta no Gmail mais cedo naquele dia, ela estava desconectada. Voltou para a tela inicial e olhou o Facebook, depois o Snapchat. O mesmo para os dois.

Fique calma. Não entre em pânico.

Rachel entrou em cada um deles e observou de cima abaixo sua linha de tempo, as mensagens, com o coração na garganta.

Nada.

Ela expirou. Viu? Tudo o que tinha acontecido era que o telefone dela, que mal funcionava, tinha se reinicializado.

Nada mais sinistro que isso.

Só que ela não conseguia mais afastar a sensação de desequilíbrio como fazia antes. Como se o mundo estivesse sendo puxado lentamente de debaixo dos pés dela.

Rachel desceu do ônibus na porta da academia. Ela correu pela recepção e passou pelos aparelhos de step olhando para a rua, perguntando-se, e não era a primeira vez, como algumas pessoas tinham confiança para usá-las bem na frente dos transeuntes. Mostrar sua cara grotesca quando está fazendo exercícios para o mundo nunca era uma boa ideia, na opinião dela.

Rachel correu para o vestiário, satisfeita por ter colocado sua blusa e seu short de ginástica debaixo do uniforme antes de sair do trabalho, então tudo o que ela tinha que fazer era se livrar do uniforme de enfermeira. Mesmo estando tão confortável com seu corpo como sempre estivera, ela detestava se trocar em público e a maneira como todos viravam os olhos, comparando, julgando. Isso fazia Rachel querer ficar em posição fetal e desaparecer.

Sua altura, isso sim sempre era um problema. Com um metro e oitenta, ela podia passar por cima da maioria das grades, ou confortavelmente usar calças masculinas, ou talvez fazer ambas as coisas ao mesmo tempo — e não havia nada que você pudesse fazer em relação a isso. Não havia dietas, nem comprimidos, nem operação que a fizesse perder alguns centímetros. Enquanto vivesse, Rachel estaria em uma prisão, com o olhar fixo sobre as pessoas, presa e com uma sensação incômoda toda vez que cumprimentasse alguém. Era um mundo alheio, distante do que ela sempre quisera ser, do que Becca e as outras garotas populares na escola eram: bonitas e pequenas.

Na verdade, onde estava Becca? Ela deveria ter ido encontrar Rachel na academia depois do trabalho. Rachel olhou para o relógio de parede e viu que eram vinte para as seis. Por que a vida dela estava sempre dez minutos atrasada? Não dava tempo de esperar Becca, não se quisesse chegar à casa de Mark para pegar Lily dali a meia hora. Talvez fosse melhor. Becca era uma chata na academia mesmo, preferia conversar e comer os caras com os olhos a fazer exercícios.

Rachel foi para a sala de pesos, içou uma barra de dez quilos do segundo degrau da pilha e virou a fim de encontrar um espaço nas esteiras. Quando viu quem estava lá, soltou um gemido.

O amigo de Konrad, Pete, estava perto da barra fixa, usando um colete Raiders, cercado por sua habitual equipe de exibicionistas. Claro, o corpo deles estava em forma, mas eram sempre tão barulhentos e desagradáveis, e Rachel estava cansada e esgotada demais para lidar com eles.

Eles geralmente vinham depois das seis. *Por que estão aqui hoje a esta hora?*

Felizmente, estavam reunidos ao redor do celular de Pete e não tinham reparado nela. Esperando que não a reconhecessem de costas — sua tolerância para "deboche" era baixa —, Rachel levou a barra para trás, até os tapetes. Ela virou a cabeça para verificar se eles a tinham visto bem na hora em que Pete ergueu o rosto. Cuidadosamente, Rachel levantou a ponta da barra para ele, um gesto que ela esperava que fosse o mesmo que dizer "*Oi, mas, da maneira mais simpática possível, me deixa em paz*".

Pete tapou a boca com a mão. Os olhos dele ziguezaguearam e ele bateu com o cotovelo nas costelas do grandalhão que sempre fingia que ela não estava lá. Quando a viu, Pete ficou de queixo caído.

Qual era o problema com eles? Rachel sentiu como se estivesse com um dos seios à mostra. Os outros a encararam. Eles se olharam boquiabertos, depois caíram na gargalhada, apoiando-se nos ombros um dos outros para se manterem de pé.

As bochechas de Rachel coraram, sua boca ficou seca. *Idiotas*. Ela não podia usar a barra agora, e agachar na frente deles. Ela a arrastou de volta para o lugar, seus braços tremendo enquanto colocava a barra nos ganchos. *Cretinos. Cretinos, cretinos. Vão se danar!*

Ela foi então usar o puxador de remada. Eles continuaram a rir nas suas costas. Ela por acaso estava com um cuecão ou algo do tipo? *Quinta série*. Ela ajustou o peso para 22 quilos, dois a mais que de costume, e agarrou as barras.

— Não se preocupe que não tenha foto — disse Pete. — Eu a prefiro ao vivo.

Um sentimento doentio tomou conta de Rachel tão rapidamente que parecia que estava sendo bombeado pelo seu coração.
Foto? Que foto?
Rachel balançou a cabeça. *Ignore-os.*
Ela baixou a barra, levantou os pesos e os derrubou.
A Becca é uma idiota. Ela tinha que estar aqui. Eles nunca agiriam daquele jeito se ela estivesse acompanhada.
—Rach? Ei, Rach?
Rachel levantou a barra novamente, segurando-a atrás da cabeça. *Por favor. Vá embora.*
— Veja o seu Snap. Mandei uma resposta para você.
Mais gargalhadas. Hi-fives um atrás do outro. O telefone de Rachel vibrava em seu braço — ela usava uma braçadeira na academia. Estava concentrada nos pesos. Puxa, segura, solta. Puxa...
É muita provocação.
Ela soltou a barra. Metal contra metal. Saiu da bancada e cruzou o piso de borracha.
— O que foi que você disse?
Pete encheu o peito e levantou o queixo.
Ela parou, insegura. Queria recuar, mas Pete não podia falar assim com ela; ela era a namorada de Konrad. Pete precisava demonstrar algum respeito por ela.
— Olha o seu Snap, *Rach.*
Ainda olhando para Pete — não ia lhe dar a satisfação de olhar para o lado —, Rachel pegou o telefone na braçadeira. Viu a notificação de uma nova mensagem no Snapchat e tocou nela. A princípio não conseguiu entender bem o que estava vendo. O tronco de uma estranha árvore marrom, cercada por uma grama preta densa. Mas o ângulo era estranho, a iluminação, fraca, e estava desfocada. Depois, Rachel entendeu; seu rosto ficou vermelho; ela arfou e tremeu, deixando o celular cair no chão.
Era o *pau* dele.
Pete agarrou sua virilha e chacoalhou.
— Venha ver pessoalmente uma hora dessas.
Os ruídos da academia — pesos se tocando, rodas girando, grunhidos

e tosses e pés batendo — ficaram abafados como se Rachel tivesse sido puxada para debaixo d'água. Ela sentiu o rosto esquentar, um nó na garganta, e teve a horrível sensação de que poderia realmente começar a chorar na frente daqueles *cabeças de merda*.

O celular tinha caído embaixo do aparelho de ombros. Rachel meio rastejou, meio tropeçou em sua direção. Ela então ficou de joelhos e o alcançou, sob a máquina, a bochecha contra a estrutura fria de metal, os dedos encontrando a capinha, mas empurrando-a para mais longe. Enquanto isso, os caras riam e assobiavam, e gritavam:

— Adoro te ver aí embaixo, amor!

Por que ele enviaria aquilo para ela? *Por quê?*

5
FOTO

Rachel foi para o vestiário, abrindo caminho até seu armário, sabendo que estava transtornada, mas ela tinha que sair dali. Que tipo de pessoa *fazia* aquilo? Ela se encolheu diante da memória de si mesma debaixo do aparelho pegando seu telefone, formigando enquanto se lembrava deles rindo da sua cara. Teria algo a ver com a noite anterior, com o que acontecera com Konrad? Será que ela deveria estar feliz por Pete não a ter atacado com um charuto aceso?

Lá fora, o ar da noite estava fresco e cortante, e clareou sua mente. Ela seguiu pela rua, com o telefone ao ouvido, ligando para Konrad. Caiu na caixa de mensagens. Ele estava no metrô, indo para a casa dela. Rachel queria deixar uma mensagem calma, explicando o que tinha acontecido, o quanto isso a tinha deixado transtornada, mas rapidamente falou um palavrão, um palavrão para expressar que aquele *cretino* obviamente a odiava, sempre a odiara, e para perguntar como Konrad poderia ter amizade com alguém com Pete. E, sim, por mais que o coração de Rachel chegasse a doer só de pensar que eles estavam se separando — era ou aquele *malandro*, ou ela.

Veja seu Snap. Mandei uma resposta para você.

O que Pete quisera dizer com isso?

Rachel abriu o Snapchat. Uma mensagem tinha sido enviada de sua conta havia menos de dez minutos. Não apenas para Pete, mas também para Becca e Spence. E não continha palavras, nenhuma mensagem. Apenas uma coisa — uma foto.

A foto.

Aquela de dez anos atrás.

A foto que *o* trouxera para a vida dela.

Ela virou o telefone na mão, como se fosse uma caixa de quebra-cabeças que ela acabara de ganhar. Que porra era aquela? Que porra era aquela? Voltou para o aplicativo, verificou a que horas a mensagem tinha sido enviada. Dez minutos antes.

Quando ela estava na academia!

Como foi que...? E, antes mesmo que Rachel pudesse finalizar o pensamento, ela sabia como. E quem. Tinha as suas impressões digitais por todo lado. Ele adorava mexer com a cabeça dela, fazer as pessoas ao redor pensarem que ela estava ficando louca.

Ele tinha voltado.

Alan Griffin tinha voltado.

Rachel tinha conseguido se convencer de que, quando ele saísse da prisão, estaria muito ocupado tentando reconstruir a própria vida para ir atrás dela novamente, mas talvez estivesse errada. Talvez ele se arriscasse a voltar, por vingança.

Pare. Pare um momento para pensar. Se foi realmente Alan Griffin, como ele havia conseguido a senha dela? Ele estava de alguma forma observando-a quando ela entrara no ônibus? Como era possível? E, mesmo que tivesse sido possível, significava que ele também tinha suas senhas do Facebook e do Instagram. *Então, por que não ir além?* Por que não tomar as contas dela, bloquear o acesso a elas e fingir ser Rachel? Bem do jeito que ele costumava fazer.

Rachel percorreu as linhas do tempo para cima e para baixo novamente, procurando algo suspeito. Ela não era de se exibir nas redes sociais, era mais uma observadora, uma curtidora, alguém que arriscaria um comentário encorajador apenas se outras dez pessoas tivessem respondido primeiro. Depois do que Alan fizera com ela da última vez, Rachel preferia manter um perfil discreto.

Nada.

Ela se forçou a respirar fundo. Pense racionalmente. Não era mais *provável que* Pete tivesse encontrado aquela foto dela na internet — ela sabia que havia muitas cópias dela flutuando por aí, muitas com o nome dela no título — e feito o quê? Enviado para si mesmo a partir de sua conta do Snapchat, só para que ele pudesse responder com seu estúpido autorretrato e ganhar uma gargalhada de todos os seus amigos?

Tinha sido uma ideia tão ridícula assim? Além de ter negócios com Konrad, Pete não era dono de um stand na estação Old Street que destravava celulares? Então, sem dúvida ele teria habilidade para invadir a conta dela, ou encontrar alguém que tivesse. E Pete estava na academia mais cedo, quando soube que ela estaria lá...

E se não fosse uma brincadeira? E se fosse parte de um plano para acabar com ela e Konrad? Para convencer seu namorado de que Rachel estava se oferecendo para os amigos dele, então...

O telefone de Rachel voltou à vida na mão dela. Becca fazendo uma chamada de vídeo pelo WhatsApp.

Ah, *merda*. Ela também tinha recebido a foto. Rachel esfregou os olhos, sabendo no que exatamente Becca estaria pensando.

Ela aceitou a chamada e ficou na defensiva.

— Olha, eu não mandei...

Mas as palavras dela foram abafadas pelo som de tagarelice e de copos de drinques. A julgar pela tela ligeiramente pixelada, Becca estava em algum bar pretensioso do centro, o tipo de lugar frequentado por homens que falam alto e usam ternos de listras, e com vestígios de cocaína nos porta-papel e cinquenta tipos diferentes de gin que ninguém nunca pediu. Onde é que Becca estava conseguindo dinheiro para ir a esse tipo de lugar, agora que não estava trabalhando? Becca estava com o rosto bem próximo da tela, parecendo vestida para uma noitada, seus olhos brilhantes meio franzidos, como se não acreditasse no que estava vendo, gritando algo que não podia ser ouvido em meio ao barulho.

Rachel balançou a cabeça e tampou no ouvido, sentindo-se como uma fugitiva de um hospital psiquiátrico enquanto ela bufava e gritava ao mesmo tempo em que dizia "Não consigo te ouvir!" a cerca de vinte metros de distância de um ponto de ônibus repleto de pessoas que estavam fingindo não olhar para ela. O vento soprou forte e Rachel tremeu, desejando ter trocado de roupa.

O barulho do bar diminuiu conforme Becca seguia para um corredor.

— ...fala sério, Rach. Para que todo esse *drama*?

Ótimo, Becca também estava bêbada. Não ia ser fácil. Elas se conheciam havia 22 anos, tinham sido amigas desde o primeiro dia na escola primária, e aquela foto, aquela enviada para Becca, era uma das relíquias mais tóxicas do passado delas.

— Por favor, me escute — disse Rachel. — Eu não...
— Você está tentando me fazer sentir mal porque eu não fui para a academia?
— Eu juro que não mandei isso pra você!
— Mas veio do seu Snap!
— Fui hackeada.
— Já faz dez anos, Rach. Por que você não supera?

Rachel queria quebrar o telefone de tanta frustração. *Veja como é fácil para ele mexer com a sua cabeça. Continua fácil.*

— Ouça. Não... escute. Eu não mandei isso. Eu acho... eu acho que alguma coisa ruim está acontecendo. Estou preocupada que...

Ela nem ao menos quis finalizar seu raciocínio.

Becca saberia o que Rachel estava insinuando, mas, fosse por maldade ou por teimosia, não mordeu a isca e, em vez disso, acenou, deixando a ponta das unhas à mostra.

— Tanto faz. Nós ainda vamos fazer nos reunir na sua casa hoje?

Era para ser apenas uma noite tranquila, uma boa maneira de começar o fim de semana de seu aniversário. Becca e Spence chegando, alguns canapés, alguns copos de champanhe, mas já estava arruinada. Quando Rachel chegasse em casa, Konrad já estaria lá, e eles teriam que falar sobre o que acontecera na academia. Ele teria que tomar algumas decisões difíceis. Se Konrad não pudesse, então ela duvidava de que conseguiria celebrar — e, por mais irritante que Becca fosse, Rachel ainda poderia precisar de uma amiga.

— Venha —disse Rachel. — Traga umas bebidas.

6
ESQUEMA

Esse esquema é particularmente bom.

Ligue para uma pessoa. Diga que está telefonando em nome da Microsoft. Um alerta urgente apareceu em seu sistema sobre um endereço IP registrado na casa dessa pessoa.

O endereço IP, você explica, é a localização do computador na rede.

Se a pessoa começar a responder "Mas o meu endereço IP não seria atribuído dinamicamente, sempre que eu me conectar...?", desligue. Não espere terminar de falar. Ela é bem-informada demais para cair nessa.

A maioria não sabe diferenciar um IP de uma alcachofra. Se você disser que um IP é a rebimboca da parafuseta, a pessoa acredita. Nove em cada dez vezes a pessoa dá um suspiro, murmura "Ah, não" e pergunta o que aconteceu com o tal IP.

"Primeiro", você responde, "Eu preciso fazer uma verificação de segurança." O senhor confirma que estou falando com sr. Vítima Voluntária, Foolhardy Lane, número 10?

É claro que ele vai confirmar. Você conseguiu o nome e o endereço em um mailing na internet. Mas o fato de você ter os detalhes sobre o cara te dá credibilidade. Isso te ajuda a superar a primeira defesa da pessoa.

Continue explicando que o vírus Poseidon foi detectado no computador da pessoa. Ele mina o histórico antigo na internet e libera o acesso aos seus dados bancários.

Precisamos agir rápido para pegá-lo.

O que acontece se a pessoa solta um *Tá me tirando*?

Desligue.

Se a pessoa vier com um *Espere aí, mas que monte de abobr...*
Desligue.
Na maioria das vezes a pessoa vai perguntar: *O que eu preciso fazer?*
Explique que ela tem que acessar o site da Microsoft e executar um programa para localizar e eliminar o vírus. Dê o endereço www.microsoft.virusscan.com.
Se a pessoa disser "Ué, mas não parece fazer parte do site da Microsoft."
É isso mesmo. Clique.
Na maioria das vezes, a pessoa vai acessar a página. Ela terá o mesmo esquema de cores azul-claro e branco do site da Microsoft, os mesmos ícones e fontes. Sempre, tudo se resume a detalhes.
Alguns dizeres na página sobre o Poseidon.
Clique aqui para executar a verificação de vírus.
Diga:
— Espero que a gente consiga fazer a tempo.
A pessoa clica, uma barra de progresso aparece, está dando certo — então a tela vai congelar.
Fale com um pouco de pressa:
— Um momentinho que eu vou entrar em contato com a equipe técnica. Eles vão ligar para você de volta. Não reinicie, senão não vai funcionar.
Se a pessoa reiniciasse o computador, não haveria problema. Descongelado e funcionando como antes.
Adivinhe quantos reiniciam?
Espere vinte minutos. É o tempo que leva para procurar o Poseidon no smartphone, uma pesquisa que levará aos sites falsos que você criou para o vírus, incluindo um link para a suposta varredura de vírus feita pela Microsoft. Em seguida, ligue de novo. Digamos que Eddie, do Suporte ao Cliente, lhe passou os detalhes sobre o caso deles e que você vai ajudar.
Mas primeiro, você diz, eu preciso receber o pagamento referente ao suporte técnico avançado. Oitenta e nove e noventa, por favor. Nós aceitamos cartão.
A pessoa sempre reclama, mas tudo bem. A discussão é metade da diversão.

Se ela disser que não vão pagar, você diz, bem, você vai ter que levar o seu computador até uma loja. Você tem o Windows original, certo?

Se a pessoa disser que vai ligar no SAC para reclamar, invente algum nome e ramal para referência. Mas nossas linhas estão congestionadas, já que nós estamos contendo a propagação do vírus. Talvez seja melhor ligar daqui a alguns dias.

Diga:

— Senhor, eu sou só um técnico. Se o senhor não tiver interesse em resolver isso, não tem problema.

Então comece a se despedir.

Nem todos pagam, mas não tem a ver com dinheiro. Se fosse pelo dinheiro, seria fácil invadir a conta bancária deles.

A segunda melhor parte é o momento antes de a pessoa pagar, quando ela pede desculpas por sido grossa com você.

Diga, magnânimo:

— Não se preocupe. O senhor não foi o pior caso que nós tratamos hoje.

Risadas de ambos os lados.

Ha ha ha ha.

Agora, pode me passar os dados do cartão.

Diga para esperar um minuto e coloque a pessoa na espera durante dez. Digamos que você tenha providenciado o ajuste pela internet, e que, dessa forma, assim que o computador dela reiniciar, o vírus vai ser eliminado. Ela o desliga e liga e — surpresa, surpresa — o computador está normal..

Deu certo! O senhor está livre!

A melhor parte?

A pessoa te agradece por ter sido enganada.

7
MARK

Rachel parou em frente ao bloco de apartamentos de Mark, ofegante, afinal estava vindo da academia, como se pudesse, de alguma forma, fugir de seus pensamentos. Apesar da queimação nos pulmões, da dor nas coxas, eles continuavam a se acumular: os ferimentos de Konrad, a foto do pinto de Pete, *aquela foto* reaparecendo após todos aqueles anos, trazendo consigo os sentimentos de vergonha e de terror que ela havia muito tempo pensava ter deixado para trás.

Rachel digitou o número do apartamento de Mark no interfone prateado e bateu o pé enquanto esperava que ele a chamasse para entrar. Ele morava em um dos novos arranha-céus ao lado da estação de metrô Archway, um bairro profissional jovem cuja população toda embarcava no trem de manhã. Às vezes, quando deixava Lily, Rachel olhava para as mulheres que saíam do prédio para trabalhar, aquelas formas elegantes usando saias lápis e echarpes de chiffon, e as comparava com o seu eu recém-saído da cama — vestida de forma desajeitada, cabelos mal presos com o único elástico que encontrara naquela manhã — e sentia uma onda de inveja a ponto de ter que se apressar, de cabeça baixa, como se fosse uma plebeia invadindo as terras de um lorde.

Viver lá era como estar em um hotel, inclusive por causa do serviço de limpeza diária, o que se adequava a Mark, pois significava menos distrações de sua paixão: computadores. Ele trabalhava com eles, brincava com eles, dormia com pelo menos um laptop na cama, Rachel tinha certeza. Em cada quarto havia máquinas em várias etapas de uma autópsia. Placas de circuito, carcaças de metal e drives de DVD com cabos que saíam da parte de trás de superfícies cobertas. Embora ele tivesse ficado mais cuidadoso e passado a manter os cabos estranguladores guardados com segurança depois que Rachel encontrara um parafuso na boca de Lily.

A porta zumbiu e ela entrou na recepção arejada, seus tênis rangendo sob o chão de mármore. Pegar Lily e ir embora, esse era o plano. Voltar para casa antes de Konrad para que ela pudesse se arrumar antes que ele chegasse. A mente de Rachel parecia um baralho depois de uma rodada particularmente maliciosa de baralho. Como ela iria explicar aquela foto enviada para Pete de seu próprio Snap? Como iria explicar aquela foto? Falar sobre Griffin? E se eles se separassem e Konrad contasse para outras pessoas? Se a polícia descobrisse o que Rachel havia feito, então mesmo depois de todo aquele tempo ela ainda poderia ir para a prisão.

O que aconteceria com Lily?

Os músculos de Rachel ainda estavam tomados pela adrenalina, por isso ela se atreveu a subir a escada, dois degraus de cada vez. No andar de Mark, percorreu o corredor coberto de tapete, estabilizando a respiração. O corpo dela estava alerta, de tal forma que ele perceberia tudo em um raio de dois quilômetros, e ela não conseguiria encarar uma de suas ternas, mas irritantes, sondagens a respeito de seu estado mental. Mark só tinha boas intenções, e Rachel agiria da mesma maneira com ele se parecesse estressado, mas havia hora e lugar para terapia, e não era ali ou naquele momento.

Mark abriu a porta antes que ela pudesse bater.

— Ei, Rach!

Rachel tinha seu discurso de "com pressa" na ponta da língua, mas, quando viu Mark, ficou momentaneamente atordoada demais para falar. Em vez disso, olhou-o de cima abaixo e verificou o número do apartamento.

— Muito engraçado — disse ele. — Por que você não entra antes de começar a tirar uma da minha cara?

— Está tudo bem. Eu posso fazer isso muito bem aqui no corredor.

Quando foi que ele tomara *aquela* decisão? O ninho de pássaros gorduroso de cabeça para baixo que estava empoleirado na cabeça dele desde que ela o conhecera tinha sido substituído por um corte de cabelo estiloso — raspado nas laterais, curto na parte de cima e caído casualmente na testa. Na verdade, combinava bastante com suas bochechas finas. Leve-o para Hackney com uma jaqueta jeans vintage, um lenço no bolso e óculos de acetato de armação grande e não ia demorar nada para as hipsters se jogarem em cima dele.

—Finalmente declararam o seu couro cabeludo uma área de risco biológico? — perguntou Rachel.

Mark deu uns tapinhas no cabelo, como se quisesse se assegurar de sua existência.

— Achei que você ia gostar. Faz anos que você não sai do meu pé para eu cortar. Mudando de assunto... — Ele olhou para ela. — Anotou a placa?

Ela passou por ele no corredor e tirou a mochila. Idiota. Devia ter se trocado no corredor.

— Não comece — disse ela.

— Por que você não se trocou depois da academia?

— Eu não corri aqui.

— Então por que não se trocou?

Rachel fez sinal para ele dar um passo atrás. Ela não era obsessiva com exercícios, não como antes, embora isso não tenha impedido Mark de afirmar solenemente que ela fazia uma visita à academia na maior parte dos dias em que havia *sintomas de questões não resolvidas*. Talvez tivesse razão, mas você teria que ser uma pedra no deserto para chegar aos vinte e *tantos* anos e não ter algumas coisas não resolvidas. E seria tão ruim se os problemas a ajudassem um pouco a manter-se em forma e saudável? Rachel sabia o que estava acontecendo — não havia como fugir do seu passado. Mas também não havia sentido em viver nele. Ela estava longe disso agora, e não tinha a intenção de voltar.

— Eu saí com pressa — disse ela. — Estava atrasada.

— Você está cinco minutos adiantada. Mark bateu no lábio inferior. — Isso é bom para você. *Suspeitosamente* bom.

— Pare de bancar o investigador.

— Investigador? Estou tão perto assim de ser um profissional?

— Não estou de bom humor.

— Calma, Rach. Estou brincando com você. A mesma coisa que você fez comigo dois minutos atrás.

Ela permitiu que ele em parte a conduzisse, em parte a arrastasse pelo corredor.

— Mas eu sei que você está mentindo sobre ter corrido até aqui.

A sala de entrada fora elegantemente decorada com spots embutidos e paredes cor de cappuccino, o que tornava a tecnologia espalhada pelo local ainda mais incongruente. Uma pilha de máquinas achatadas, como lajes eletrônicas de pavimentação, estava em cima da mesa de jantar, com fios conectados e piscando em uma centena de lugares ao mesmo tempo.

Rachel balançou a cabeça.

— Conversando com a nave-mãe?

— Roteadores. Coisas de rede.

Ela emitiu um som que implicava que o que ele dissera fazia sentido, depois perguntou:

— Como está Lil?

A filha deles estava deitada no sofá em formato de L, concentradíssima vendo Peppa Pig na televisão de tela plana fixada na parede. Ter Lily aos 23 anos não fazia parte de nenhum plano de vida, mas os médicos haviam deixado claro: depois do que ela passara, sua fertilidade estava arrasada. Ela tinha um ano, dois no máximo, para engravidar.

A doença havia roubado tanto de sua vida, e o pensamento de que seria preciso que ela fosse mãe, que finalmente ter alguém que a amasse como ela merecia ser amada havia sido demais para Rachel. Sim, era muita coisa para assumir quando ela era solteira e estava começando sua carreira como enfermeira, mas, de tantas maneiras, o momento parecia certo. Ela tinha ganhado peso e estava mantendo-o em um nível saudável; sua avó ainda estava com ela, e estava muito feliz em compartilhar a responsabilidade de criar uma criança; o serviço de saúde pública local até mesmo fornecia financiamento para fertilização para mulheres solteiras, especialmente aquelas com histórico médico igual ao dela. O principal problema era encontrar o pai. Rachel detestava a ideia de buscar um doador aleatório, um cara que não conhecia, que poderia até ser um dos homens envolvidos no que acontecera.

Naquela época, Mark era o único homem suficientemente próximo para perguntar, mas Rachel sabia o que ele pensava sobre crianças. O que tornou tudo ainda mais surpreendente quando ele disse:

— Eu faço. Vou ser o doador.

Enxugando as lágrimas, Rachel tinha falado:

— Você faria isso?

— Contanto que você não se importe que o bebê seja mais inteligente que você.

Ela o abraçara.

— Obrigada! *Obrigada!*

— Só uma coisa — disse ele. — É *seu* filho. Eu não quero ser pai, não agora, talvez não queira nunca. E eu definitivamente não quero vê-lo comer, nem limpar cocô. Eca!

Ah, como isso tinha mudado. Na primeira semana de vida de sua filha, Mark estava apaixonado. Depois de um mês, ele mudou de casa para ficar mais perto delas. Era um pai tão bom para Lily, sempre calmo e comedido, mesmo quando ela estava de mau humor, o que, sendo uma criança temperamental de três anos, acontecia sempre.

— Oi, meu anjo — disse Rachel. — Hora de voltar para casa.

— Quer comer alguma coisa?

Quando Mark perguntou isso, ela notou um cheiro de frango assado que fez seu estômago se contorcer de fome.

— Está quase pronto.

— Estou me guardando para os canapés.

Mark lançou a Rachel um olhar desconfiado e soltou um *Hummmmm*.

— Uma pergunta pra você — disse ela, enquanto arrumava as mangas do casaco de Lily. — Se você quisesse entrar na conta do Snapchat de alguém, como faria isso?

O rosto de Mark ficou mais franzido.

— O que aconteceu? Alguém...?

— Não foi comigo, foi com o Spence. Alguém entrou no Snap dele e mandou umas fotos de mau gosto.

— O que está acontecendo, Rach?

— Eu acabei de contar.

— Você está...?

— Você sabe ou não sabe?

—Jesus, Rachel. O que você tem? Você é tão... irritável.

Ela deu de ombros.

— Desculpe. Dia difícil. E aí?

Mark balançou cabeça de um lado para o outro. O novo corte de cabelo realmente lhe caíra bem, realçando o formato do seu rosto. Mas... por que ele não tinha falado com ela sobre isso? Esse era o tipo de coisa que ele debatia sem parar, seu desejo de atrair as mulheres *versus* sua apatia natural por qualquer coisa remotamente estilosa. Ela dizia a ele quanto custaria um corte legal como esse e ele já respondia "Cinquenta pilas! Por um corte de cabelo!"

E, ainda assim, ali estava ele, cabelo já cortado.

Seus lábios se abriram em um sorriso astuto.

— O que *eu* faria seria mandar um *phishing* por e-mail. Faria o Spence clicar em um link, baixar algum spyware no celular. Eu o obrigaria a digitar suas senhas novamente.

Ele encolheu os ombros.

— Ou algo assim.

O e-mail da folha de pagamento. O link para baixar os dados bancários.

Era assim que tinha sido feito.

Mas por quem?

Rachel tentou não transparecer estar em choque.

— Então o que ele deveria...? Como ele poderia evitar...?

— Fácil — respondeu Mark, balançando a mão. — Diga a ele para mudar as senhas, mas *não* no mesmo dispositivo. Depois tem que reiniciar o celular, e tentar não ser tão devagar da próxima vez.

Maldição. Rachel já havia mudado suas senhas uma vez, mas em seu telefone, tremendo do lado de fora da academia depois de falar com Becca.

— Obrigada, eu vou falar para ele — disse Rachel, então sacudiu o casaco de Lily para ela. — Ei, menina. Vamos nos arrumar.

— Antes de você ir — disse Mark —, podemos dar uma palavrinha?

Ela o seguiu até o corredor.

— Ouça, Mark. Eu sei o que...

— Coma alguma coisa — disse ele, apontando para a cozinha.
— Eu tenho amigos...
— Você sabe o que estou dizendo.
— Eu estou *bem*, Mark. Eu juro.
— Não foi o que eu perguntei.
Rachel começou a voltar para Lily.
— Eu não tenho tempo.
— Isso é besteira, e você sabe disso.
— Eu disse...
— Eu posso dizer pela sua aura.
— Minha *aura*? — Rachel enfiou a cabeça no vão da porta para espiar a sala. Lily, felizmente, ainda estava absorta em Peppa e seus amigos. — Um curso de meditação e você é Ravi Shankar.
— Você está mal-humorada, você está paranoica, obcecada pela academia. Converse comigo, Rach.
Ela fechou bem os olhos. Parecia que conseguiria dormir por uma semana. Deveria contar a ele o que tinha acontecido na academia? Se Griffin estivesse por trás da foto, Mark iria querer saber. Mas e se ela estivesse errada quanto a isso? Antes, quando eles falavam muito sobre Griffin, Mark tinha certeza de que não havia como ele rastrear o que eles faziam — e, se ele não tinha a vingança como motivo, então por que ir atrás dela novamente, todos aqueles anos depois?
Além disso, Rachel sabia como funcionava a mente de Mark. Ele olhava as evidências, analisava com base em estatística e concluía: a) Konrad sabia sua senha do Snapchat; e b) ele tinha encontrado a foto dela na internet, e não só a encaminhara para seus amigos como uma piada como ganhara pontos extras enviando-a da conta de Rachel.
Isso é bem a cara dele, ele diria.
— Eu só estou um pouco cansada — disse ela.
— Eu sei quando você está cansada.
— Dá um tempo, está bem?
— É Konrad, não é? O que ele fez?
— Só porque você não tem um relacionamento, não significa que tem que continuar cagando no meu.

Mark recuou. As dores de sua vida amorosa inexistente eram bem conhecidas de ambos — eles haviam passado longas noites conversando sobre seu medo de acabar sozinho. Esse tipo de pensamento tinha, em parte, levado à sua doença.

— Desculpe — disse Rachel, segurando a mão dele. — Eu não...

Ele estava olhando para ela com curiosidade, com a boca curvada, como se estivesse pensando se deveria deixá-la saber um segredo.

— O quê? O que foi?

Ele balançou a cabeça.

— Nada. Não importa.

Ela não teve tempo para isso.

— Para casa, *agora* — disse, afastando-se de Mark.

Lily escorregou do sofá, bufando e desapontada. Mark ficou na altura dela, beijou sua bochecha e pediu que esperasse junto à porta da frente.

— Que foi agora? — Rachel suspirou.

Mark esperou que Lily saísse da sala.

— Resolva isso. Eu posso apoiá-la, estou sempre aqui. Mas tem que partir de você.

— Estou te dizendo...

— Não. *Eu* estou te dizendo.

Ela abriu a boca para falar, mas a ferocidade do olhar de Mark a calou.

— Pense na Lily.

— O que isso significa?

— Significa que eu faria qualquer coisa para proteger minha filha. Quero que você se lembre disso.

8
LANÇAMENTO

Rachel conduziu Lily para dentro, depois correu até seu laptop e o abriu sobre a mesa de centro.

— Cinco minutos, hora de brincar — disse ela, logando.

Por que Konrad não tinha retornado sua ligação? Quando ela trocou suas senhas novamente, imaginou Pete abordando-o fora do metrô, empurrando seu telefone na cara dele — Rachel viu no Snapchat que ele tinha tirado um *print* da foto — e dizendo que ela tinha ido até ele na academia. "Então eu respondi com uma foto do meu pau", disse. "Sabe, como se fosse uma piada." Ela imaginou Konrad chateado, mas ainda assim concordando enquanto Pete lhe dizia que ele estava melhor sem Rachel. Essa maldita foto! Já não tinha causado danos suficientes na vida dela?

Quando terminou, fez Lily subir rapidamente a escada.

— Banho rápido —disse Rachel. — O vovô já vai chegar.

Enquanto Lily tirava a calça jeans, Rachel arrumava uma bolsa. Escova de dentes, mamãe e filhinho ursos, roupas limpas para a manhã seguinte e uns livros de *Elmer*, embora Rachel tivesse certeza de que seu pai iria ignorá-los e assistir televisão.

O respingo da água foi silenciado quando Lily entrou no chuveiro. Rachel deu uma espiada no banheiro e, apesar do estresse que sentia, não pôde deixar de retribuir o sorriso da filha enquanto ela batia os pés alegremente na banheira. — Não se esqueça de passar a esponja, amor — disse ela. — Use o sabonete.

Cinco minutos depois, Lily estava enrolada em uma toalha, nos braços da mãe. Rachel a aconchegou, acariciando seu rosto e cantando "You

Are My Sunshine", feliz por aquele lindo momento de um dia que, até então, havia sido horrível.

Um dia que, ela tinha certeza, ainda iria piorar antes de melhorar.

Eram quase sete e nem sinal de Konrad.

Rachel estava levando uma caixa de canapés Iceland Italian Platter ao forno quando a porta da frente se abriu. Correu para a sala, mas era só o pai dela. Ele entrou, olhando calmamente em volta, como se não tivesse certeza se aquela era a casa certa, e sorriu apenas quando viu Lily correndo em sua direção.

Antes de sua avó adoecer com câncer de ovário, Rachel não via o pai desde os oito anos. Desde que ele optara por beber até cair na sarjeta em vez de criar a filha. Estar com ele sempre fazia Rachel sentir como se tivesse tomado um gole de leite estragado. A tez do rosto largo dele a fazia pensar em um picadinho de carne deixado fora da geladeira, e desde que ele estava sóbrio havia engordado ao ponto de parecer estar no segundo trimestre de gravidez. Com sua altura e seu cabelo rareando, o pai de Rachel parecia um polegar gigante. Ela o aguentara, ela o tolerara — ela apreciava o quanto ele se esforçava para ficar sóbrio, *finalmente* —, e ele tinha ajudado muito com Lily. Mas isso não significava que Rachel tivesse que gostar dele.

— A bolsa dela está lá — disse. Ela se agachou perto de Lily e beijou sua bochecha. — A gente se vê amanhã cedo, anjo.

— Vamos, vovô — disse Lily, puxando-o em direção à porta.

Rachel viu Lily partir. Que ironia cruel: quanto mais uma criança é amada, menos parece precisar de você. O mundo está repleto de crianças tristes, sentindo falta de pais ausentes, querendo a atenção de mães distraídas, mas, se você deixar seu filho saber que você estará sempre com ele, não vai nem se preocupar em lhe dar um beijo de despedida.

— Espere um segundo, querida — disse seu pai. Ele colocou a mão sobre o peito e parou um momento, como se o próprio ato de falar o deixasse sem fôlego. Como se permitira ficar tão gordo?

— Podemos ter uma conversa?

Rachel podia dizer pela expressão piegas no rosto dele que se referia *àquele* tipo de conversa. Um grupo de apoio profundo e significativo

— de um tipo a que ambos estavam acostumados —, e Rachel não estava com cabeça para isso. Ela já tinha visto aquele olhar uma vez antes, quando eles deram o passo nove juntos, ele *fazendo reparações*, embora ainda fosse um mistério para ela como um pedido de desculpas implorado poderia devolver quinze anos de culpa por se achar tão impossível de amar que seu próprio pai se sentia obrigado a partir. Desde que Rachel aceitou o "pedido de desculpas", eles só se comunicavam em um nível superficial. "Oi, como você está, que tempo bom/péssimo está fazendo, não?" O que mais havia para dizer? "A propósito, você ter me deixado quando eu era criança foi o que causou a série de eventos que me deixaram mutilada emocionalmente pelo resto da vida. Então, obrigada por isso, papai!"

Além disso, Rachel só precisava de um pouco de espaço para pensar. Konrad estava uma hora atrasado. Ela viu no WhatsApp que ele estivera on-line pela última vez às cinco e meia, mas, desde então, nada. Toda vez que ela ligava, caía na caixa postal. Mesmo se Pete tivesse lhe mostrado a foto, era de se imaginar que Konrad iria querer pelo menos ouvir o lado dela. Depois de tudo o que ele havia prometido naquela manhã, como poderia fazer isso com ela novamente?

Rachel começou a limpar a mesa de centro.

— Desculpe, papai. Estou um pouco ocupada. Eu tenho...
— É que eu fiquei com a menina algumas vezes esta semana, e...
— Eu pensei que você gostasse.

Ele torceu o zíper de sua jaqueta jeans, olhando para baixo.

— Eu gosto, eu gosto. É que...

Ela sentiu o sangue subir pelo seu rosto.

— Se for um inconveniente, posso pedir a qualquer outra mãe da próxima vez.

Aquilo não era bem verdade. Havia talvez uma a que ela pudesse implorar, mas como sua pequena Chloe saía da cama oito vezes por noite com regressão do sono, provavelmente não seria a melhor ideia, até porque Rachel teria que retribuir o favor e arriscar que todos na casa ficassem acordados até o amanhecer. Mas ele não precisava saber disso.

— Não é isso que eu quero dizer — disse ele. — Olha, não leve a mal...
— Então não diga isso.

— Por favor, Rachel. Eu tenho que dizer. Eu vi a sua mãe afastar todo mundo...

— *Pare*. Eu não quero ouvir isso.

A última coisa de que Rachel precisava era seu pai falando mal da mãe dela, não depois de tudo o que ele a fizera passar.

— Se você não pode vir aqui e ficar de boca fechada sobre a mamãe, então talvez você não deva vir aqui de jeito nenhum.

— Você não parece *bem, é o que eu quero dizer*.

— Você está me dizendo isso?

— Não é sobre mim.

— Me deixa, pai.

— Eu não vou deixar você. Nunca mais.

— Sim você vai — disse ela, movendo-se na direção dele, de mãos estendidas, como se estivesse conduzindo ovelhas por um portão aberto. — Comida saudável, por favor. Feijões com torradas ou algo assim. Nada de batata frita.

— Mas...

— Tchau, pai — disse ela, e fechou a porta. Aquele tipo de preocupação ela poderia aguentar quando vinha de Mark, mas não do seu pai. Rachel o deixara fazer parte da vida de Lily. Isso não significava que ela o queria na vida dela.

Rachel encontrou seu telefone e abriu o WhatsApp. Konrad *ainda* não estava on-line. Ela olhou outra vez as mensagens que ele havia enviado naquela tarde, uma delas dizendo: *Não vejo a hora de te ver hoje à noite, amanhã à noite, e todas as noites bj*. Depois disso tinha chegado uma foto do Príncipe Harry — Konrad a estava provocando desde que ela dissera que o achava bonito. Eles iam ao museu Madame Tussauds naquele domingo como parte da comemoração do aniversário dela, e depois tomariam tanto sorvete quanto pudesse caber no estômago de sua filha de três anos na enorme Baskin-Robbins na Baker Street, e tinha sido uma piada recorrente por semanas que Konrad a pegaria dando um beijo no boneco de cera do museu. Os dois tiques azuis ao lado da resposta dela — "Eu prefiro você a todos os príncipes ruivos do mundo! Bj" — mostrava que ele tinha lido a mensagem.

E se Pete estivesse envolvido em um grupo sinistro do Facebook que foi expulso por degradar mulheres inocentes? Rachel estava certa de que um de seus amigos estava gravando um vídeo quando ela estava procurando seu telefone. E se isso fosse parte de seus estúpidos jogos machistas? Konrad tinha perdido alguma aposta e estava sendo forçado a ver a humilhação dela? Pior, e se ele *estivesse* por trás daquilo? E se ele tivesse dois lados, o cara engraçado e doce com quem ela adorava passar o tempo, e do outro lado um psicopata que gostava de apagar charutos no braço e humilhar sua namorada?

Não. De jeito nenhum. Ele podia se comportar como um garoto e podia andar com algumas pessoas que ela não suportava, mas nem naquela última semana ele fora cruel, ou mau.

E se não tivesse nada a ver com Konrad ou seus amigos?

Alan Griffin poderia ter esquematizado isso? Será que ele poderia estar espiando Rachel, conhecendo o namorado, os amigos dele, e tinha mandado aquela foto para Pete sabendo que ele contaria para Konrad depois?

Será que ele poderia ter saído da prisão e estar tentando destruir a vida dela novamente?

Com o pulso acelerado, Rachel se sentou em frente ao laptop. Quando Alan Griffin foi preso pela primeira vez, verificar os fóruns para atualizações se tornou a obsessão de Rachel. O que tinha a maior comunidade, a informação mais atualizada, costumava ser www.paedo-hunter.net. Quando a primeira página carregou e Rachel viu o esquema de cores da camuflagem, um sorriso involuntário surgiu nos lábios dela. Ela digitou seu nome de usuário e senha, preocupada que seu login não funcionasse mais. Ficou agitada quando viu que funcionou.

Se a informação sobre sua soltura estivesse em um lugar, seria ali.

Na época, o caso atraíra muita atenção. Um caso daquele tamanho foi uma grande notícia. Não apenas as imagens de crianças, embora houvesse mais de cinco milhões, mas links para estupros transmitidos ao vivo na deep web, prints de tentativas de aliciamento de crianças em salas de chat e arquivos Word cheios de histórias sobre torturas e desmembramentos de adolescentes. Muito mais chocante do que ela pensava que iriam encontrar. A acusação questionou a sanidade dele, que acabou em no hospital psiquiátrico de Broadmoor. Pena de doze anos, com a opção de encarceramento permanente se fosse considerado necessário para proteger a sociedade.

Isso significava que ele ainda tinha de cumprir mais quatro anos antes de ser libertado, no mínimo.

Não era?

O site estava movimentado como sempre, a barra superior mostrando 538 membros cadastrados, com 26 deles logados. Era uma comunidade de vítimas, suas famílias, ex-policiais, cidadãos preocupados. Eles trocavam métodos de aprisionamento, carregaram vídeos de pervertidos apresentados com prints de seus chats imundos e postavam atualizações do registro de crimes sexuais.

Na barra de busca, Rachel digitou *Alan Griffin*. Um tópico com seu nome surgiu. O dedo dela tremeu no touchpad. "Por favor, deixem-no preso lá dentro." Ela clicou no link, foi para a última página e rolou a tela para baixo.

A última atualização tinha sido feita alguns dias antes, por alguém chamado *Guardian Angel*.

Libertado de Broadmoor em 27 de setembro.
Localização desconhecida.

9
DOXING

Rachel olhou fixamente para a tela do laptop. Ela sentiu a ansiedade crescer na garganta, e depois descer devagar, como se tivesse engolido água demais de uma só vez e só restasse esperar com desconforto que a sensação se dissipasse.

Ele estava livre.

Alan Griffin estava fora da prisão.

Por que Rachel não estava mais preparada? Ela se forçou a se concentrar. Haveria muito tempo para uma autorrecriminação sem fim mais tarde. Ela correu para a cozinha, arrancando as gavetas debaixo de onde ficava a chaleira, caçando através dos cupons e das contas e de trocos em busca de um adesivo. Foi de quarto em quarto, verificando se as janelas estavam fechadas, depois foi fechando as cortinas e grudando os cantos nas soleiras, ficando agitada enquanto o tecido continuava a soltar-se, num estado de quase pânico quando terminou de fazer isso com a cortina na sala.

Alan Griffin. Alan Griffin, *maldito* Alan Griffin. Ele já tinha saído da prisão havia *duas semanas*. A mão de Rachel tremia enquanto ela lavava o rosto. E ela tinha muito mais a perder agora.

Lily.

Ele saberia sobre a filha dela.

Rachel foi para a cozinha, abriu a torneira e jogou água no rosto, esperando que o choque da água fria limpasse sua mente. Tudo porque Griffin estava fora da prisão, e isso não significava que o que aconteceu na academia tinha sido por causa dele – se Mark estava certo sobre aquele e-mail sobre a folha de pagamento, então ele definitivamente teria tido acesso a todas as suas contas em redes sociais. *Então, por que não fazer mais com ela?*

O cheiro de pão e queijo derretido vindo do forno tornava sua fome insuportável. Ela o abriu, pegou um pano de prato e arrancou a bandeja. Ao ver os canapés, sua garganta se contorceu. Os palitos de mozzarella pareciam os mais cozidos, então ela soprou um e o colocou na boca, estremecendo enquanto o petisco queimava sua língua, fazendo seus dentes mastigarem, quase engasgando com a textura da massa, o sabor do leite. Ela o ajudou a descer com água da torneira.

Essa era a outra coisa. Comer. Por que mentir para si mesma? Ela estava nela agora – podia sentir a pressão que se acumulava dentro dela, o início de uma crise, como o mar se retraindo antes de um tsunami. Quanto mais cedo ela enfrentasse isso e resolvesse, mais rápido desapareceria. Ela permitira que se arrastasse durante a semana anterior, preocupada com Konrad. Alguns almoços pulados, alguns jantares inacabados, até que chegasse àquele momento. Nada no jantar na noite anterior, nada no café da manhã, um sachê de Ensure no almoço e uma barra de proteína no ônibus. Duzentas calorias, no máximo, em 24 horas. Rachel provavelmente não tinha ingerido mais do que mil em dias. Não era de admirar que Mark tivesse notado que ela tinha perdido peso. Não era à toa que ele achava que Rachel estava ficando irritável. Quando ela se analisava internamente, podia sentir a efervescência, a energia maníaca e nervosa que vinha quando a fome começava.

Rachel desabou em uma cadeira. Tentou manter a respiração calma, para conter o pavor que crescia dentro dela. Entrou em uma espiral, foi puxada por sua estranha gravidade, o buraco negro em seu núcleo. *Anorexia.* Deus, ela odiava essa palavra. Soava tão dramática, como uma rainha egípcia, ou um bebê celebridade. Um nome tão grandioso para uma condição tão insidiosa.

Por que continuava fazendo isso consigo mesma? Ao longo dos anos, Rachel se deitara em inúmeros sofás, dissecando até a morte sua falta de autoestima, a vergonha de ter quase um e oitenta de falhas quando comparada às pequenas e brilhantes garotas que apareciam em videoclipes, repetindo os mesmos mantras sobre como, na era do Instagram, contrastar sua própria linha de tempo decepcionante com as belas galerias de fotos dos outros pode estraçalhar você dentro. Um psicólogo disse que talvez ela quisesse permanecer uma menina para sempre, que morrer de fome era uma tentativa inconsciente de viver em uma época anterior à partida do pai. Outro sugeriu que ela estava tentando se fazer o menor possível para não ser mais alvo de homens como Griffin. Outro disse, ainda, que ela precisava parar de se punir pela morte da mãe.

Rachel não tinha muitas lembranças de sua mãe, e só conseguia se recordar de fragmentos. De como seus dedos eram vermelhos e frios, mesmo no verão. Ou de como ela estava sempre lavando alguma coisa, a cozinha, o banheiro, a escada até a adega, até mesmo a calçada da frente, quando não havia nada que não tivesse sentido a força de sua bucha. O cheiro do alvejante se agarrava à pele dela como perfume. Por anos, Rachel pensou que devia ter sido germofóbica, mas agora sabia que a mãe estava fazendo isso para se exercitar, para queimar as poucas calorias que consumia.

Depois que seu pai foi embora, a mãe começou a ficar doente o tempo todo. Sempre uma mulher pequena, ela encolhera diante dos olhos de Rachel. Nas refeições, empurrava a comida ao redor do prato, ou a tirava da boca com um guardanapo, ou dizia que não gostava e que faria algo mais tarde, apesar de nunca fazer. Todas as noites, ela se sentava no degrau dos fundos, séria, joelhos pressionados contra o peito esquelético, olhando para o céu, e ficava fumando e suspirando. Passados dois anos, ela partiu. Durante toda a adolescência, Rachel se culpou. *Ela preferiu morrer a ficar com você.*

Já chega. Respire fundo, fique calma. A direção desses pensamentos só a levou para uma escuridão ainda mais profunda, e Rachel não podia deixar isso acontecer. Não com todo o restante acontecendo.

Ela se forçou a morder outro palito de mozzarella. Mas simplesmente odiou. Ela odiava tudo aquilo. Como sempre que a vida ficava estressante, seu corpo rejeitava a comida, e Rachel tinha que aprender a comer tudo de novo. Como a voz da anorexia se tornava mais alta e poderosa à medida que a doença se apoderava dela, como um banquete de parasitas em seu cérebro, dizendo-lhe que não havia problemas em não comer, que as pessoas podiam passar dias sem comer, que, se ela passasse fome, não sentiria mais culpa, ou vergonha, ou mesmo tristeza, porque, quando você estava com fome o suficiente, nada mais importava. Mas e o que Rachel poderia fazer? Aquilo continuaria voltando e voltando até o seu último suspiro.

E por quê?

Porque fazia parte de Rachel, assim como o castanho fazia parte de seus olhos, ou as batidas do seu coração.

A campainha tocou. Seria Konrad? Ele tinha esquecido as chaves? Cuspiu no lixo toda a mozzarella que havia em sua boca, correu para a sala e abriu a porta.

— Olá, querida! – cumprimentou Becca, segurando uma garrafa de M&S Finest Prosecco. — Prosecco de aniversário!

Ela passou agitada, usando roupas de noite: uma blusa preta de alcinha, argolas douradas e sapatos de salto vermelhos que faziam as panturrilhas de Rachel doer só de olhar para eles.

— Konrad não está aqui — disse Rachel, limpando a boca, querendo tirar as migalhas dos lábios.

Becca caiu no sofá, gemendo e tirando os sapatos, como se tivesse acabado de chegar da balada. Ela parecia bem mais bêbada que na videochamada, seu brilho labial rosa manchado e uma sombra escorrida, muito provavelmente vinho, em sua calça de brim branca.

— Ele deveria ter chegado aqui às seis e meia — disse Rachel.

— Homens! — Becca levantou a garrafa de vinho. — Taças?

Rachel estava sentada sobre o braço da cadeira. Era isso? Becca não podia ver que ela precisava falar sobre isso?

— Você tem que ouvir o que aconteceu.

— Agiliza, querida. A menos que você queira me ver beber da garrafa.

Rachel invadiu a cozinha. Becca podia ser uma *vaca* às vezes, especialmente quando estivera bebendo, o que parecia ser *toda hora* naqueles dias.

Na verdade, por que Rachel era tão apegada a Becca? Elas não estavam mais na escola, não precisavam mais continuar amigas. Era sempre Rachel quem estava tentando fazer planos, assim como na academia, na qual Becca dera o furo sem um pedido de desculpas. E agora, à noite, convidando-a, tentando continuar uma amizade que claramente não queria. Por que mais ela apareceria bêbada?

Rachel pegou duas taças de vinho do armário, depois encostou a cabeça contra a porta e recostou na madeira fria. Por que estava sendo tão dura com ela? Ela tinha o péssimo hábito de fazer isso, de pensar o pior das pessoas, como se, ao se aborrecer com elas, pudesse impedir que o que elas faziam a magoasse. Um mecanismo de defesa tão estúpido. Tudo o que acontecera foi que ela tinha acabado nervosa e triste.

Havia quanto tempo Becca tinha deixado o emprego na Orchid? Alguns meses, pelo menos. Elas não estavam se vendo muito naquela época, e, falando com honestidade, isso se devia principalmente a Rachel. Ela estava muito envolvida com Konrad, passando a maioria das noites com ele — e, se quisesse tomar uma cerveja rapidinho, sabendo que não ia se transformar em dez, então era mais fácil e mais simples tomar com Spence. Mas e se Becca não estivesse tão bem por ter saído do trabalho como fizera parecer? Ela tinha dito a Rachel que estava cansada de trabalhar com relações públicas — as longas horas, a hipercompetitividade, como todos trapaceavam para roubar os melhores clientes —, mas, se Becca estivesse realmente bem quanto a isso, não estaria fazendo algo mais de seu tempo do que ficar usando roupa de couro e postando selfies com bico de pato no Instagram?

Porque ela não está feliz. Ela só não quer admitir isso para você.

Desde que se conheciam, *Rachel* sempre fora a ferrada, com o lar destruído, problemas de saúde mental, perseguida pelo esquisito. Enquanto isso, Becca tinha crescido com dois pais sãos e funcionais, um irmão mais novo para aterrorizar e até mesmo o cachorro da família que ia deitar com ela pela manhã. Becca frequentara festas, tivera namorados, entrara na universidade e conseguira o emprego dos sonhos quando se formou.

Mas olhe para elas agora: seus papéis não tinham sido invertidos? Rachel era quem tinha o namorado, a família, a carreira, enquanto Becca era solteira, desempregada e ficava bêbada toda noite — e estava engordando. Quando ela se sentava, o jeans se esticava. Sem dúvida ela estava secretamente furiosa sobre isso.

Rachel suspirou. Realmente, ela mesma não era uma boa amiga. Como poderia esperar que Becca desse atenção aos seus problemas com Konrad agora se a amiga mal tinha estado lá nos últimos meses? O que quer que tenha acontecido para que ela deixasse o emprego, isso a tinha confundido, e Rachel deveria ter sido mais solidária.

Ela levou as taças até a sala, onde Becca estava tomando um gole direto da garrafa. Ela arrotou e olhou para cima com ar culpado.

— Ooops!

— Seja uma dama e cubra a boca — disse Rachel, sentando-se no sofá, ao lado de Becca. Ela pegou a garrafa e serviu as duas taças.

Becca fingiu estar tomando chá, o semblante afetado e o dedo mindinho empertigado.

— Não há damas aqui, minha querida — disse ela, num frágil falsete.

— Isso está bem claro — respondeu Rachel, sorrindo para a velha piada delas. — Ouça, Becca...

— Sim?

— Sobre o que aconteceu com o seu trabalho na Orchid...

Becca fez um barulho que expressou desgosto.

— Ahhhh. Então, onde você disse que esse tal sujeito está? Ele vai trazer alguém?

— Não, só ele vai vir. Bem, é o que suponho. E Spence.

— Ah, então eu vou ficar sobrando, não é?

Rachel viu um pouco do interesse de Becca pela noite desvanecer-se em seus olhos.

— Eu só queria que fosse uma coisa pequena. Alguns amigos, sabe? Eu não preciso conversar com pessoas que não conheço, especialmente depois do dia que tive.

Rachel deixou a frase no ar, esperando que Becca captasse a mensagem.

— Ah sim, certo — respondeu, massageando a têmpora, parecendo dolorida. — Quer saber de uma fofoca?

— Claro.

Rachel, toda retesada, ouviu Becca falar de uma garota da escola de que não se lembrava que fora presa por furtar em lojas e que estava fazendo terapia para cleptomania crônica.

— Ela está tão *desesperada* por atenção — disse Becca, e então olhou para Rachel de soslaio e deu uma gargalhada. — Desculpe! Eu não quis dizer...

— Você ainda acha que eu mandei aquela foto para você, né?

— Que merda, Rach. Não podemos só conversar? Eu não suporto esse drama.

— Não é *drama*. Foi bem humilhante, na verdade. Você não sabe o que aconteceu. Essa foto também foi enviada para o Pete. Você sabe, o amigo do Konrad. Do trabalho. E agora Konrad não está aqui, e a noite está arruinada, e eu acho... Eu acho...

Por que Becca estava olhando para Rachel daquela maneira? Rachel estava prestes a chorar, tinha lutado contra as lágrimas, mas a expressão no rosto da amiga lhe dizia a verdade — que Becca achava que estava inventando tudo.

— Você tem que fazer isso? — gemeu Becca, soprando *eau de Prosecco* na cara de Rachel. — Você mandou isso, certo? Era pra só eu receber ou você conseguiu errar epicamente e mandar para o amigo do seu namorado, então nós podemos parar com essa palhaçada? Eu não me importo. Você tem seus "problemas". Grande coisa. Qual é a novidade?

— *Por que eu faria isso?*

— Não sei. Talvez você estivesse entediada.

— Isso é ridículo!

— Eu não sei o que se passa na sua cabeça.

— Olha, Becca. Eu acho... eu acho que pode ser o Alan Griffin. Ele iria querer que você pensasse que eu enviei.

— *Aquele* cara? O pervertido que te assediava? Mas, quer dizer, já faz tanto tempo. Por que ele voltaria agora? Você não é mais tão, você sabe... jovem.

— Você não se lembra do que ele costumava fazer comigo?

Becca fechou os olhos com força, nem ao menos tentando afastar a descrença de seu rosto.

— Só me diz uma coisa. Quando aquela foto foi enviada, você estava na academia. Certo?

— Sim.

— E você estava logada no Snap?

Ela devia estar. Rachel digitara a senha no ônibus e não precisou digitar de novo. Uma sensação de frio perpassou sua garganta.

— Bem, eu estava...

Becca estendeu as mãos — *agora te peguei!*

— Se outra pessoa estivesse usando sua conta do Snap, você teria sido desconectada do seu celular.

— Mas... eu não...

— Eu fiz o teste. Entrei no Snap pelo tablet e conferi no celular. *Boom.* Tchau.

— *Mas por que eu faria isso?*

— Mas você estava logada!

— Por Deus, Becca. Como você poderia...?

Becca a interrompeu com um ruído exasperado e esvaziou a taça.

— Quem se importa, afinal? Você é uma fodida. Eu sou uma fodida. Vamos só ficar bêbadas, tá bom? Pois muito bem.

Rachel a olhou nos olhos e deu uma gargalhada.

— Sua vaca chapada.

Rachel olhou-a fixamente, bochechas coradas, boca aberta. Uma batida na porta da frente interrompeu o estupor. Ela foi até lá.

Spence estava na porta, ainda com seu jaleco de enfermeiro, sorrindo, mas de forma incomum, como se alguém estivesse na sombra, uma arma apontada para ele, dizendo-lhe para que parecesse feliz. A foto. Claro que sim. Ele também a tinha recebido. Por que aqueles três? Ela não tinha muitos contatos no Snapchat — e usava principalmente para se atualizar sobre as fofocas de celebridades enquanto estava no banheiro —, mas por que não enviá-la para todos os seus contatos? Não fazia sentido.

— Você já viu? — perguntou Rachel.

A confusão passou pelo rosto de Spence, e virou desconfiança, e depois ele voltou a sorrir, embora, de alguma forma, estivesse ainda menos certo do que antes. Ele lhe entregou um cartão de aniversário com o nome dela escrito com caneta néon verde.

— Você queria... queria uma foto minha?

— Ah, Jesus! — disse ela. — Entre.

— Spence! — Becca inclinou a garrafa de vinho em direção à boca, depois foi para a frente enquanto o líquido era derramado a sua frente.
— É melhor se apressar se você quiser champanhe.
— Só se você não tiver herpes — afirmou ele.
— Eu prefiro chamar isso de espalhar o amor — respondeu ela, e tomou outro gole. — Hummmm... é tão bom sentir essas bolinhas na boca. Torna o mundo um pouco mais suportável.
— Onde está aquele animal que você chama de namorado? — indagou Spence.
— Não está aqui.
Ele ergueu as sobrancelhas, como se fizesse uma pergunta.
Rachel pensou em uma resposta.
— *Longa história*. Sente-se, vou pegar uma taça para você. A não ser que você queira tomar vinho reciclado. — Ela se lembrou dos canapés. — Quer comer?
— Faltou fazer uns circuitos hoje de manhã. — Spence deu um tapinha no estômago. — Então nada para mim.
— Ah, mais um da nação fit — disse Becca.
Rachel foi até a cozinha, pegou um prato limpo no armário e bateu a porta. Konrad não viria, já estava bem claro. E era isso. Onze meses e estava tudo acabado. Um flash passou pela mente de Rachel, com uma imagem dele inclinando-se para lhe dar um beijo; ela sentiu a suave pressão dos lábios dele, o calor de sua respiração, o toque dos dedos dele acariciando seu rosto. Droga. Que merda. Só uma semana tinha se passado desde que ela andara sonhando acordada com sua reação a ele dizendo *eu te amo*. Rachel não queria que aquilo acabasse. Não queria nada daquilo. Ela serviu os canapés no prato e enfiou a bandeja ao lado da pia.
— Tudo bem — disse Spence, atrás dela. — Eu vou comer a sua comida idiota. Só não destrua este lugar.
Ele estava de braços abertos para um abraço. Rachel foi direto para eles e começou a chorar.
— Está tudo bem — disse ele. — Está tudo bem.

Ela se afastou e limpou as lágrimas com o dorso da mão. Pelo menos não tinha chegado a retocar a maquiagem, caso contrário metade já teria ido embora.

— Não está tudo bem.

— Eu salvei a tela. — Spence pegou seu telefone. — Você está ótima. Vou salvar nos meus contatos, então, sempre que ligar, eu vou poder ver você, minha delicinha.

— Você pode apagar isso, por favor?

Ele virou os olhos.

— Hum, só se você quiser muito.

Antes que ele pudesse pressionar o ícone da lata de lixo, Rachel tomou o telefone da mão dele. Ela olhou a foto direito, seu eu de dezessete anos. Aquela foto tinha sido realmente tirada havia quase dez anos? Deitada de lado na cama, nua, exceto pela calcinha branca e as meias sete oitavos, Rachel estava magra, mas não magra doente, não ainda. Sem espaço entre as coxas ou saboneteiras. Era definitivamente mais atraente do que pensava na época, antes que a doença e a gravidez deformassem seu corpo.

— Eu não mandei isso pra você — disse ela.

— Mas veio da sua conta do Snap.

— Alguém hackeou.

Spence fez uma expressão de *uau*.

— Está brincando. Você sabe quem fez isso?

— Eu acho que sim... talvez...

— Vou tentar adivinhar: um ex vingativo?

— Não exatamente.

— Não me deixe sem resposta!

— Foi um erro, um erro estúpido. Só eu e Becca brincando.

As sobrancelhas de Spence se curvaram.

— Não, não é isso! — Ela fez uma pausa. Não foi um período da sua vida sobre o qual ela gostasse particularmente de falar, mas ele tinha visto a foto, então poderia muito bem conhecer o restante. Bem, parte do restante. – Já ouviu falar em *doxing*?

— Aaaah, eu li sobre isso. É quando alguém tem seus dados pessoais publicados on-line.

Ela clicou na foto, dando zoom no quadro de avisos que havia sobre a cama.
— Está vendo isso?
— O quê? Uma carta?
— Do hospital, um encaminhamento para glicemia baixa.
— E daí?
— Então tinha o meu nome e endereço nela.
— Mas, como...? Eu ainda não entendi...
— Tudo bem. Eu vou te contar. Mas, *por favor*, não comente nada com ninguém.

Tirar a foto tinha sido ideia de Becca. Na escola, um grupo de garotos de cerca de dezesseis anos, jogadores de futebol magros, com cabelo estilizado e roupas legais, tinha uma conta no Hotmail. Nela havia fotos das garotas de quem eles gostavam. A maioria de topless. Todas as fotos eram fornecidas pelas próprias garotas.
— É uma honra e tanto — disse Becca. Eles já tinham uma dela. Sentada no quarto de Rachel depois da aula, bebendo gin de uma garrafa que tinham roubado do armário da cozinha de sua avó, Becca tentava convencer Rachel a fazer o mesmo. — Significa que alguém gosta de você.
— E se eles mostrarem para outras pessoas? E se eles colocarem na internet?
— Como se alguém estivesse interessado no seu rabo magricela quando há os zilhões de gigabytes de pornografia. Vamos lá, querida. Maxine Posen ficou com Greg Clarkwell assim. Foi assim que eu saí com Finn Young.
E ela poderia fazer isso? Rachel estava cansada de ser triste e de ficar sem sexo. Farta de andar atrás de sua melhor amiga, desejando ter a vida dela. Tinha dezessete anos. Um mundo excitante de garotos e festas, de lembranças divertidas que durariam a vida inteira, esperava por ela atrás de uma parede invisível. Aquele poderia ser o ponto de partida dela?
Rachel suspirou. A quem estava enganando? Havia mais chances de surgirem brânquias nela e começar uma nova vida como sereia do que de enviar uma foto sem blusa para os meninos.

— Tudo bem, que se danem — disse Becca. — Deixe eu tirar uma foto sua, vai. Você é uma gata e nem sabe disso. Se você visse como seu corpo parece para outras pessoas, não ficaria tão ansiosa em relação a ele.

— Se eu quiser me ver nua, posso me olhar no espelho.

Becca balançou a cabeça, bêbada.

— Não é a mesma coisa. Você se olha no espelho, os ângulos estão sempre errados, a luz está sempre ruim.

Com o coração batendo na boca, Rachel tomou dois grandes goles do gin. Talvez Becca estivesse certa. Talvez com a iluminação adequada, deitada numa posição sexy, com o cabelo e a maquiagem muito bem-feitos, Rachel veria algo em uma foto que não tinha visto antes, algo que lhe daria confiança, que a impulsionaria para uma vida normal. O álcool estava deixando sua mente confusa. "Vamos lá", ela pensou. "Você deve fazer coisas bobas como essa enquanto é adolescente." E, se fosse fazer isso com alguém, seria com Becca, uma das únicas pessoas com quem Rachel se sentia, se não confortável sem roupas, pelo menos não *tão* horrivelmente envergonhada.

Além disso, se ela odiasse, o que certamente aconteceria, elas poderiam apagá-la e arquivar a lembrança na pasta Nunca Mais Pense Nisso.

Mas se não odiasse...

Sério, o que tinha a perder?

Rachel ainda estava com seu uniforme de netball, e hesitou, com os dedos na bainha do colete vermelho.

— Promete que vai apagar imediatamente se eu mandar?

— Pela minha honra — respondeu Becca, fazendo uma saudação nebulosa. — Ah, vai, Rach. Você não quer se sentir gostosa?

Sim, ela queria. Tomou outro gole da garrafa e arrancou o colete.

Como era de esperar, Rachel odiou sua foto — todas as protuberâncias e cantos e massas de carne pálida e feia —, apesar dos protestos de Becca de que a foto estava *incrível, amor.*

— Por que você tem que ser sempre tão *negativa?* — disse ela, enquanto enviava sua própria foto para os meninos por e-mail, de seu celular.

— Você pode apagar isso? — perguntou Rachel. —*Por favor?*

— Apagada, apagada. Becca virou seu telefone para Rachel, mostrando a galeria de miniaturas. — Olha, foi embora. Ela tomou um golão de gin e fez uma careta. — Agora vamos ficar superbêbadas!

Rachel não bebia com frequência, e os destilados, especialmente, acabavam com seu estômago, mas a noite tinha mexido com sua cabeça, e Rachel precisava esquecê-la. E se tivesse tido coragem de mandar a foto para os meninos? E se eles a tivessem visto de maneira diferente de como ela se enxergava? Ela tirou a garrafa das mãos de Becca. Seu cérebro rodopiou. O pulso estava acelerado diante das possibilidades perdidas.

O telefone da Becca tocou. O nome Finn Y apareceu na tela, junto com uma foto dele em alguma casa noturna, com o braço sobre os ombros de outro cara que Rachel não reconheceu.

— Ah meu Deus, ah meu Deus! – ganiu Becca. — Eles devem ter visto.

Ela atendeu a ligação, pressionando o telefone contra o ouvido, apesar de o rapaz estar falando alto o suficiente para que Rachel entendesse que ele estava pedindo desculpas. Talvez tivesse sido muito atrevido, embora isso não parecesse provável. Depois de perder a virgindade aos catorze anos no banco de trás com algum herdeiro de cujo nome Rachel não se lembrava, sua melhor amiga não era mais avessa à vontade de transar do que a experimentar as amostras de perfume que vinham nas revistas.

Becca cobriu a boca. Mesmo com o brilho dourado nas bochechas, tinha ficado pálida. Estava olhando para Rachel, balançando a cabeça conforme Finn dizia algo, parecendo ter recebido notícias terríveis, um diagnóstico de doença terminal, os detalhes chocantes de um acidente de carro, que um asteroide que estava prestes a cair em North London.

— Manda para mim — disse Becca, e desligou.

— O que foi? — perguntou Rachel. — O que ele fez?

Becca acessou sua conta no Yahoo. O último e-mail havia chegado um minuto antes, e era de Finn. Nele, havia um link, nada mais. http://boards.4chan.org/b/thread/739373421

Rachel conhecia o 4chan. Os meninos adoravam. O fórum mais antigo da internet, lar de depravados. Ela navegara por ele uma vez durante dez minutos e só encontrara racismo, homofobia, ocasionalmente um meme engraçado e um profundo desespero primitivo em todo o gênero masculino. Becca clicou no link.

Ali, bem ali, no topo da página — *na internet* —, estava a foto de Rachel. A mesma que elas tiraram naquela noite. De meias e calcinha. Ela deu um passo para o lado, chegando ao parapeito da janela do quarto. O gin subiu pela garganta. Ela tentou segurar o vômito.

— Eles postaram todas as fotos lá — disse Becca. — As minhas também. Esses fodidos, fodidos inúteis!

— Mas como... — gemeu Rachel. Suas bochechas estavam tão quentes que ela imaginou que estivessem terrivelmente vermelhas. — Você disse...

— Desculpe. Sinto muito. Pensei que estivesse ajudando. Eu pensei...

O telefone de Rachel, um Nokia barato, vibrava na cama. Na tela, lia-se *número privado*. De alguma forma ela sabia que não devia atender, como se o modo como o celular estava vibrando fosse diferente, zombeteiro, sinistro. Então parou.

Eles rolaram a tela para baixo e encontraram outra foto, um close da carta presa ao quadro.

O telefone tocou novamente. Rachel atendeu, mantendo o aparelho longe do rosto, como se estivesse preocupada que ele pudesse atacar.

— *Quem é?*

Silêncio. Em seguida, risadas lentas e sarcásticas. Rachel jogou o celular longe. O aparelho bateu contra a parede e caiu no chão. A gargalhada, distante e metálica, continuou.

— Olha isso — disse Becca, apontando para os comentários.

Anon: O nome dela está na carta. Algum parceiro aí quer entrar no hospital e pegar o resto das informações dela?

Anon: Não deve ser muito difícil

Anon: Estou dentro. Cara, esses lugares têm zero segurança.

Anon: Rachel Stone. Idade: 17 anos. Endereço: Hanley Road, 68, Londres, N4 3DU. Telefone fixo: 0207 489 6358, celular 07942 451785. E-mail: callmerach95@hotmail.com

Anon: Sua vadia idiota. Sua vadia burra, burra

Anon: Parece que essa vadia burra foi exposta!!

Anon: Vamo pra cima galera!

Anon: LOL!!!

Durante dias, a vida de Rachel foi um inferno. O telefone tocava constantemente, e explodia com mensagens sórdidas, até que ela simplesmente o manteve desligado. Homens bombardeavam o e-mail dela com fotos do pênis. Alguém descobriu a escola que ela havia frequentado, hackeou e colocou a foto de Rachel como proteção de tela em todos os computadores. Eles até compraram nomes de domínio como vagabundamagrela.com e vadiaidiotaexposta.com e postaram memes da foto dela, incorporando seu nome aos metadados da página. Então, se alguém a pesquisasse no Google, aqueles eram os sites que apareciam na primeira página.

Mas isso não foi o pior de tudo. Não por muito tempo.

— Por que a demora? — Becca gritou da sala. — Você prometeu que ia ter petiscos!

— Você não pode deixar essa foto aí! — gritou Spence.

— Eu te contei tudo.

— Exceto o motivo de essa foto ter reaparecido dez anos depois! — Ele levantou o polegar na altura do ombro. — Vamos esperar que a senhorita Bêbada McSelfie desmaie, depois eu vou querer saber o resto.

Ela pressionou a tecla do lixo abaixo da foto e a viu desaparecer.

— Obrigada por não me julgar, Spence. Sério. Estou falando sério.

— Olha, quer que eu adie o voo que vou pegar amanhã? Eu posso...

— Sem chance — afirmou ela, levando a bandeja de canapés de volta. — Eu quero que você seja feliz.

Na sala, Becca estava recostada no sofá, de barriga para cima, com o celular na mão, fazendo biquinho para câmera.

— Vocês dois! Hora das *groupies*!

Spence segurou o braço de Rachel e fez biquinho.

— Você ouviu.

— Eu passo.

Ela não precisava fazer parte do desfile das redes sociais de ninguém naquele momento.

Spence ficou atrás de Becca enquanto ela fotografava de todos os ângulos. Depois, enquanto ela procurava a melhor foto para postar no Instagram, Spence abriu uma garrafa de tinto e serviu duas taças. Rachel perguntou a ele sobre sua viagem à Grécia, apesar de terem falado sobre isso diariamente desde que ele tinha reservado o voo. Qualquer coisa para não ficar olhando seu telefone a cada dois minutos para ver se havia chegado uma mensagem de Konrad.

— Eu nem sei se Andreas ainda está interessado em mim — disse Spence. — Eu mandei mensagens o dia todo e não recebi *nenhuma* resposta.

— Você e eu, irmã — disse Rachel, brindando com Spence. — Ele não teria convidado você para sair se não estivesse interessado.

— Ele me convidou, eu me convidei. Existe uma diferença tão grande assim?

— Ah, sem essa, sr. Positivo. — Rachel sacudiu o joelho dele, embora na verdade ela mesma tivesse suas próprias dúvidas sobre a viagem. Sempre que Spence falava de Andreas, com quem ele havia passado sete dias de pegação em um cruzeiro no Adriático em julho, tudo vinha com um qualificador. Andreas queria se mudar para Londres, mas poderia ir para a universidade em Atenas para fazer mestrado em Turismo; ele queria apresentar Spence aos pais, mas aquela viagem não era o momento certo. Rachel detestava ser negativa na frente do amigo, mantinha esse lado de si mesma comedido quando eles saíam, bem, o máximo que podia, então só apoiara Spence para que fosse de avião até lá. Com alguma sorte, quando não desse certo, o coração de Spence não ficaria despedaçado *demais*. Se o ano em que eles ficaram amigos servisse de referência, quando Andreas estivesse fora da vida de Spence, haveria um novo ano a seguir.

— Ninguém aqui está ficando mais jovem, *querida* — disse Spence. — Principalmente eu.

— Mais botox?

— Minha cara não ia aguentar.

— Do que você...

— Ok. Pare. Eu não posso mais falar sobre isso.

Do sofá, Becca soltou um grunhido e virou a cabeça para o outro lado. Rachel nem havia notado que ela tinha adormecido. Sua blusa preta tinha subido, deixando à mostra a pele bronzeada por cima do jeans.

Spence fez um movimento com a cabeça na direção de Becca.

— Vamos chamar o salva-vidas? Mandá-la de volta para o mar.

Rachel bateu no braço dele, sorrindo, sentindo-se culpada e

sorrateiramente satisfeita por ter gostado do insulto. Ainda não conseguia acreditar que Becca a tivesse acusado de enviar aquela foto. Era isso que Becca realmente pensava dela? Que faria algo assim? Talvez fosse. Nesse caso, serviu para mostrar que, às vezes, o que você costumava acreditar que alguém pensava a seu respeito estava de fato tão distante da verdade quanto você poderia imaginar.

— Me passe isso — disse Spence, apontando para o telefone dela. Pensando que ele ia tirar uma foto dos dois, ela o destravou e o entregou. Em vez disso, ele tirou algumas fotos de Becca. — Agora, da próxima vez que ela for má com você, você pode olhar para essas fotos e saber que ela não é tão perfeita.

— Você é terrível — disse Rachel.

— E você não as apagou.

Eles trocaram sorrisos desonestos.

— Acho que nós vamos ter que ser terríveis juntos.

De qualquer forma, as fotos já teriam ido embora. Ela ia limpar seu telefone assim que Spence e Becca fossem embora, eliminar qualquer programa horrível que Griffin, ou quem quer que fosse, a tivessem enganado para que instalasse.

— Então — disse Spence, encostado na cadeira, balançando seu vinho —, voltemos ao que você estava falando na cozinha. Eu quero a *verdadeira "v*ersão estendida".

Rachel tomou um gole, fez uma pausa com o copo nos lábios e depois bebeu o restante. Ela não deveria beber tanto de estômago vazio, mas o álcool a estava relaxando, e depois de tudo pelo que havia passado naquelas últimas 24 horas, descontrair pareceu mais importante do que ficar estressada com um pouco de ressaca. Além disso, era bom conversar com alguém que acreditava nela, em vez de pensar que estava sempre fazendo *drama*.

— Tudo bem — disse ela. — Aqui vai.

10
GRIFFIN

Sem coragem para enfrentar a escola depois do *doxing*, Rachel se trancou no quarto. Os dias se passavam com ela aninhada sob o edredom. Becca a visitava todas as noites para transmitir as novidades — dois dos meninos que haviam compartilhado as fotos tinham sido expulsos, os outros suspensos. Sim, *todos* tinham visto, mas finalmente conseguiram tirar a proteção de tela dos computadores da escola. A cada atualização, a vontade de morrer de fome ia se fortalecendo. Qual era o objetivo de comer? Ela nunca se recuperaria.

E o sofrimento não era só de Rachel. Sua avó estava com quase setenta anos, convivia com uma artrite nos joelhos e tomava um monte de remédios para o coração todos os dias. Ela era uma mulher forte, tinha criado dois meninos depois de ficar viúva, mas esse era um tipo diferente de estresse. A preocupação de ver Rachel definhar, ficar mais doente e mais retraída, a estava envelhecendo rápido.

Essa foi a principal motivação para Rachel ter retornado à escola. O primeiro dia foi difícil — piadinhas, comentários maliciosos, garotas rindo quando ela passava pelo corredor —, mas no segundo ninguém tocou no assunto. Ela tinha o apoio de Becca, que era popular, assim como das outras meninas que haviam sido convencidas a mandar uma foto para o tal grupo. As fotos dessas garotas também haviam sido postadas no 4chan, por isso, sabendo que qualquer uma delas poderia ter sido vítima da mesma exposição, elas defendiam Rachel.

Antes disso, ela estava indo bem nas aulas. Tinha tirado dois A no simulado, em Biologia e em Matemática, e queria se candidatar a uma vaga na universidade para cursar nutrição. A orientadora vocacional havia dito que ela talvez conseguisse uma bolsa, considerando sua situação financeira, desde que mantivesse o nível das notas. Rachel pensou que, se se esforçasse bastante, poderia recuperar as matérias que havia perdido, colocar o trem de volta nos trilhos. E foi então que Alan Griffin invadiu sua vida.

Ela se lembrava da primeira vez que o vira. Ainda não fazia uma semana que tinha voltado a frequentar a escola. Ele estava em frente ao portão de trás, um homem de meia-idade. Olhos escuros, cabelo preto dividido de lado, bem-vestido em um terno azul-marinho com gravata-borboleta amarela. Parecia estar esperando algum professor sair.

Seus olhos se encontraram quando Rachel se aproximou do portão, e a boca do homem se abriu em um sorriso. Ele fez um movimento de cabeça para cumprimentá-la. Ela continuou andando, com a garganta apertada, o coração acelerado. O sinal havia tocado fazia dez minutos, por isso muitos outros alunos estavam por ali. Rachel aumentou o ritmo, sem olhar para trás, esperando estar enganada, que ele estivesse sinalizando para alguém atrás dela.

Ela morava a doze minutos de caminhada da escola. A primeira metade devia ser percorrida pela Hornsey Road, movimentada como sempre, com as lojas ainda abertas, mas daquela vez ela desviou, fez um zigue-zague pelas ruas de trás, atravessou uma área gramada. Olhou por cima do ombro e lá estava ele, mais perto do que ela esperava, manchas de suor já aparecendo no tecido da camisa.

— Rachel, espere — disse ele, sua voz baixa, como se não quisesse que ninguém ouvisse.

— Eu não conheço você.

— Podemos conversar? Dois minutos.

— Vá embora!

Decisão instantânea. Ela saiu correndo para casa. Praticava corrida na escola desde os treze anos. Não havia chance de ele alcançá-la. Ela tomou um caminho sinuoso e obscuro e conseguiu chegar, ofegante, procurando as chaves, entrando e batendo a porta. Desejou que esse fosse um incidente isolado, mas sabia, pela maneira como ele olhara para ela, que não era. Algo ruim tinha começado, dava para sentir lá no fundo. Algo muito ruim.

Alan Griffin tornou-se uma presença constante à margem de sua vida. Sempre que ela saía, ele estava lá, sentado em um carro do outro lado da estrada, ou observando debaixo de uma árvore. No cinema com Becca, ela olhou em volta para a fila da bilheteria e lá estava ele, no guichê ao lado, comprando ingresso para o mesmo filme. Ela se escondeu no banheiro até a hora de o filme começar, chorando e desejando que ele a deixasse em paz, e depois fugiu pela saída de incêndio.

Seu peso tinha despencado. Ela estava sendo sugada, a vontade de se fechar, de se privar, de se tornar mais forte.

De novo não.

Não depois de ela ter lutado tanto para voltar.

Assim que o viu novamente parado em frente à sua casa, ela saiu pela porta.

— Vá embora ou eu chamo a polícia.

Ele endireitou a lapela do terno.

— Se você me desse uma chance...

— Seu tarado!

Em vez de se sentir intimidado, ele pareceu confuso, um pouco apagado, como se tivesse alimentado uma máquina de venda automática, visto seu lanche cair, mas não conseguisse encontrá-lo na parte de baixo.

— Foi você que compartilhou aquelas fotos safadas na internet — ele acusou. — Foi você que divulgou o seu telefone e endereço.

— Não eram fotos minhas.

— Parecia muito com você.

Um casal de idosos que ela conhecia caminhava pela Westie, e mais adiante ela viu uma família jovem, a mãe empurrando um carrinho de bebê e o pai puxando um garoto num patinete vermelho. Rachel apontou para Griffin.

— Este cara é um pervertido! — ela gritou para eles.

— Pare com isso — ele pediu.

— Ele me seguiu da escola até aqui. E tentou abusar de mim!

— Cale a boca. Estou avisando.

O casal de idosos parou e ficou observando. O jovem pai estava vindo rapidamente na direção de Rachel.

— Ele fica parado aqui fora, na frente da minha janela! — Rachel gritou. — E fica se tocando!

Griffin olhou para ela, seus lábios apertados e trêmulos.

— Sua vadia maldita — ele sibilou. — Eu vou *acabar com a sua vida*.

Depois disso, ele continuou a persegui-la, embora só aparecesse quando ninguém mais estava por perto. Ela passava ao lado de um carro e o via no banco do motorista, segurando um binóculo, para deixar claro que a estava observando de longe. Quando ela estava em um ponto de ônibus vazio à noite, ele saía das sombras para encará-la. Mesmo quando ela estava em casa ele a assediava, ligando para seu telefone fixo sem parar, até que sua avó tirava o plugue da parede, e colando bilhetes na caixa do correio. Coisas como *Toda vez que você sair de casa eu vou estar esperando* ou *Muito em breve você será toda minha*.

A coisa piorou quando ele partiu para ataques virtuais, invadindo suas redes sociais e trocando suas senhas. Enquanto Rachel lutava para ter as contas desbloqueadas, enviando fotos digitalizadas do passaporte e aguardando dias para o Facebook acreditar na sua identidade, ele escrevia na linha do tempo dela, fingindo ser Rachel, tentando soar como ela, porém maldosa, sarcástica, como se fosse uma vadia. Da conta de Rachel no Yahoo, ele disparou e-mails para as pessoas dizendo o que ela realmente pensava delas, depois apagou tanto o e-mail original quanto as respostas que chegaram, para que Rachel nunca pudesse ter certeza do que ele havia escrito. Ela avisou as pessoas o que estava acontecendo, que um cara estava fazendo tudo isso, mas dava para ver que nem todos acreditavam. Alguns achavam que o *doxing* tinha mexido com sua cabeça.

Toda vez que ela conseguia entrar em suas contas, Griffin retomava o controle delas antes do fim do dia. E voltava a espalhar veneno em seu nome. Voltava a jogá-la contra os amigos.

Ela fez anotações de tudo, dia a dia, coletou provas, como todos os sites sobre perseguidores sugeriram, e as levou à polícia. Os dois detetives que tomaram seu depoimento foram simpáticos, mas disseram que havia pouco a fazer. Na época, ela nem sabia o nome dele. E a descrição como um "homem de meia-idade de cabelo preto" não ia gerar impacto no *Crimewatch*.* Quando ela insistiu que a polícia fizesse algo, eles trocaram olhares e perguntaram como ela sabia que era esse homem, especificamente, que estava fazendo tudo isso. Ela não tinha dito que muitos caras estavam envolvidos no seu *doxing*? Quem sabe se ela evitasse postar fotos de topless esse tipo de coisa não aconteceria.

Tudo o que viram foi uma adolescente neurótica e paranoica, magra e doente, que tinha ela mesma arranjado problemas para a sua vida.

Mais tarde, depois que Griffin foi para a prisão, Mark descobriu de que maneira ele continuava a entrar nas contas dela.

— Você deixa o seu laptop sempre no mesmo lugar? — ele perguntou. Ficava na escrivaninha do quarto dela. Quando ela assentiu, ele foi até a janela, onde havia uma árvore alta do lado de fora.

— Aposto... — ele murmurou, analisando-a. — Aha! Olha só isso.

Aninhada na curva de um galho, apontando para seu quarto. Uma minúscula caixa preta com uma lente no meio.

— Aquilo é uma câmera — disse Mark. — Ele conseguia ver quando você fazia login. Foi assim que ele conseguiu suas senhas.

— E depois? Continue. — Spence a encorajou. — O que aconteceu com ele?

Rachel fez uma pausa. Realmente queria que Spence soubesse o que ela tinha feito para deter Griffin? E se ela contasse e ele não quisesse mais ser seu amigo?

Ela limpou a garganta.

— Encontraram um monte de fotos no computador dele... crianças.

— Ele era um pedófilo de verdade!

— Meio que era.

Spence olhou para ela pensativamente.

— Mas, se ele foi preso por pedofilia, por que estaria perseguindo você de novo depois que foi solto?

— É muita coincidência eu ser hackeada semanas depois de ele sair da cadeia.

---

* Antigo programa exibido na TV britânica que recebia informações do público para ajudar a solucionar casos criminais [N. E.].

— Eu ainda acho que é aquele cara da academia, o amigo do Konrad. Tentando te envergonhar. Você devia ter enfiado seu telefone dentro da calça. *Clique!* Eu vejo seu pau e te saúdo com uma buceta.

— Nossa, que ideia ótima. E como eu ia explicar isso para o Konrad?

Spence olhou em volta, fazendo um gesto teatral.

— Que Konrad?

— Não! Já estou cheia disso. Você não imagina quanto. Eu... tem que ser isso, entendeu? Eu falei para ele hoje de manhã que seria a última vez, e ele fez de novo. — Ela fungou para segurar as lágrimas. — Ele me prometeu que estaria aqui, e... e...

— Merda. Desculpe. Eu estava brincando.

— Não, você está certo. Que Konrad?

A noite toda ela oscilou entre estar preocupada e ficar furiosa com ele, mas agora se sentia resignada. E triste, *tão* triste. Desamparo, uma tristeza profunda, do tipo que parecia fadada a durar para sempre.

— Pode ser que ele ainda... — Spence começou, mas Rachel fez um sinal para que ele parasse.

— Tanto faz — disse ela, subitamente exausta do álcool, da falta de sono, do estresse do dia que terminara. — É a vida, né? Não é a primeira merda que me acontece, e tenho certeza que não vai ser a última. Pelo menos eu não estou sozinha. Tenho a Lily.

— E eu, o que eu sou? Um sanduíche de peru?

Ela enxugou a última das lágrimas e sorriu.

— Está mais para torta de frutas.

— Abusada.

O pai dela só iria trazer Lily às oito da manhã, e, por mais que Rachel adorasse ser acordada antes do amanhecer quando a filha mergulhava em sua cama, dormir parecia exatamente o que ela precisava para colocar a cabeça no lugar. Ela bocejou, esticando os braços e fazendo um movimento com os ombros.

— Essa é a minha deixa, né? — perguntou Spence.

— Desculpe!

— Tudo bem, eu sei quando não sou desejado. — Ele se arrastou da poltrona. — Ok, vou usar o banheiro dos meninos. Depois eu vou puxar essa maluca de cara amassada do sofá e nós vamos embora.

— Spence... — Rachel chamou quando ele começou a subir a escada. Ele olhou para baixo.
— Sim?
— Obrigada de novo. Você é um ótimo amigo.
— Que isso. — O sorriso dele aumentou muito. — Eu provavelmente tenho anos de namorados malucos pela frente. Você vai ter chance de compensar.

Rachel começou a limpar a mesa de centro e estava com as mãos carregadas de taças de vinho e guardanapos sujos quando ouviu um ruído na porta da frente. O som de uma chave arranhando metal. Tinha que ser Konrad. Ela largou tudo e se apressou para vê-lo, o sangue correndo mais rápido, dividida entre querer gritar com ele por não ter aparecido antes e abraçá-lo enquanto agradecia por estar bem.

A porta se abriu antes que ela conseguisse chegar até lá. Konrad cambaleou para dentro, com os olhos arregalados e injetados de sangue. Sua aparência estava terrível: rosto inchado, lábio inferior cortado, as roupas úmidas e sujas, desalinhadas. Um rasgo enorme subia pela lateral do sobretudo, deixando-o pendurado pelas costas, como se fosse a asa de uma fantasia de morcego improvisada. Vendo a fúria em seu rosto, Rachel tentou se abaixar, mas ele pegou o ombro dela e a empurrou na direção da escada.

Ele ficou pairando sobre ela, bloqueando a luz, sua cabeça se tornando uma silhueta rígida.

— Por que o Pete? Por que o meu melhor amigo?
— Konrad, me escute, por favor. Eu não mandei foto nenhuma. Meu telefone...
— Vai se foder. *Vai. Se. Fo. Der.* — Ele segurou a testa dela como se estivesse tentando arrancá-la. — Não minta pra mim, porra. Eu vi.
— Eu liguei pra você! Eu falei que...
— Para de mentir na minha cara, tá? Todo mundo viu o que você fez. — De perto ele cheirava a vômito, vodca e vodca com vômito. Você mandou para o Pete pelo Snap, depois se abaixou perto dele para mostrar o rabo...
— O meu celular caiu!

— Todos os caras estavam lá, então pode me poupar da sua pose de santinha, porque pra mim chega. Eu não preciso de uma puta bagaceira e descompensada justamente agora.

Era demais para Rachel! O que quer que tivesse acontecido com ele, não lhe dava o direito de empurrá-la, nem de se recusar a ouvir o seu lado.

— Não sou eu que apareço em casa com queimaduras no braço. Nem como se eu tivesse... acabado de perder uma porra de uma briga.

— Ah, então é isso. Algum tipo de vingança. Eu não estou te dando atenção suficiente, né? Foi por isso que você decidiu me humilhar.

— Não venha falar de humilhação! Seu melhor amigo fez uma coisa *horrível* comigo e você não se importa. Você nem quer me ouvir.

— Então todos eles estão mentindo e...

Os pés de Spence apareceram na escada. Ele contornou Rachel e empurrou Konrad com duas mãos em seu peito.

— Pode parar, cara — disse ele. — Por hoje chega.

Konrad se endireitou e deu um passo na direção dele.

— Vai querer comprar essa briga, então?

— Eu já falei que por hoje chega. — Spence cruzou os braços. — Agora vá para casa dormir, senão eu chamo a polícia.

Rachel viu o pescoço de Konrad tenso, sua boca ficar rígida. Por um momento horrível ela pensou que ele fosse atacar Spence, ou pelo menos empurrá-lo de volta — ele tinha quase o dobro do tamanho do seu amigo. Felizmente, o fogo parecia ter se apagado. Seus ombros caíram e a respiração ficou rápida e entrecortada. Ele passou os dedos nos olhos enquanto as lágrimas deslizavam em seu rosto.

Ele não tinha o direito de tratá-la assim, não importava o que achasse que Rachel tinha feito — e ela ficava apavorada por ver um lado violento de sua personalidade que estivera escondido —, mas Konrad parecia tão perturbado que, mesmo sentindo muita raiva, ela sentiu necessidade de abraçá-lo, de fazê-lo se sentir melhor.

— Konrad — disse ela, alcançando-o. — Venha aqui. Vamos sentar. Nós...

Ele se desviou do toque dela.

— Vai se ferrar. Bem que o Pete me aconselhou a não me envolver com você. Ele me disse que você era encrenca, mas na época eu não dei bola.

Spence virou Konrad para a porta.
— Acho melhor você ir.
Konrad lhe deu um safanão.
— Vai se foder. — Então para Rachel. — E você também.
Ele bateu a porta ao sair. A parede ficou vibrando por um tempo até parar.
— Caramba. — Spence a abraçou gentilmente.
— Meu Deus — gemeu Rachel, e soltou um soluço que esvaziou a respiração de seus pulmões. — Por que isso está *acontecendo*?

11
BANCO

A voz da mulher é solícita. As pessoas geralmente são.
— Olá. Central de atendimento — diz ela. — Camden e Islington NHS.
— Ah, sim. Olá, olá. Não sei se você pode me ajudar. Eu trabalho na Clínica Chalkhill em Highbury, e estou com um problema para receber o meu salário. Pode me transferir para o setor de folha de pagamento, por favor?

O papinho extra não é obrigatório, mas torna a recusa mais difícil.
— Claro — ela responde. — Eu vou transferir.
— Mas não para o helpdesk, né? É que eu já fiquei um tempão no telefone com eles. Daria para eu falar com uma pessoa? *Por favor?* — Você ouve a incerteza na pausa dela. — Olha — você diz —, é meu aniversário de casamento no fim de semana e eu quero fazer uma coisa legal para a patroa. Se eu não falar com eles nos próximos dez minutos, só vou receber na segunda-feira. Você entende o meu lado, né?

— Claro — ela diz, e talvez entenda mesmo. Talvez ela também desejasse que a chama monótona de sua vida fosse avivada pelo menos uma vez por aquele traste que tem em casa. Você precisa puxar a tal alavanca de empatia estúpida que torna as coisas tão fáceis. — Vou ver aqui.

Os dedos batem nas teclas.
— Eu posso tentar a Zoe Roundstead — ela explica. — O painel diz que ela está livre.
— Muito obrigado, você é demais.
Clique, clique, ligação transferida.
— Olá. Zoe falando.
— Oi, Zoe! É Ollie Cedar, do RH.

Certifique-se de ter ligado antes para o departamento de RH a fim de conseguir esse nome, e para descobrir qual software de contabilidade eles usam. Somente os despreparados são pegos desprevenidos.

— Ei, Ollie — diz Zoe. — O que houve?

Você foi transferido de um ramal interno, não do helpdesk geral, então as defesas dela estarão desarmadas.

— Eu estou uma enfermeira desesperada, com medo de não receber o salário. Ela mudou de conta. Preciso ver se ela está no sistema. Eu mesmo verificaria, mas o maldito Sage bloqueou tudo de novo. Se eu te passar os dados dela, você pode confirmar o que aparece aí na sua tela?

— Não tenho certeza...

— Se eu não resolver isso nos próximos cinco minutos, ela não vai entrar na folha. Eu poderia ter pedido para ela mesma te ligar, mas ela foi buscar os filhos na escola. Juro que só vai levar dois minutos.

Essa é a parte complicada. A hora do vai ou racha. No entanto, se você escolheu o momento com sabedoria, se conseguiu descobrir em uma ligação anterior quando exatamente a folha de pagamento é processada — e sabe que é dali a cinco minutos —, as chances são boas. Ninguém quer se sentir responsável por deixar uma pessoa sem grana no fim de semana, especialmente quando essa pessoa tem filhos.

— Vamos lá — diz ela. — Você tem o nome?

— Rachel Stone.

— Identidade?

— CIT42815. Ela disse que... — Tape o telefone, finja checar alguma coisa. — Trabalha no St. Pancras. — *Tec, tec, tec.* Digitando.

— Achei — diz Zoe.

— Ótimo. O código da agência que eu tenho é 33-44-55.

— O que eu tenho não é esse.

Deixe sair um longo gemido, como se isso fosse realmente importante para você.

— Droga. Qual você tem?

— 23-76-12.

— Bom, pelo jeito a conta não é 23695434.

— Não mesmo. 74937482.

— Provavelmente eu estou com os dados antigos dela. Bom, eu vou ter que dar a má notícia. Você ajudou muito, Zoe.
Use um verificador de código de agência para descobrir que ela tem conta no consórcio de bancos. Você já deve ter a conta para todos os bancos, e conhecer as perguntas de segurança deles. Tenha as respostas prontas.

Compre um headset e um software de alta qualidade como o Morphvox Pro para fazer sua voz soar feminina. Ligue para o banco várias vezes até conseguir uma jovem que pareça terrivelmente entediada. Dê o número da agência e o da conta de Rachel e diga que precisa transferir dinheiro para lá. Quando a garota pedir o número que aparece no seu token, explique que você tinha em uma pasta, mas seu computador travou, e agora você precisa pagar...

— Ok, ok — responde a garota, que não está nem aí para os seus problemas.

— Então como...

— Eu posso enviar um novo código de segurança. Nome?

— Rachel Stone.

Após as preliminares, data de nascimento, endereço, a garota dá um suspiro e diz:

— Vou fazer algumas perguntas de segurança. A senhora se importa?

— Imagine.

— Nome de solteira da mãe?

— Dougdale.

— Data inesquecível?

Dê a ela a data, depois diga: "aniversário da minha filha".

Ela pede para esperar, e alguns segundos se passam.

— O seu token antigo foi cancelado. O novo vai ser recebido pela senhora dentro de uma hora, mas a maioria das pessoas recebe imediatamente. Posso ajudar em mais alguma coisa?

Compre um smartphone. Um Motorola Droid de dez libras do eBay serve. Atualize o firmware para transformá-lo em um rádio; o hardware dele suporta isso. Pense no firmware como instruções que dizem ao hardware como se comportar.

Sintonize-o no canal da companhia telefônica, nesse caso O2, e fique no raio de alcance da mesma torre de celular da Rachel para receber a mensagem de texto com o token enviado pelo banco. Isso pode ser complicado, porque em Londres você pode cruzar um corredor e ficar mais perto de uma torre diferente. Mas você conhece o ditado Deus ajuda quem cedo madruga?

Bem, não é só essa pessoa que Deus ajuda.

Ele também ajuda quem planeja. Quem presta atenção aos detalhes.

O Hospital St. Pancras fica no raio de alcance de uma única torre.

Escolha um horário em que ela esteja lá, e ocupada demais para olhar o celular quando uma mensagem chegar. Tipo o início do turno, quando ela estiver fazendo sua ronda na enfermaria, a enfermeirazinha supercorreta.

Quando o token chegar, ligue novamente para o banco, solicite uma transferência de dinheiro e informe os dois dígitos solicitados gerados pelo token. Em poucos minutos, o salário dela desaparece.

Mas não é trabalho demais só por dinheiro? Não seria mais fácil instalar um scanner em um caixa eletrônico, montar uma câmera no prédio ao lado, juntar números do PIN, lidar com cartões falsos?

Seria, se tivesse a ver só com o dinheiro.

Só que a coisa é muito maior que isso.

12
LISTA

Quando a barra de progresso no telefone de Rachel atingiu cem por cento, o androidezinho verde parou de piscar e a tela ficou preta. Ela prendeu a respiração, meio esperando por isso, que o telefone pifasse, mas um momento depois o logotipo da Samsung apareceu e sumiu, e ela foi presenteada com uma tela de registro. Checou o horário. Duas e quinze. Não demorou muito para registrar seu número e programar o alarme, e então ela poderia ir para a cama. Mas ela sabia que não conseguiria dormir.

Entre o café forte que fizera para clarear a mente, a adrenalina que ainda faiscava ao longo de seus membros e a fome que lhe roía as entranhas, ela teria sorte se conseguisse fechar os olhos essa noite. Que se danasse. Ela iria superar isso. Lily tinha cólicas quando era bebê, sempre regurgitando seu leite, que era ruim a ponto de irritar a garganta da menina; durante os primeiros seis meses, quase todas as noites tinham sido um trauma sem fim. Se ela havia conseguido sobreviver àquilo, seria capaz de superar essa noite. Felizmente ainda havia algumas horas pela frente antes de seu pai trazer Lily de volta, o suficiente para reunir forças e enfrentar o dia no trabalho.

Rachel terminou o café, engolindo um resíduo de baunilha que quase a fez engasgar, depois voltou sua atenção para o laptop. Depois que Spence finalmente fora embora — ele tinha se oferecido para passar a noite, mas de jeito nenhum ela seria responsável por ele estar cansado quando voasse para a Grécia de manhã —, ela se instalara na cozinha para tentar colocar os pensamentos em ordem, registrando-os em um documento Word.

O que eu sei ao certo?
1. *Alguém está espancando Konrad. Já aconteceu três vezes na última semana.*
2. *Alguém invadiu minha conta no Snap e mandou aquela foto minha.*
3. *O amigo de merda de Konrad, Pete, respondeu com uma foto do pinto.*
4. *Alan Griffin saiu da cadeia.*

Certo. Então qual seria o objetivo de mandar aquela foto? Humilhá-la? Fazê-la sentir vergonha? Se ela estivesse sendo vítima de *doxing* novamente, isso faria sentido, mas poucas pessoas tinham recebido a foto, lembrando que Becca e Spence dificilmente formariam um público receptivo.

Isso significava que o verdadeiro destinatário da foto tinha sido o Pete?

Se fosse esse o caso, foi ele quem a enviou?

E se ele tivesse fuçado no Google, achado aquela foto e percebido que poderia usá-la para separar os dois? Rachel tinha certeza de que ele não gostava dela; Konrad praticamente afirmara isso. *Bem que ele me falou que você era encrenca.* Que melhor maneira de Pete provar isso do que mostrar a Konrad provas de que Rachel estava se insinuando pra ele?

Por mais que isso soasse possível, e o fato de a foto ter sido enviada enquanto ambos estavam na academia tornava a probabilidade ainda maior, simplesmente não *parecia* certo.

O que parecia certo era Alan Griffin.

Isso era típico do repertório dele. E o mesmo valia para o e-mail que tinha sumido. Ele saíra da prisão fazia duas semanas, e agora isso tudo estava acontecendo. Seria uma coincidência?

Mas... se Griffin estava por trás disso, por que ele não bloqueara o acesso dela às suas contas? Ou por que ele tinha disparado apenas uma foto? A mesma foto boba de antes. Não fazia sentido.

Ela se levantou da cadeira e andou pela cozinha. Talvez ele estivesse ganhando tempo, tirando Konrad de cena antes de vir atrás dela. Mas qual era o jogo dele? O que ele queria? Arruinar a vida dela novamente? Mandá-la de volta para a ala psiquiátrica? Que ela fosse internada de uma vez por todas? Ou era algo ainda mais desonesto? Fazê-la procurar a polícia, para estar implicada na prisão dele? Rachel sempre se perguntara se ele sabia que ela tinha provocado sua prisão — no mínimo ela estava no topo da lista de suspeitos. Talvez aquela foto fosse a maneira dele de contar que ela era a número um.

Mas e quanto aos ferimentos de Konrad? Griffin também estava por trás deles? Fazia mais sentido do que Pete ser o autor. No entanto, mesmo que Griffin tivesse ameaçado usar de violência no passado, nunca havia feito nada — se bem que, novamente, isso tinha sido antes de passar oito anos em uma prisão de segurança máxima. Quanto ao fato de Konrad ser muito mais forte que Griffin, talvez ele tivesse feito amizade com alguns bandidos lá dentro. Talvez tivesse prestado alguns favores para eles e essa fosse a maneira de os caras retribuírem.

Agora, se aconteceu dessa maneira, *por que Konrad não tinha ido à polícia*?

A menos que alguém o tivesse mandado ficar de boca fechada.

Poderia ser esse o motivo dos hematomas e queimaduras? Ele estava tentando protegê-la? Isso faria sentido, não faria? Espancaram Konrad e disseram para ele não denunciar, senão viriam atrás dela.

Rachel se apoiou no balcão. Seu cérebro parecia estar sendo chacoalhado. Uma coisa era certa: quem estava por trás de tudo isso *tinha* recorrido à violência. Não contra ela, pelo menos ainda não, mas estava lá, era parte disso, e ela precisava estar pronta. Ela abriu a gaveta dos talheres, encontrou a faca superafiada de cerâmica para cortar legumes que havia comprado no mercado Seven Sisters e pressionou a lâmina branca contra a ponta do dedo, com força suficiente para furar a pele.

Uma gota de sangue escorreu e ela trouxe o corte para a boca, o gosto de moeda enferrujada pungente na língua. Ela não era mais uma frágil vítima definhando, com uma sonda no estômago e braços tão finos que as enfermeiras precisavam usar braçadeiras de criança para medir sua pressão. Ela frequentava a academia, puxava peso. Ao longo dos anos, tinha fortalecido sua musculatura. Sim, tinha havido recaídas, *crises*, chame como quiser, durante os exames finais do curso de enfermagem, ou quando sua avó faleceu — é natural escorregar de vez em quando —, mas ela nunca caíra no abismo, não depois que saiu da adolescência.

E ela não queria cair agora.

Ela olhou ao redor da cozinha, para a vida que tinha construído com a filha. O mural de fotos na cortiça colada à geladeira, as penas de pavão que haviam encontrado em uma viagem de um dia ao Richmond Park, as minúsculas xícaras de espresso com desenhos art déco descolados que elas usavam para brincar de casinha. Pedaços de enfeites do terceiro aniversário de Lily ainda estavam colados na parede, serpentinas inclinadas com a idade, penduradas nas lâmpadas.

Quem quer que estivesse fazendo isso com ela, Rachel não o deixaria ganhar. Ela pegou a faca, a lâmina apontando para o laptop. Essa era a casa dela. A casa dela.

E ela estaria perdida se Alan Griffin ou qualquer outra pessoa fosse tirá-la desse lugar.

13
ROUPAS

O barulho de alguém fechando a porta da frente acordou Rachel. Ela tinha adormecido na cozinha, deitada sobre a tampa do laptop. Quando levantou a cabeça, seu pescoço parecia rígido como uma viga de aço, o crânio estava radioativo. A boca parecia ter sido usada como banheiro do prédio.

Tinha tomado alguma coisa? Ela procurou em suas lembranças de antes de desmaiar. Não, não tinha. Havia sido tentada a invadir seu esconderijo mas resistira, graças a Deus. Aquela era uma encosta em que não pretendia escorregar.

Lily entrou correndo na cozinha e sorriu para a mãe.

— Podemos comer pipoca no café da manhã?

— Você alguma vez já comeu pipoca no café? — Rachel respondeu, grogue.

O pai dela entrou assobiando, trazendo consigo um aroma de cigarro velho e de enroladinho de salsicha que fez seu estômago revirar.

— Oi, meu bem.

— Eu já soube que vocês dois comeram pipoca ontem à noite — disse Rachel, apertando Lily em um abraço.

— Foi só um pouquinho. Eu comi a maior parte.

Era para ser um comentário de brincadeira, mas ela podia ver pelo rosto do pai que ele tinha levado a sério.

— Não se preocupe com isso — amenizou ela, fazendo um sinal conciliador com a mão. — E obrigada de novo. Eu realmente agradeço por você ter ficado com a Lil.

Ela esperava então que seu pai fosse embora — o *obrigada* costumava ser a deixa —, mas dessa vez ele permaneceu ao lado da geladeira. Ele limpou a garganta e deslocou o peso para o outro pé.

— Escute, meu bem. Sobre a noite passada...

Ah, Deus, de novo não. Um dia inteiro no trabalho depois de uma noite quase sem dormir já seria ruim o suficiente; ser obrigada a começar com um ataque de sinceridade do pai era demais.

— É melhor você correr — sugeriu ela, apontando para a porta. — Não vai querer se atrasar, né?

— Você não lembra — continuou ele —, mas, quando você tinha a idade da Lily, eu chegava em casa e você pulava em cima de mim. *Papai, papai!*

— Tem razão, eu não lembro.

— Só estou dizendo que você tem uma filha maravilhosa, então não cometa o mesmo erro...

— *Está bem*, pai.

— Pode falar comigo, querida — insistiu ele, dedilhando a parte de baixo da barriga. — Você é... você é minha filha. Eu quero te ajudar.

Ela pressionou a testa com os dedos, esperando que ele visse o quanto estava fazendo doer sua cabeça.

— Você está me ajudando.

— Eu só...

— Vá trabalhar, pai. *Está bem*?

Rachel esperou que ele partisse, que a porta se fechasse silenciosamente, depois virou Lily no colo dela até que ficassem nariz com nariz.

— Então, meu anjinho. Que tal eu fazer um café da manhã para nós *duas*?

— Hummm... Posso comer pipoca?

Ela sentou a menina no cadeirão. Era por isso que tinha pedido para não dar porcaria a ela. Já era difícil fazer Lily comer às vezes, imagine quando ela estava com a cabeça virada, atraída por belisquetes saborosos.

Rachel ligou o rádio, um antigo modelo analógico que estava nessa cozinha desde que sua mãe ainda era viva, encontrou uma estação que, a julgar pela música que estava tocando — "How Deep Is Your Love?", dos Bee Gees —, devia ser a Magic FM, depois tirou ovos, leite, manteiga e batatas da geladeira. Ela bateu e fatiou, assobiando, cantando quando se lembrava da letra, esperando que Lily achasse que era apenas uma manhã normal, e não uma manhã em que o antigo perseguidor de sua mãe estava possivelmente de volta à ativa.

Oito anos haviam se passado desde que Alan Griffin tinha sido preso, e mesmo assim ali estava ela novamente, sentindo-se caçada, vigiada, assustada. Vivendo com o medo constante do que viria a seguir. Isso era o pior de tudo, a espera. A foto do Snapchat não seria o fim. Ela sentia.

Então, e agora? Mais do que tudo, ela queria faltar no trabalho e se trancar com Lily. Mas, para começo de conversa, naquele dia eles contariam com uma enfermeira reserva para substituir Spence, e elas sempre passavam o primeiro dia na enfermaria entrando e saindo do almoxarifado toda vez que precisavam trocar a roupa de cama, e Rachel se preocupava demais com seus pacientes para deixá-los sem a cobertura de alguém experiente. Além do mais, era sábado e Lily passaria o dia no apartamento de Mark, com sua portaria acessível por um código digitado e câmeras de segurança no saguão. Como ele não fazia o gênero "pai que curte um play" — preferia construir reinos de Lego complicados com Lily a empurrá-la no balanço —, os dois provavelmente ficariam dentro de casa. A menina com certeza estaria mais segura lá do que em qualquer outro lugar.

Que tal a polícia? Se ela deixasse Lily mais cedo, poderia ter tempo de ir até lá e relatar o que havia acontecido. Mas o que ela diria a eles? Um cara que ela conhecia lhe mandara uma foto do seu pinto. Ela não tinha nenhuma prova, nem mesmo uma captura de tela. Mesmo que tivesse, o que ela faria, então? Levariam Pete para ser interrogado? Só que, se *fosse* Griffin tentando destruí-la e a Konrad, então Pete era apenas um bode expiatório que estava lá para mostrar a Konrad o que a vadia da namorada dele tinha feito.

Ela sentiu uma onda de culpa ao pensar que Griffin estava por trás dos ferimentos de Konrad. Depois que ele explodira, ela tinha decidido: não importavam as circunstâncias, nada lhe dava o direito de empurrá-la, de fazê-la sentir-se acuada. Ela não queria estar envolvida com ninguém que fizesse isso. O que teria acontecido se Spence não estivesse na casa? Konrad teria batido nela? Ela achava que não, mas não estava disposta a descobrir em uma próxima vez.

Naquela manhã, porém, sentindo mais do que nunca a falta dele — não havia como simplesmente desligar seus sentimentos —, ela desejava retroceder uma semana, para um momento antes de tudo isso começar, quando eles passavam o dia trocando mensagens bobas e ela poderia esperar por uma noite protegida em seus braços. Ela, mais do que ninguém, sabia como Griffin mexia com a vida das pessoas. Não parava de pensar em Konrad chorando perto da porta, parecendo tão magoado. Se ele perdera a cabeça e se era *culpa dela* que isso tivesse acontecido, ela não lhe devia pelo menos mais uma tentativa de descobrir a história completa?

Ela empilhou ovos mexidos e fritas em um prato, colocou na mesa e sussurrou para Lily, em tom de conspiração.

— Nós só precisamos chegar na casa do papai daqui a duas horas. Se você conseguir me ajudar a acabar com *tudo isto,* talvez nós possamos ficar lá no sofá assistindo *Frozen.*

— Eu como tudo — declarou Lily, e pegou duas batatas fritas.

Rachel espetou um pedaço de ovo e o levantou, mas seus lábios não se abriram. Algo não estava certo. Não importava quantas vezes ela movesse as peças em sua mente, o quebra-cabeça não se completava.

O que era?

O que ela não estava enxergando?

Mark abriu a porta vestindo um suéter marrom arrumadinho de gola V por cima de uma camisa branca sem gola e uma calça de sarja bege com pregas, roupas que Rachel nem sabia que ele tinha, muito menos imaginava que usasse. Aquilo estava a anos-luz de distância de seu guarda-roupa padrão, formado por macacões manchados, uma camiseta com um trocadilho sobre *Star Wars* ou uma piada sobre codificação que ela não entendia, mesmo depois de ele ter explicado um bilhão de vezes.

— Café? — perguntou ele, despreocupado, saindo do caminho para que as duas pudessem entrar.

— Você está diferente, papai — disse Lily, com ar confuso.

Mark a colocou sentada em seus ombros e deu um beijinho em seu tornozelo nu.

— Vou considerar isso um elogio.

Ele realmente parecia bem, a camisa e a sobreposição harmonizando com a calça e compondo um visual bonito com sua silhueta estreita.

Com seu novo penteado de hipster, todos os vestígios de breguice haviam sido apagados de sua aparência. Isso era muito inesperado. Desde que se conheciam, ele nunca tinha aceitado comprar roupas sem reclamar. Em mais de uma ocasião ela havia comprado algumas cuecas boxer da Primark porque era mais fácil do que tentar convencê-lo a renovar a roupa íntima cheia de furos que ficava secando em cima do aquecedor. No entanto, ali estava ele, vestido como se tivesse saído de um catálogo da Top Man.

— Eu... eu não ia comentar, mas... — ela começou.
— Por quê? Estou com jeito de bobo?
— Não! Você está um gato. De verdade... um gato.
— Tente dizer isso sem erguer as sobrancelhas.

Ela o seguiu até a cozinha e se apoiou no balcão de pedra enquanto ele introduzia uma cápsula em sua Nespresso.

— E aí, como foi a festa? — perguntou ele, tirando duas xícaras do suporte. — Noite agitada, pelo jeito.
— Olha, quer saber mesmo? Foi uma noite bem chocha. Duas garrafas de bebida, uns canapés...
— Aaaah, eu amo canapé. — Ele colocou uma xícara embaixo do bico e ligou a máquina. — Que canapés tinha? — gritou sobre o som da moagem dos grãos de café.
— Você iria morrer — ela gritou de volta. — Iceland!
— Poxa, Rachel.

Ela encolheu os ombros. A moagem parou e o vapor saiu quando o café estava servido.

Mark olhou para a máquina por alguns segundos, então perguntou:
— Como está o Konrad?
— Ele está... bem — ela respondeu. Não gostou da maneira desconfiada como Mark estava olhando para ela, como se estivesse esperando que ela mentisse e se preparando para atacar.
— Está tudo bem, não está?
— O que é isto, um interrogatório?
— É que... você não fala dele faz algum tempo. Há algumas semanas era Konrad isso, Konrad aquilo. Não tinha uma conversa sem que você enfiasse o nome dele no meio. Agora, quando eu falo nele, é tipo *Mas quem é Konrad?*

Rachel alisou a lapela do vestido. Ela deveria contar a Mark a verdade sobre o dia anterior, que *sua* conta do Snap fora hackeada? Ah, a propósito, Alan Griffin saíra da prisão e podia estar atrás dela novamente? Mark tinha o direito de saber, principalmente para que pudesse estar preparado caso alguém tentasse ferir Lily. Mas, agora que Rachel havia aberto a porta para a *possibilidade* de ouvir o lado de Konrad — e era só isso mesmo, uma possibilidade —, talvez fosse melhor se segurar.

Ainda que Mark soubesse de tudo sobre Griffin, ela tinha certeza de que ele ouviria o que acontecera e acharia que Pete estava por trás de tudo, ou seja, ele teria uma reação parecida com a de Spence, declararia Konrad culpado por associação e exigiria que ela cortasse todos os laços com ele imediatamente. E isso sem sequer mencionar a cena do fim da noite. As sobrancelhas levantadas de Mark sinalizavam que parte dele estava esperando que ela lhe agradecesse por todas as vezes que o pai de sua filha havia insistido que *aquele cabeção* não era uma boa. Ela não estava pronta para esse confronto.

Em vez de deixá-lo em pânico, provavelmente era melhor esperar, pelo menos até que ela tivesse arrancado a verdade de Konrad, ou desistido dele de vez. Ela estava tratando do assunto. Tinha mudado as senhas, resetado seu celular. Nunca mais clicaria em anexos. Já era cobra criada; não ia cair em nenhuma nova armadilha.

— Quer saber? — disse ela. — Eu já vou.

— Mas o seu café...

— Eu tomo no trabalho. — Ela caminhou em direção ao corredor.

Mark se colocou na sua frente.

— Espere, escute. Nós precisamos conversar. — Ele olhou para ela com expectativa, e, quando Rachel não respondeu, disse: — Você sabe muito bem qual é o assunto.

— Prometo que vamos falar sobre isso depois.

Ele olhou ao redor, certificando-se de que Lily não estava perto da porta, depois se inclinou para mais perto de Rachel.

— Isso é sério. *Você pode morrer.*

— Meio melodramático, não acha?

Mark desviou o rosto, parecendo magoado. Ela precisava lhe dar um desconto. Esse era o papel que eles exerciam um para o outro: confidente, terapeuta, aquele que estava do outro lado da linha em momentos de fraqueza ou desespero. Se fosse ao contrário, ela estaria dizendo o mesmo para ele; mais do que isso, ela o arrastaria pelas orelhas até uma clínica de tratamento de transtornos alimentares.

Tinha sido em uma clínica dessas que eles se conheceram. Naquela época ele ficava tão constrangido perto de garotas que conduzia as conversas em estado de quase pânico, tropeçando nas palavras como se alguém estivesse cutucando-o nas costas com um bastão elétrico de tocar gado e olhando para qualquer lugar menos para Rachel. Na verdade, foi por causa da timidez dele que os dois se tornaram amigos. Depois do *doxing*, ela passou a ter dificuldade para falar com os meninos, e a relação com Mark a ajudou a confiar neles novamente. E ela gostava de pensar que ele também se beneficiara. Naquela idade, Mark ainda não tinha muito interesse em nada que não fosse alimentado por microchips, mas começou a ficar muito mais confiante na companhia das mulheres. Grande parte disso se devia a ela.

Sempre perguntavam a Rachel por que ela e Mark não estavam juntos. Apesar do estilo geeky, ele era uma graça de pessoa. Inteligente, gentil, engraçado, bem-sucedido e, para quem curte o tipo nerd, muito fofo. Mas ela simplesmente não o via dessa forma — e tinha certeza de que ele sentia o mesmo. Depois do que eles tinham passado juntos na clínica, das condições físicas em que se conheceram, não havia como o envolvimento ser diferente.

Ele tirou seu café da máquina e tomou um gole rápido. Ainda sem olhar para ela, disse:

— Você sabe exatamente o que está fazendo. Pergunte a si mesma se vale a pena.

Ele estava certo, ela tinha consciência disso. Porque a verdade era que, agora que as coisas estavam acontecendo, ela precisava da fome. Ela precisava sentir fome para lidar com tudo aquilo. Quando o medo se acumulava dentro dela, quando sentia que a sufocava, a dor no estômago era uma distração, um conforto perverso, uma fonte de orgulho de sua força de vontade. Ter fome e ainda assim negar a si mesma comida quando tudo estava à mão... quantas pessoas eram capazes de fazer isso? Não, não era o ideal usá-la dessa maneira; uma crise poderia colocar sua vida fora de controle se você deixasse. Mas fazia só uma semana — dias, se ela contasse a partir da última refeição decente —, então a voz da anorexia ainda não incomodava. Ainda não tinha se enraizado no cérebro dela.

Ela ainda tinha tempo.

— Ei — ela disse, sacudindo o braço dele. — Mark, Marky, Marky Mark... sr. Funky Bunch.* — Quando as coisas estavam estressantes entre os dois, isso sempre conseguia arrancar um sorriso. Era hilário o fato de ele compartilhar o primeiro nome com Mark Walhberg.

Ele a sacudiu pelos ombros.

— Essa foi a pior que eu já vi em muito tempo.

— Tomei um café da manhã reforçado hoje.

— Quanto você pesa?

— Você pega a balança. Eu vou encher os bolsos de pedras.

— Não tem graça, Rach.

— Eu me pesei há dois dias. Estou com 57, tá? Essa semana tem sido pesada, mas todo mundo tem semanas difíceis. Até você, com o seu guarda-roupa novo e extravagante. — Ela sorriu, na esperança de terminar a conversa. — Vamos ficar de bem? Eu tenho que trabalhar, você tem que engomar mais calças, e...

— Para com as gracinhas, tá bom? Eu tenho pensado que talvez a Lil possa ficar comigo... Até você resolver as coisas.

O rosto de Rachel ficou quente, seu couro cabeludo formigou. O que ele estava dizendo? Que Lily deveria ir morar com ele? Ela adorava que os dois fossem próximos, e que ele tivesse recebido Lily de braços abertos, proporcionando a ela um tipo de relacionamento que ela nunca tivera com seu pai, mas deixar a menina morar com ele nunca estivera em discussão.

— Não precisa fazer essa cara de pânico. Foi só uma sugestão.

— Você não vai tirar minha filha de mim.

— *O quê?*

— Ela é *minha* filha. — Rachel estava vermelha.

— Na verdade — ele respondeu —, ela é minha filha também.

---

* Marky Mark and the Funky Bunch era o nome do grupo de rap liderado pelo norte-americano Marky Mark nos anos 1990 [N. E.].

14
TOKEN

Em alguns momentos durante o treinamento, ela se arrependera da decisão de se tornar enfermeira. Estudar dez bilhões de sufixos médicos, além de fazer as intermináveis tarefas da aula de desenvolvimento pessoal — a maior parte delas enquanto estava grávida de Lily, ou no primeiro ano com ela, quando não dormia —, levou Rachel a uma série de minidesistências. Mas ela tinha levado adiante. Conseguira superar. Havia se formado, a fase dos dentinhos nascendo de Lily ficara para trás, e ela estava do outro lado. Pela primeira vez na vida tinha orgulho do que havia conseguido. Antes, o tempo todo se sentia um pouco envergonhada, muitas vezes sem saber por quê, então não vivenciar isso sobre uma coisa que fosse era um alívio maravilhoso.

O trabalho era tudo para ela. Não, não se tratava de ajudar adolescentes problemáticos como ela pretendia originalmente, mas ainda assim era uma profissão de valor. Era de partir o coração saber que o mundo de um doente idoso era muitas vezes reduzido a saber se uma pessoa querida se preocuparia em aparecer para fazer uma visita naquele dia, e nesse momento ser a única a oferecer conforto àquelas pessoas. Ela sabia que exercia um papel importante no sistema de saúde. Na verdade, ser enfermeira trouxe autorrespeito aos seus processos mentais, que muitas vezes pareciam se divertir em fazer tudo parecer tão ruim quanto possível. Esse bem-estar a ajudava a enfrentar dias como esse, quando tudo o que ela queria era se deitar em posição fetal e esperar que passasse.

Minutos depois de pisar na enfermaria, Rachel se viu ocupada demais para pensar em Konrad, na foto de Snapchat, no estúpido pênis de Pete, no desgraçado do Alan Griffin ou em qualquer outra coisa. A senhora do quarto 8 tocava a campainha a cada dois minutos porque estava com uma sonda nasogástrica que a fazia pensar que estava sufocando, e o novo paciente que teve um AVC sofrera uma queda indo ao banheiro durante a noite, então precisava ser sentado em uma cadeira de rodas toda vez que queria esvaziar a bexiga, que, a julgar pela quantidade de vezes que chamava, não poderia ser muito maior que um amendoim. Não ajudava muito o fato de o sistema de agendamento ter feito uma confusão com a substituta de Spence, que só chegaria na segunda-feira, então ela e Cina, a assistente de saúde, estavam cuidando da casa de loucos sozinhas.

Por algumas horas gloriosas, Rachel não teve tempo para pensar.

No fim da tarde, porém, quando ela estava terminando uma ronda, a fome que vinha sondando seu estômago sem incomodar começou a doer, e parecia muito como se alguém estivesse apertando seu plexo solar. Ela pressionou o abdome e soltou a respiração. *Mas que saco. Antes eu passava dias sem comer e não sentia nada.* Ela balançou a cabeça. Um pensamento estúpido: ela precisava se alimentar. Não tinha ingerido nada além de café preto o dia todo. Não era o suficiente. Hannah, a estagiária de enfermagem, guardava uma caixa de bolos Jaffa na parte de trás do armário, embaixo da chaleira. Ela não se importaria que alguns deles socorressem uma colega necessitada.

Rachel foi para a sala de descanso e pegou seu celular para olhar as horas. Quase quatro. Chegara à metade do turno sem se sentar uma única vez. Já ia guardá-lo quando viu o pequeno envelope na parte superior da tela. Seu coração deu um salto — era de Konrad? Ela suspirou de decepção quando abriu a mensagem. Era do banco, dizendo que seu token tinha sido cancelado. *Segue o novo token.*

Ela se levantou da cadeira. Tinha sido *o quê?*

Rachel verificou a hora em que a mensagem chegara. Meio-dia e vinte. Tinha acabado de começar a trabalhar quando chegou, e provavelmente ainda estava na sua primeira ronda.

Talvez não fosse nada, uma mensagem automática. Ela provavelmente recebia esse comunicado a cada seis meses e o ignorava.

Alguém poderia estar tentando invadir sua conta?

Ela se fechou na sala de descanso e telefonou para o banco, caçando sua bolsa enquanto ligava, dizendo a si mesma para não entrar em pânico, que provavelmente não era nada. A voz eletrônica pediu o número de sua conta, mas, em sua agitação, ela não conseguia encontrar a bolsa, então apertou o zero até que se viu ouvindo música. "Rock Your Body", de Justin Timberlake. Sábado à tarde: existia hora pior para ligar?

O que ele poderia ter feito? Tinha se passado por ela para inativar o token? Para que ele aquilo servia, afinal? Atendimento bancário por telefone? Ela nem se lembrava da última vez que usara esse serviço. Tudo o que ela fazia era olhar seu extrato e pagar aos amigos o que devia a eles, e isso podia ser feito pelo aplicativo. Mesmo que o token dela tivesse sido trocado, como eles conseguiriam mandar a mensagem? Cada artigo que ela lia dizia que fazer uma restauração para as configurações de fábrica eliminaria qualquer spyware, então não havia como outra pessoa conseguir ler o texto.

"Rock Your Body" recomeçou do início. Ela agora era a número 857 mil na fila. Quem quer que estivesse fazendo isso saberia, certamente, que ela havia resetado seu celular. A pessoa saberia que não conseguiria receber a mensagem do banco. Então isso era só uma charada, uma manobra para assustá-la, para mexer com a cabeça dela, para que Rachel soubesse que alguém estava de olho? Que alguém não a deixaria... Uma campainha soou ao redor da enfermaria.

Momentos depois, Cina a chamou do corredor

— Enfermeira? Enfermeira Rachel?

Ela sacudiu o telefone, desejando ser atendida. Dois minutos, era tudo de que precisava para ter certeza de que estava tudo bem com sua conta. *Desculpe, Agnes, se você pudesse esperar só mais um pouquinho com a sua parada cardíaca!*

Cina entrou correndo na sala de descanso. Rachel percebeu pelo seu olhar de puro terror que não havia como segurar nada.

Ela teria que voltar a ligar mais tarde. Talvez então pudesse falar com um humano de verdade antes de Justin Timberlake trabalhar para o stalker de Rachel, ajudando a levá-la à loucura.

• • •

O restante do turno foi implacável. Um ataque cardíaco (não era Agnes), duas novas internações, incluindo um velho maluco que saiu direto da cirurgia com um pé amputado que sujou a cama assim que se deitou, e vários outros acidentes e catástrofes depois, Rachel saiu da enfermaria cansada demais até mesmo para levantar o braço ao se despedir de Bel, a enfermeira da noite.

Um mercadinho Sainsbury estava aberto perto do hospital. Ela se arrastou na direção dele, com a cabeça pesada. Só precisava de banho e cama. Estava exausta. E faminta. Ah, e ela ainda precisava ligar para o banco. *Ótimo! Vamos lá, Justin, vamos dançar juntos.*

A porta do supermercado se abriu. Lá dentro estava tão silencioso que ela podia se ouvir gemendo. Cambaleou pelo corredor, sentindo-se como uma figurante num filme de zumbi, seus olhos passando entre as opções. Mistura para panqueca? Nutella? Não, nada doce. Alimentos frescos. Vegetais refogados, talvez. Isso também seria rápido. Eram oito horas e ela queria estar na cama às dez. Levantar cedo, pegar Lily na casa de Mark, se trancar em casa e fazer um balanço. Esse era o plano.

Ela pegou uma cabeça de alho, um maço de brócolis, um pacote de milho-verde. Cubos de peito de frango da geladeira de carne e, mais adiante, da seção de laticínios, uma mousse de chocolate de baixa caloria. Uma refeição apropriada. Hora de colocar as coisas sob controle.

No caminho para a saída, ela pegou uma garrafa de Shiraz e se imaginou submersa até o pescoço na banheira, bebericando seu vinho, seu corpo relaxando na água morna. Levou a cesta para o caixa ao invés da máquina de autosserviço, precisando trocar sorrisos com um humano, talvez bater papo sobre a merda que é trabalhar em uma noite de sábado. *Devíamos estar numa festa,* ela queria dizer, e as duas iriam rir. A jovem negra, com tranças nas costas do seu colete castanho Sainsbury, cumprimentou Rachel com um sorriso agradável.

— Vai precisar de sacola?
— Por favor.

A moça passou os itens na leitora e encheu ela mesma a sacola de plástico laranja. Nada de conversa-fiada, mas tudo bem. O sorriso era bonito o suficiente.

— Dez e vinte e cinco, por favor — disse ela. — Pagamento por aproximação?

Rachel assentiu e encostou seu cartão na máquina. Ouviu-se um bipe, mas nenhum recibo passou pelos dentes de metal. Ela encostou o cartão novamente, olhando para a garota, o sorriso diminuindo. Uma bolha de ácido surgiu na garganta de Rachel.

Ah, Deus, ah, não, ah, Deus, ah, não, ah, Deus, ah, não.

O mesmo de antes: um bipe, mas sem recibo.

— Ela é meio temperamental — disse a garota. — Você pode inserir o cartão, por favor?

Rachel deslizou seu cartão para dentro da máquina, apertando os botões.

Quando as palavras apareceram na tela, não foi surpresa.

Cartão recusado.

Ela apertou o rosto. Idiota. *Sua idiota estúpida.* A garota da caixa parecia nervosa. Rachel recuou, murmurando um pedido de desculpas, a garota chamando-a para esperar, espere, mas ela não podia esperar, ela tinha que sair dali, antes de desmaiar no chão da loja. Alguém segurou seu ombro. Ela virou a cabeça, viu o segurança e se sacudiu para fugir dele. A sacola de compras ainda estava sobre o balcão.

— Não estou levando nada — explicou.

Ele tentou segurá-la. Ela recuou, seu calcanhar atingiu um expositor de batata frita Walkers, derrubando sacos vermelhos brilhantes no chão. Ela girou, olhando direto para a garota da caixa.

Com uma expressão em algum lugar entre medo e empatia, a garota devolveu o cartão de débito e depois se afastou da saída, deixando Rachel sem outro lugar para onde ir.

15
ESCONDERIJO

Rachel foi até um caixa eletrônico. A conta estava zerada. Seu salário tinha desaparecido. Ela não tinha nada, não podia chamar um Uber, não podia nem usar o cartão de débito no ônibus. Sua única opção era correr até em casa.

Ela se trocou em um pub próximo, um lugar nojento chamado *The Free Man*, com painéis de madeira empenada e um fedor de cerveja envelhecida. Os caras viraram o pescoço enquanto ela passou por eles, por dentro do bar, para chegar ao banheiro. Tremendo no cubículo frio, ela vestiu seu colete de corrida, ainda úmido desde a manhã.

Partiu em uma arrancada, só diminuindo a velocidade quando os pulmões ardiam muito. Fez zigue-zagues ao redor dos fumantes agrupados na porta dos pubs em Kentish Town, correndo como se estivesse sendo perseguida, suas coxas e panturrilhas perto da agonia.

Do outro lado da Holloway Road, uma cãibra na perna direita. Ela se deitou na calçada, rolando de lado, chutando, amassando o músculo rígido na parte de trás da coxa, num choro tão sentido que deve ter sido arrancado de dentro do seu coração. Estúpida, mil vezes. Ela precisava se cuidar — as cicatrizes de suas fomes do passado ainda estavam gravadas nos músculos —, e forçar o corpo daquela maneira, sem comer nada o dia todo, era procurar problemas.

Demorou mais tempo para completar os cem metros finais do que os poucos quilômetros anteriores. Mesmo quando a cãibra diminuiu, suas pernas estavam tão doloridas que Rachel não conseguia andar. Ela se curvava ao longo do meio-fio, usando arbustos e muros de jardim para ficar de pé. Sentia-se tonta, desconectada. Os dedos estavam dormentes até a segunda articulação. Com certeza sua pressão arterial havia despencado.

Ela se atrapalhou com a chave na porta, luzes brancas piscando em seus olhos, suplicando a si mesma para se manter concentrada. *Não apague agora.* Conseguiu na terceira tentativa e se arrastou até o banheiro. Tirou o calção e o colete e esperou que a água estivesse pelando antes de entrar no chuveiro. *Você vai receber o dinheiro de volta. Eles sabem para onde foi transferido. Vão saber que foi roubado.* Esfregou a pele como se estivesse coberta de lama seca, depois se encostou nos azulejos e chorou. E se eles não conseguissem localizar o dinheiro?

E se o salário dela tivesse desaparecido?

Café. Computador sobre a mesa da cozinha. Ela ligou para o banco usando o viva-voz, pesquisando *como hackear contas bancárias* enquanto esperava para ser atendida. Digitou o número da agência e conta quando a voz automatizada solicitou, e conseguiu ser transferida imediatamente para o atendimento. Não era surpresa, pois passava das nove. Mais uma madrugada pela frente sem dormir.

Rachel falou com um jovem que, apesar do adiantado da hora, pareceu solícito e interessado quando ela explicou que o dinheiro tinha sido roubado. Ele pediu o terceiro e sexto dígitos do seu token.

— Engraçado você mencionar isso — disse Rachel. Inclinada perto do telefone, ela contou sobre a mensagem que recebera dizendo que havia sido cancelado, apesar de ela não ter solicitado.

— Posso colocá-la na espera um momento? — ele perguntou.

— Claro — respondeu Rachel, e imediatamente se arrependeu. O maldito Justin Timberlake e aquela porra de "Rock Your Body". Ele nunca parava para descansar? Que tal deitar seu corpo estúpido e calar a boca? Para não enlouquecer, ela se concentrou no laptop. A busca indicou uma página de artigos chamada literalmente *Como hackear uma conta bancária*. Era tão fácil assim? Ela abriu uma série de abas no navegador.

O rapaz estava de volta.

— Senhora? Estou vendo aqui que o pedido do novo token foi feito por telefone, por volta do meio-dia.

— Uma outra pessoa pode ligar e fazer isso?
— Ela teria que passar pela verificação de segurança.
Rachel ajeitou seu roupão no pescoço. Olhou para as cortinas, certificando-se de que estavam fechadas.
— Eu tinha mais de duas mil libras. A conta está zerada.
— Foi feita uma transferência para... Konrad Nowak ao meio-dia e vinte e cinco. Do saldo total.
Ela tirou o telefone do alto-falante.
– Não fui eu que solicitei.
— Eu não tenho certeza de como...
— Alguém ligou para o banco se passando por mim.
— Por favor, fique calma.
— Eu estou calma!
— A senhora está dizendo que foi uma fraude?
Finalmente a conversa estava chegando a algum lugar.
— Sim! Sim! Foi uma fraude!
— O problema é... a senhora conhece Konrad Nowak? Eu vejo várias transferências da sua conta para essa pessoa, e da conta dele para a sua também.
Eles dividiam gastos com as coisas, e um pagava o outro via transferência online.
— Mas nunca o meu saldo inteiro — ela disse.
— Mesmo assim. São...
Ele deixou as palavras penduradas.
Ela estava quase com muito medo de perguntar.
— São o quê?
— São todas transferências fraudulentas?
— Não, claro que não. — Ela se sentiu agarrada a uma corda desgastada que estava a um movimento errado de arrebentar. — Foi só essa... essa...
A voz dele baixou até se tornar um sussurro.
— Srta. Stone, eu até posso encaminhar o seu caso, mas há uma boa chance de o departamento de fraude indeferir. A senhora já fez transferências para essa pessoa no passado, e claramente mantém um relacionamento substancial e sólido com ela. O caso teria que ser tratado

como um roubo, uma prática criminosa, e seria encaminhado à polícia.
— Ele pausou e então disse, sua voz simpática: — A senhora gostaria que eu desse andamento?

Ela imaginou uma viatura em frente à casa dos pais de Konrad, os policiais parados na porta, ele sendo algemado e levado para fora.

E se ele estivesse sendo usado?

Rachel precisava falar com ele primeiro. Se ele fosse inocente, o dinheiro ainda estaria em sua conta.

— Obrigada — disse ela. — Acho que eu... eu ligo mais tarde.

Mas e se ela estivesse errada? E se Konrad devesse dinheiro a algumas pessoas do mal e tivesse esvaziado a conta dela para pagá-las? Isso certamente explicaria os hematomas e queimaduras.

De jeito nenhum. Isso era ridículo. Significaria que o tempo todo deles juntos tinha sido uma farsa. Ela não acreditava nisso. Todas aquelas vezes que eles se beijavam até seus lábios ficarem doloridos e suas mandíbulas entorpecidas, as noites em que dormiam nos braços um do outro, é o tipo da coisa que não dá para fingir.

Ou dá?

Rachel selecionou o número de Konrad e pressionou o botão para ligar. Segurou o telefone entre o ombro e a orelha, esperando que tocasse, pensando na melhor maneira de começar — falando sobre a noite anterior, tentando obter a verdade ou indo direto ao assunto e perguntando sobre seu salário?

Nada aconteceu no telefone. Ela o tirou do ouvido e checou a tela, pensando que não tivesse pressionado o botão de discagem.

Ainda conectando.

Esquisito. O certo seria tocar ou cair direto na caixa postal. Nunca esse silêncio.

Rachel desligou e tentou novamente. A mesma coisa — ainda conectando. Ela contou os segundos, esperando sua respiração acalmar, o pavor parar de circular em seu corpo.

Passou um minuto, um minuto e meio. Era como se o telefone estivesse brincando com ela, vendo até onde poderia empurrá-la antes de ela enlouquecer — uma voz automatizada cortada no silêncio.

Este número não está mais disponível. Por favor, desligue.

Rachel olhou para seu telefone como se o tivesse sentido tremer. Ela ligou novamente.

A mesma espera, a mesma mensagem.

Isso era insano. Konrad tinha mentido para ela esse tempo todo? Seu corpo inteiro pulsava cada vez mais rápido, o braço, o pescoço, o sangue subindo à cabeça. E agora? Como encontrá-lo? Até algumas semanas antes ele dividia um apartamento estudantil na Caledonian Road com Pete e outro cara, um lugar cheio de potinhos sujos de macarrão instantâneo, bitucas de cigarro e toalhas de banho molhadas deixadas no chão por tanto tempo que tinham desenvolvido formas de vida fúngica. Como ele passava a maioria das noites com Rachel, tinha deixado a república para economizar e levado suas coisas para a casa de seus pais em High Barnet. Ou pelo menos foi isso que contara a ela.

E se ele tivesse se mudado porque já estava endividado?

Ela se levantou da cadeira, batendo dolorosamente o quadril na mesa da cozinha. A polícia. Ela teria que denunciar. Mas como? Por telefone? Ou teria que ser pessoalmente? Ela se imaginou em uma sala de depoimentos fria, tentando explicar tudo para um sargento cético e cansado, chateado por fazer o turno da noite pela terceira semana consecutiva.

E os pais de Konrad? O metrô ainda estava funcionando. Ela podia ir até lá e contar tudo — os ferimentos, a bebida, o dinheiro que faltava. Mas a High Barnet ficava bem no fim da Linha Norte, mais dez minutos de caminhada. Estava muito frio lá fora, e ela estava mais do que exausta. Não poderia estar mais cansada se tivesse ido e voltado da lua. Rachel tinha cinquenta libras para emergências guardadas em casa, então podia pegar um táxi — mas custaria a maior parte da reserva. E se ela precisasse de dinheiro no dia seguinte? Além disso, vendo o estado dela, os pais de Konrad poderiam pensar que ela estava com dor de cotovelo e não acreditar numa palavra do que dissesse.

Não, era melhor ela ficar ali, finalmente dormir um pouco e lidar com isso pela manhã.

Rachel se viu subindo a escada e abrindo o armário em frente ao banheiro. Ela desdobrou um banco de escada, subiu nele e tateou até sentir uma prateleira escondida por cima da porta.

Não deveria estar fazendo isso, claro que não deveria, mas qual o motivo de ter seu esconderijo senão para momentos como esse? Tinha resistido até agora, mas não dava para esperar mais. Queria dormir com uma intensidade próxima ao desespero. Seria tão ruim descansar um pouco? Era isso ou passar a noite fritando na cama. O que seria melhor para sua cabeça?

Ela encontrou o cofre e a chave bem perto da parede, e pegou os dois. Sentada na beira da banheira, destrancou o cofre e passou os dedos entre os saquinhos transparentes dentro dela, cada um com uma etiqueta bem legível: Fentanyl, Tramadol, Xanax, Ambien, Clonazepam. Ela vinha coletando os comprimidos por anos, desde que encontrara o arsenal de medicamentos tarja preta de sua mãe, assim que ela falecera. Outros vieram de sua avó, depois que ela fora diagnosticada com câncer — ela se recusava a tomar qualquer coisa após ter começado a quimioterapia, reclamando que os remédios a deixavam letárgica demais. Muitos haviam sido receitados à própria Rachel durante sua estada no hospital.

Ela tentava se ater a algumas regras quando se tratava do seu esconderijo. Nunca tomar um comprimido para dormir quando estava sozinha em casa com Lily. Só tomar os opioides, como OxyContin, quando seu corpo doesse tanto que não conseguia tirá-lo da cama, e não porque o zumbido a fazia sentir-se feliz e relaxada, e como se todos os problemas de sua vida não tivessem nada a ver com ela.

Clonazepam era o que ela precisava. Algo leve para ajudá-la a dormir, e depois descobrir o que fazer pela manhã com a cabeça limpa. Ela tirou uma cartela do saquinho da bolsa e pressionou um dos comprimidos na mão. Tudo bem fazer isso. Só seria um problema se ela deixasse se tornar um problema.

Ela empurrou um segundo comprimido para a palma da mão.
Novo começo amanhã.

16
AMOR

Uma historinha, ou parábola, ou sei lá como você quer chamar.

Um velho sábio está passeando por uma floresta. Pense na luz do sol enevoada, em pássaros que se movimentam entre os galhos, o doce gotejar de um riacho próximo. É de tarde, o ar está fresco mas quente. Ele chega a uma clareira, onde um viajante está perto de uma fogueira, devorando uma galinha recém-cozida.

— Está gostando dessa galinha? — pergunta o velhinho.

— Eu *adoro* galinha! — responde o viajante, limpando a gordura do queixo.

O velho sábio pondera um pouco.

— Você disse que adora galinha?

— Claro que sim.

— Você adora tanto — disse o velho — que capturou essa, matou, queimou seus restos e agora está comendo o cadáver dela. Não, meu amigo. Você *se* adora. Você sabia que a galinha seria saborosa, por isso a pegou. Você a pegou porque ela te fez feliz.

O viajante olhou para a coxa de galinha que esfriava em sua mão, e retesou os lábios.

— Você a pegou — disse o velho sábio — porque você podia.

PARTE 2

17
DESCULPE

Na primeira vez que Alan Griffin arruinou a vida de Rachel, o peso dela caiu para menos de quarenta quilos. Duas semanas após seu décimo oitavo aniversário — que ela passou na cama, fingindo estar gripada —, Rachel desmaiou na cozinha enquanto preparava um molho de aipo. Acordou com dor de cabeça, sangue no cabelo e a avó de joelhos, desesperada. Tinha batido a cabeça no canto da mesa.

— Se isso tivesse acontecido na escada... — sua avó comentara. Ela também tinha perdido peso. Uma mulher grande, tão larga como alta, seu pulôver de lã tão disforme quanto um cobertor. Ela se movia pela casa olhando para cima e ao redor o tempo todo, como se esperasse alguém furar o teto e cair pendurado em uma corda. O que aquele homem queria? Por que ele não parava com aquilo?

Decidiram que Rachel deveria ser internada. No mesmo dia, ela foi transferida do hospital para uma clínica de transtornos alimentares, que se recusou a deixá-la sair. Ela não se importava tanto — os especialistas, os terapeutas, os nutricionistas, eles eram como seus guarda-costas, protegendo-a de Griffin. Ele nunca conseguiria chegar até ela lá dentro.

A vida se restringia à alimentação. Ela se parecia menos com um humano e mais com uma escada, alta e cheia de saliências. Os dias passavam em constante estado de escolha: *Devo comer? Ou não devo?* Na maioria das vezes ela preferia última opção. Era difícil se concentrar em qualquer outra coisa quando se estava faminto. Ansiedade, depressão, autoaversão, não eram nada em comparação com isso. Quando você está com muita fome, quando sente o estômago digerindo a si mesmo, é difícil ser esmagado pela consciência de que aquela era sua vida, e que você a desperdiçou.

Quando ela parou de comer de vez, eles a transferiram para a ala psiquiátrica de Edmonton. Lá, enfiaram um tubo no nariz dela de tal maneira que chegou a arranhar sua garganta, e deslizaram um lodo cinzento parecendo desova de rã diretamente no seu estômago. O suficiente para mantê-la viva. Os poucos amigos que ainda a visitavam suplicavam para ela "sair dessa", como se Rachel se estivesse trancada em um armário só de birra. Eles não percebiam que ela não se importava em estar lá. Ela havia visto a verdade do mundo, que era implacável e cruel, e não queria ter mais nada a ver com isso. *Deve ser assim que minha mãe se sentia,* pensava, deitada na cama, dopada de OxyContin para aliviar a dor nos músculos, e olhando com desejo para uma bandeja de lasanha sendo tirada do forno na televisão, o molho de carne borbulhando através da crosta de queijo. *Não era à toa que ela queria sumir.*

Rachel começou a sentir o cérebro borrachudo e irreal. Tinha entrado em um estado vivencial diferente, praticando o jejum elevado, como aqueles religiosos malucos da Índia, agachados no topo das montanhas e sobrevivendo de frutos silvestres. Tornou-se etérea, espírito puro, desconectada de seu corpo, flutuando acima dos mortais escravizados, eles que sempre sucumbiam a suas fraquezas. Nenhum deles tinha autocontrole. Seus medos mesquinhos, seus sonhos mesquinhos, suas vidas mesquinhas. O mundo era todo cintilante e ilusório, mas ela estava fora dele.

Nada mais poderia machucá-la.

A carne se soltava seus ossos. O peso dela caiu para 31 quilos, absurdamente baixo. Ela odiava o tubo de alimentação em seu nariz e continuava a puxá-lo para fora, então colocaram um tubo de endoscopia em seu estômago. Os médicos alertaram sobre problemas cardiovasculares, danos renais, osteoporose e, dependendo da evolução, a morte.

Rachel não sabia o que exatamente tinha mudado em sua cabeça para fazê-la começar a reagir. Talvez tenha sido a terapia de grupo com os outros casos drásticos, as mulheres mais velhas que haviam passado fome durante vinte anos. Elas tinham sido destruídas pela doença. Desdentadas, enrugadas, artríticas. O mundo das glamorosas blogueiras *#sejamagra* era seguido por Rachel no Tumblr, aquelas que usavam tops cropped e shorts curtos de cintura alta, sombras superdimensionadas presas em seus rostos frágeis, fazendo-as parecer uma estranha e ao mesmo tempo bela raça de insetos humanos. Aquilo não era realidade. *Isso* era a realidade: Rita, de Enfield, uma das mulheres do grupo, solteira, desempregada, sem filhos e desgastada até os ossos.

Ou talvez tenha sido o apoio psicológico suave que finalmente começou a fazer efeito. Não era como quando sua mãe era jovem, e a anorexia mal era conhecida, muito menos compreendida. Hoje eles não amarram mais ninguém, nem disparam algumas centenas de volts no crânio da pessoa na esperança, talvez, de que um choque elétrico faça essa pessoa desejar um prato extra de espaguete no jantar. Se esse fosse o caso, ela teria enfiado o dedo em uma tomada anos antes. Rachel não *queria* ser daquele jeito. Só não conhecia outra forma de lidar com isso.

Mas o que realmente deu o pontapé inicial em sua recuperação foi a amizade com Mark, e o que ele a ajudou a fazer. Eles se conheciam fazia pouco tempo, talvez uns dois meses — menos, se fossem contadas suas repetidas estadias na psiquiatria —, mas as amizades naquele lugar se desenvolviam com uma velocidade e intensidade que não se viam no mundo exterior, especialmente quando nasciam das vergonhas mais sombrias e dos segredos mais profundos revelados durante a terapia de grupo.

Foi ele quem rastreou Alan Griffin.

Agora que ela estava no hospital, pensava que Griffin a deixaria em paz. Errado. Ele postava atualizações tanto no perfil do Facebook de Rachel quanto na conta falsa no Twitter que tinha criado em seu nome, coisas como *Ainda trancada no manicômio. Este aqui é o meu lugar* e *Vou te falar a verdade: quem faz essas coisas comigo sou eu mesma.*

Ele também lhe criava problemas em fóruns de desordem alimentar, acusando-a de fingir, jogando os outros usuários contra ela. Foi assim que Mark o encontrou. Ele pegou o nome do troll que o cara usava nos fóruns, Scarlett Bishop, cruzou suas postagens com outras no mesmo fórum e encontrou outro usuário, chamado MsWild, que se conectava a partir do mesmo endereço IP. Pesquisas profundas na web sobre esses nomes vomitaram outro: Betty Wild. Esse usuário foi encontrado assediando pessoas em vários sites, desde chats de adolescentes a clubes de conspiração, passando por um fórum onde as pessoas postavam resenhas de restaurantes premiados.

Mark abriu uma planilha e foi conferindo um por um, fazendo anotações sobre quando o usuário entrava, o número de posts, qualquer coisa suspeita sobre o perfil.

— Você tem que ser minucioso — dizia ele. — Todas as pedras digitais têm que ser viradas.

Finalmente conseguiram uma boa pista: um usuário chamado B. Wild, em uma cópia em cache salva no Googlebot da página do membro de um fórum restrito do Yuku, wearethebest.yuku.com.

— É só mais um fórum — Rachel fez pouco-caso.

— Todas as pedras têm que ser viradas.

— Que diferença isso faz? São apenas membros.

— São amadores.

Mark obteve o número da versão do site, 3.3.1.2, da página de login, e depois chegou a outro site, chamado xc0r3.ws.

— Fóruns públicos como o Yuku estão cheios de buracos — disse ele, clicando em um link chamado Yuku_3.3.1.2_perl_exploit. Apareceu na tela uma página de código de programação que parecia, para Rachel, ser inteiramente composta de dois-pontos, colchetes e cifrões. Esse script encontrava buracos no software Yuku para extrair as senhas dos usuários.

Ele o salvou como tepeguei.perl, depois abriu uma pequena janela preta e digitou: tepeguei.perl wearethebest.yuku.com.

O script retornou uma lista de usuários, cada um seguido de uma senha em formato de texto simples. Mark escolheu uma e fez o login.

Esse fórum era diferente dos outros, os chats em geral, sobre futebol, baladas, viagens. Não tinha trolls. Mark clicou em uma página chamada *Viagens Para Esquiar* e lá estava ele, o homem que havia roubado um ano e meio da vida de Rachel. Ele estava sentado com outros dois caras do lado de fora de um bar nos Alpes, cervejas sobre a mesa de madeira, as encostas brilhantes de sol atrás deles.

A legenda era: *Tempos loucos em Morzine com Tommy K. e B. Wild.*

— Por enquanto não sabemos o nome dele — ela disse. — A menos que seja realmente B. Wild.

— Ainda não terminamos.

A página tinha mais fotos do mesmo cara. Relaxando em uma banheira de hidromassagem, segurando um garfo longo pingando com fondue de queijo, balançando bastões de esqui no céu azul-claro. Mark salvou as fotos em formato jpeg e as carregou no PicTriev.com. A primeira e a segunda busca não retornaram nada, mas a terceira levou até a mesma foto no Flickr.

O nome no perfil do Flickr? Alan Griffin.

Eles foram dar uma volta para que Mark pudesse fumar um cigarro na área coberta ao redor da clínica.

— Nós o encontramos — disse ela, puxando seu cardigã para se proteger do frio. — E agora? Chamamos a polícia?

— Tudo o que nós temos é esse cara perturbando você num fórum de anorexia... Isso se alguém da polícia quiser nos ouvir.

Rachel esfregou os olhos. Ela devia saber que era melhor não se empolgar.

— Obrigada por tentar...

— Eu tenho uma ideia.

— Vá em frente...

— Já ouviu falar na deep web?

Rachel encolheu os ombros.

— Me explique.

— É um lugar na net one não existe lei. Lá tem sites de pornografia infantil, filmes mostrando homicídios reais. Você pode comprar drogas e armas.

— Uma arma? Obrigada, prefiro a clínica a uma cela na prisão.

— Não estou falando *disso*. — Ele atirou a bituca dentro dos arbustos. — Estou pensando em uma coisa melhor.

Ele tinha visto em um programa policial americano, *CSI Miami*, ou *Criminal Minds*. Alguém contratou um hacker para plantar fotos de pedofilia no computador de um cara e ele foi preso. Eles podiam contratar um hacker na deep web para fazer o mesmo.

Um mundo sem o espectro de Alan Griffin...

— Não tenho dinheiro para isso — disse ela. — A menos que eles aceitem pagamento em raiva e dicas de dieta.

Mark apagou outro cigarro.

— Eu tenho dinheiro — disse ele, fazendo um funil com a mão sobre a boca. O acender do isqueiro tinha enchido seu rosto magro de manchinhas. — Tenho um monte de criptomoeda.

— Cripto o quê?

— Eu entrei nesse negócio de bitcoins bem no início.

Ela balançou a cabeça.

— Bitcoins, bitcartão, não posso usar o seu dinheiro.

Ele deu a ela um sorriso de *engraçadinha*.

— Mas nós somos amigos, não somos? Somos amigos de verdade, não somos?

— Sim, nós somos amigos. É por isso que...

— É por isso que estamos fazendo isso.

— Eu te pago depois. Prometo — Rachel disse, jogando os braços em volta dele.

Ele parecia não saber o que fazer com os seus, e a envolveu em um abraço largo onde ela caberia melhor se tivesse dez vezes seu tamanho.

Com o nome verdadeiro de Griffin e sua foto, eles encontraram o perfil no LinkedIn. Não conseguiram acessar seus dados pessoais, como o endereço de e-mail ou o telefone, mas descobriram que ele era engenheiro de rede no Credit Suisse.

— Peguei você — disse Mark.

O que ele fez em seguida a surpreendeu mais do que qualquer outra coisa. Fingindo ser Alan Griffin, falando com uma confiança que Rachel nunca tinha ouvido antes em sua voz, Mark ligou para o departamento de RH do Credit Suisse, disse que tinha mudado de casa e pediu a eles para confirmar qual endereço dele tinham em seu cadastro. E eles lhe disseram! Griffin morava na Eversdale Close, 116, em Thatcham, uma cidade a oeste de Londres.

Rachel não acreditou no que tinha ouvido.

— Você não consegue olhar uma pessoa nos olhos em uma conversa, mas consegue fazer *isso*?

— Para falar no telefone você não precisa olhar nos olhos de ninguém.

— Entrar na deep web é fácil — disse Mark. — Baixe o navegador certo... o Tor é bom. Depois se conecte. A parte complicada é achar as coisas. Os sites não ficam indexados como na web da superfície. Você não pode simplesmente fazer uma busca. Se você não souber aonde quer ir, não vai chegar a lugar algum. Foi por isso que, no sétimo dia, Deus criou o Google.

Ele digitou *sites deep web* na guia de busca e selecionou um link chamado http://deepwebsites.org. Enquanto ele percorria a lista de endereços, Rachel percebeu sua boca abrindo e fechando lentamente. Os endereços eram longas cadeias alfanuméricas aleatórias, cada uma terminando com .onion. Ao lado de cada um estava uma descrição do site falando sobre sua essência, geralmente alguma atividade ilegal.

Drogas. Senhas do PayPal. Identidades falsas.

— Isso não pode ser real — disse ela.

— Tanto é real que existe.

Ela apontou para uma descrição

— *A Rede Matador de Aluguel. Isso* é real?

— Vamos dar uma olhada — disse ele, copiando o endereço e colando-o no navegador Tor.

Um elegante site em preto e cromado começou a carregar, parecendo o portal de um bar noturno de alto nível. Mark abriu um perfil — o avatar era o rosto de um homem na sombra, uma pistola encostada no rosto — e leu a sinopse. *Eu resolvo o seu problema. Estou nesse ramo há anos, e tenho vários pseudônimos. Sem registro policial. Anonimato garantido.* Havia até avaliações! Ele tinha cinco estrelas nos quesitos pontualidade e privacidade, mas quatro no quesito valor. Rachel lutou contra a vontade de fechar o laptop, e em vez disso clicou na lista de preços. Os assassinatos começavam em cinco mil.

— Que loucura. Por que não fecham isso? — exclamou.

— O FBI vai chegar a esse site em algum momento, mas não faz diferença. As coisas não são permanentes como na web da superfície. Os endereços aparecem e desaparecem.

O FBI! Rachel visualizou na mente uma equipe da SWAT entrando na clínica, cobrindo suas cabeças e levando-os para Guantánamo. Eles não deveriam estar fazendo isso — ela não deveria estar arrastando Mark para sua confusão. Mas qual era a outra opção? Esconder-se na clínica para o resto da vida?

— Mark, tem certeza de que quer fazer isso?

— Nós já estamos fazendo.

— Certo... Certo. Então, onde nós encontramos esse hacker?

Mark voltou para o site de listagens. Aqui está um. *Darknet Serviços de Hacking*.

Ele colou o link no Tor. Apareceu uma página em branco, exceto por uma única palavra sublinhada — um hiperlink.

Bit Chat.

— O que é Bit Chat? — perguntou Rachel.

— Qual é o seu palpite?

— Uma espécie de conversa?

— Código aberto, criptografado de ponta a ponta.

— E então? Nós podemos clicar nele?

— Não sei... — Mark passou o cursor sobre o link. Tentou clicar nele com o botão direito, mas nada aconteceu. — Provavelmente ele vai cair num endereço anônimo aleatório. — Ele balançou a cabeça. — Você tem que ter muito cuidado aqui embaixo... mas é preciso clicar em alguma coisa... Eu não...

Rachel deu um tapa no trackpad, abrindo o link, e encolheu os ombros. — Qual é a pior coisa que pode acontecer?

Um programa de instalação de Bit Chat piscou na tela. Ele se instalou em segundos, a barra de progresso azul na parte inferior correndo de zero a cem por cento antes que eles pudessem reagir.

— *Merda* — disse Rachel.

— Tudo bem, é só o Bit Chat. Muita gente usa. Eu uso.

Uma janela de bate-papo simples se abriu. No painel *Pessoas*, à direita, estava o nome Regret ao lado da imagem de uma cabeça desenhada na cor branca. O nome piscava.

— Ele está digitando — disse Mark.

Você já fez besteira — apareceu no lado esquerdo da janela de bate-papo. — *Olhe para a sua webcam. Diga oi.*

Mark correu para fechar a tampa. Ele pausou enquanto o nome de Regret piscava.

Não precisa fazer isso. Se eu fosse esperar até você ver pornografia para te chantagear com fotos suas descabelando o palhaço, não teria comentado, teria?

Mark digitou em resposta: *Suponho que não.*

Já desconectei a sua webcam. Clicar em um link aqui embaixo é como abrir a porta do seu computador, e há algumas pessoas bem assustadoras doidas para entrar. Pessoas que você não quer convidar para a sua vida...

— Eu sabia que havia alguma coisa duvidosa aí — murmurou Mark.
— Erro de principiante.

Agora repita comigo. Prometo sempre cobrir minha webcam, ou, melhor ainda, vou desconectá-la quando ela não estiver em uso.

Mark escreveu: *Precisamos da sua ajuda.*

Repita primeiro.

Não era isso que Rachel estava esperando. Mark olhou para ela, mas seu encolher de ombros mal-humorado foi provavelmente de pouca ajuda.

Eu prometo sempre cobrir minha webcam, ele digitou. *Ou desconectá-la quando não estiver em uso.*

Ótimo. Está aprendendo. Então, você precisa de um hacker. Aqui estou eu.

Nós queremos que você coloque fotos no computador de alguém.

Que tipo de foto?

Será que eles realmente iam fazer isso? Seria um *ato criminoso*. Se alguém descobrisse, eles iriam para a prisão. Mas ela tinha que fazer algo —não podia suportar a ideia de lutar pela recuperação com Griffin ainda presente em sua vida.

Rachel assentiu para Mark, e ele escreveu: *Crianças.*

Nada aconteceu. Rachel esperou, apertando uma mão com a outra. O nome de Regret piscou. *Cacete.*

— *Cacete?* — disse ela. — Ele está brincando com a gente?

Mark digitou: *Você está desperdiçando o nosso tempo?*

Você tem os dados? Nome, endereço.
Sim.
Sem dúvida ele trabalha com Windows. A maioria dos otários faz. Eu não vejo isso como um problema...

Eles combinaram um preço de mil libras, a ser pago em Dash, uma criptomoeda anônima. O prazo para o trabalho seria de três dias.

Mark digitou: *Como eu sei que você não vai nos enganar?*
O que aconteceu com a confiança neste mundo?
Eu não te conheço.
E eu não te conheço... Como vou confiar em você?
Foi você que veio atrás de mim.

Rachel olhou para Mark — *e aí!?* O rosto dele estava indefeso e se desculpando, como se estivessem afundando e ela o lembrasse de que era ele quem cuidava dos coletes salva-vidas.

Ela virou o teclado para si mesma. *Me conte alguma coisa sobre você*, ela teclou.

O que ela estava fazendo? O que ele ia contar? Onde morava? O maldito número de identidade? Ele não respondeu. Ela tinha que escrever alguma coisa.

Por que você usa o nome Regret?

Uma longa pausa, depois o nome dele piscou. *Não há nada pior do que saber o que você tinha, mas perdeu para sempre.*

Ela sorriu. Esse poderia ser o lema de sua vida. *E se nós nos arrependermos de ter feito isso?*

Sem direito a reembolso :-)

Era isso ou passar o resto da vida com medo.

O nome dele é Alan Griffin, ela escreveu. *Ele mora...*

Nos dias seguintes, Rachel se dividiu entre a excitação de que o pesadelo pudesse terminar logo e o medo de que tivessem sido enganados por um garoto de doze anos no porão da casa dos pais. À noite Rachel acordava a cada som, com medo de que a polícia chegasse para interrogá-la. De todas as coisas pelas quais ela tinha feito a avó passar, terminar presa seria a pior.

No quarto dia, quando estava pronta para desistir, Rachel foi se sentar na sala de recreação após o café da manhã. O noticiário passava na TV ao fundo. Ela leu a legenda da notícia e congelou: *Pedófilo preso em Thatcham.*

Griffin morava em Thatcham.

A narração dizia que o volume de fotos encontradas em seu computador tinha sido um recorde, cerca de cinco milhões delas. Um link ao vivo mostrava um homem sendo conduzido para fora de uma casa, as mãos algemadas atrás das costas, seu rosto sonolento desnorteado e a cabeça balançando.

Era um rosto que ela reconheceria em qualquer lugar.

Junto com as fotos, a polícia encontrou arquivos Word detalhando as formas como ele gostaria de torturar as meninas. Ele alegou inocência, mas os registros de data nas imagens mostravam um acúmulo gradual.

Uma petição online, assinada por mais de um milhão de pessoas, exigiu a pena máxima.

Meses depois, no dia em que a sentença dele foi proferida, Rachel assinou os formulários para sua alta na clínica. Ele pegou doze anos, com a possibilidade de encarceramento por tempo indeterminado se fosse considerado uma ameaça após esse tempo.

Toma essa, seu filho da mãe, ela pensou. *Quem está ferrando com a vida de quem agora?*

18
KONRAD

Apesar do Clonazepam, Rachel não conseguia dormir. Seus pensamentos se espalhavam pelo cérebro como dedos desesperados tentando se agarrar a uma superfície de vidro. Como pôde ter sido tão estúpida? É claro que foi Konrad! Vamos combinar que foi um golpe de mestre. Gênio até. Mandar aquela foto de sua conta do Snapchat a fizera parecer instável — isso destruíra sua credibilidade. Ele podia até dizer que *ela* era uma perseguidora, que ela não o deixava em paz. Não seria irônico? *E foi por isso que ele tinha mudado o número de telefone!*

Todo o drama — os ferimentos, a bebida, a cena em que ele a rebaixara — tinha sido exatamente isso, uma performance.

Enquanto isso ele a enganava, roubava o dinheiro dela e desaparecia.

Claramente, ele tinha algum tipo de transtorno de personalidade. Um cara normal faria isso com ela, não sendo tão charmoso, engraçado e, bem, simpático. Isso a lembrava de um garoto de doze anos que ela conhecera durante o breve período como enfermeira em Northside. O menino tinha sido diagnosticado como um psicopata. Todos pensavam que ele fosse um garoto normal até que encontraram o abrigo antiaéreo abandonado onde ele guardava sua coleção de animais silvestres estripados. Tinham sido grosseiramente estofados, costurados e posicionados em fila militar, de frente para a abertura do abrigo, como um exército de mortos prontos para proteger seu mestre. Quando questionado sobre isso, sua reação tinha sido: *meu pai colecionava carimbos quando tinha a minha idade. Qual é a diferença?*

Rachel gostava de conversar com o garoto na cantina. Ele parecia ser uma criança doce, viva, inteligente, autoconsciente de uma forma que ela não podia imaginar ser na idade dele, tão amigável que às vezes ela pensava que deviam ter errado no diagnóstico. Não era para os psicopatas serem monstros de olhos apagados? Um dos psiquiatras residentes havia explicado o contrário — os psicopatas muitas vezes são as pessoas mais amigáveis e carismáticas que você já conheceu. Mas não se deixe enganar. É só uma máscara. Claro, isso não significa que eles sejam necessariamente maus, ou assassinos. A maioria quer ter uma vida normal. Mas essa é a palavra-chave: a *maioria*.

Um mês depois de chegar ao hospital, o menino esfaqueou outro na garganta com um canivete, porque esse outro menino estava sentado em seu lugar na sala de TV. Nem chegou a pedir que o garoto saísse de lá.

Parecia impossível que Konrad fosse desse jeito, enganando-a por quase um ano, mas era o que certamente tinha acontecido.

Ela se levantou da cama. Havia momento mais deprimente para ficar sozinha com seus pensamentos? Não é de admirar que os suicídios aumentem na calada da noite. Ela desdobrou o degrau junto ao armário e derrubou o cofre. Precisava colocá-lo em um lugar mais distante, mais difícil de alcançar, para que não fosse uma tentação tão imediata, mas essa seria uma discussão para outro dia. Ela não conseguia viver com a mente assim. Os comprimidos para dormir não tinham funcionado. *Feliz aniversário para mim.*

Ela pegou um OxyContin — Lily não estava ali, então tudo bem — e desceu até o andar de baixo. Melhor ficar confortável. Rachel zapeou a televisão e remexeu a habitual lata de lixo cheia de reprises, filmes de quinta e séries ruins que deveriam ter sido canceladas no fim da primeira temporada. Felizmente, o canal Good Eats UK estava exibindo um episódio antigo de *Bake Off*. Ela se esticou e puxou sobre o corpo o cobertor de crochê que elas mantinham no sofá. Ao ver os bolos, seu estômago fez um som parecido com o de um cachorro doente. Enquanto o comprimido fazia efeito, suavizando as arestas afiadas de sua mente e mandando uma onda de calor espinha abaixo, ela imaginava a esponja macia em sua boca, o sabor doce do caramelo grudando em sua língua.

• • •

Lá pelas sete horas, Rachel não conseguia mais ficar no sofá. Ela havia adormecido por uma hora, mas seus sonhos foram escuros e frenéticos — muitas explicações e separações, terminando em um inevitável fracasso —, então era melhor se levantar. Foi até a cozinha para fazer um café. Chega de comprimidos. Ela mal se lembrava das horas passadas em frente à TV. Colocou meia caneca de água em seu café, bebeu, preparou outro e o levou para o banheiro.

Tinha decidido ir primeiro até a casa dos pais de Konrad antes de pensar na polícia. Não tinha como provar que fizera algo errado — onde estava a prova de que ele invadira a conta dela no Snap? Ou que ele inativara seu token e transferira o salário de Rachel para sua própria conta? A última coisa que ela queria era uma situação constrangedora. Os pais dele eram boas pessoas, uma família respeitável; o pai era engenheiro aeronáutico, e a mãe, além de criar cinco filhos, pintava aquarelas florais que vendia no seu site. Se Rachel lhes contasse sobre Konrad ter roubado seu dinheiro, eles ficariam mortificados. Talvez eles mesmos a reembolsassem.

Depois de passar meia hora olhando para o guarda-roupa — ela se sentiu mais confortável com uma roupa toda preta, jeans e pulôver, além de óculos escuros para esconder os olhos cansados —, ela se dirigiu para a manhã úmida e entrou na Linha Norte na Archway. Além de um amontoado de ravers de meia-idade na outra ponta do vagão, que se desmanchou na escuridão de East Finchley, o trem estava vazio.

Ela observou o cinzento norte de Londres passar pela janela e tentou não pensar nas outras duas vezes que fizera aquela viagem, com Lily aninhada no colo de Konrad, indo visitar os pais dele para um almoço de domingo — ou pelo menos a variação polonesa disso, os vegetais substituídos por chucrute, e uma salsicha apoiada no prato. Ela tinha adorado aquelas tardes na casa deles. Com seus quatro irmãos, Noel já casado e pai de dois filhos, a casa estava sempre cheia de gente.

Nunca faziam assados quando ela era criança. Seu pai comia na frente da TV ou, depois de uma briga com a mãe dela, beliscava qualquer coisa. Quando a mãe se sentava com ela para jantar, sempre algo parecido com macarrão e torrada, ficava revirando a comida no prato até

Rachel terminar. Passar de um ambiente familiar tão melancólico para cordeiro assado e travessas de batatas amanteigadas, enquanto todos conversavam uns com os outros sobre política, ou energia renovável, ou algo filosófico do tipo como se algum de nós fosse realmente livre, parecia para ela que alguém tinha aberto uma porta e dito: *Este é o tal mundo que todos amam tanto. Entre, pegue uma cadeira.* Mais do que tudo, Rachel queria aquela normalidade tranquila para Lily.

Os pais de Konrad moravam em uma casa moderna de tijolos vermelhos com uma grande janela projetada para fora da sala. Rachel passou por entre os carros na entrada forrada de cascalho. Nenhum sinal do carro dele. Claro que não. O que ela esperava? Ela tirou os óculos de sol e tocou a campainha, examinando o fantasma de si mesma no vidro inclinado da janela e piscando o olho para a mulher reluzente que olhava do outro lado. Completando 27 hoje? Se lhe dessem 77 ela ficaria feliz.

O pai de Konrad abriu a porta, elegantemente vestido com calça bege, camisa branca e colete de lã grosso, apesar de serem ainda oito e meia da manhã de domingo.

— *Czeœœ*, minha querida! — ele gritou. Ele a levou para dentro.
— Que surpresa. Entre, entre.

Então o pai dele não sabia de nada — a menos que fosse tão bom ator quanto seu filho.

— Você o viu hoje? — perguntou ela, enquanto se dirigiam para a escada dos fundos. Da cozinha vinha um som de risadas, barulho de talheres, as irmãs de Konrad conversando, provavelmente encostadas na beirada do balcão enquanto comiam cereais. Rachel observou o pai dele esperando por uma reação. Ela começou a sentir muito calor em seu casaco, o suor começando a escorrer de suas axilas e a deslizar pelas laterais do corpo.

— Ele ainda está dormindo. Você vai ouvi-lo quando subir.
— Está bem — disse ela. — Eu vou acordá-lo.

Ela começou a subir a escada devagar, com vontade de recuar. Seu dinheiro, era só isso o que queria. O resto, a coisa da psicopatia, a bagunça na cabeça dela, tudo isso poderia ficar com ele.

Ela chegou até a porta do quarto de Konrad. Seu ronco estava alto o suficiente para ser ouvido do patamar da escada. Como ele podia estar dormindo? Não estaria esperando que ela o enfrentasse? Em vez de, a julgar pelos sons vulcânicos vindos do quarto, estar apagado e curtindo uma ressaca épica?

Ela abriu a porta e entrou. Quando estivera ali pela última vez — um mês antes? O lugar estava impecável naquele dia, mas agora roupas amarfanhadas, embalagens de barras de proteína e jornais velhos cobriam o chão. O ar tinha cheiro de suor de bebida. Ela avistou Konrad submerso em seu edredom, as pernas nuas para fora. Ao se aproximar, viu uma garrafa vazia de Smirnoff ao lado da cama. *Descarado*, pensou. *Inacreditável.* Ela empurrou o ombro dele. Nada. Ela o sacudiu, cada vez mais forte — *Acorde, seu filho da puta, acorde, acorde, acorde...*

Ele se sentou na cama, sacudindo a cabeça, segurando o edredom e recuando para o canto.

— Não fui eu... — ele murmurou. — Não fui eu...

— Sou *eu* — disse Rachel. — Lembra de mim?

Ele se esgueirou para fora — depois tentou pegá-la. Ela se afastou, deixando-o passar no meio do ar. Não, ele não tentara pegá-la. Queria abraçá-la.

— Você está bem? — perguntou ele. — Alguém te machucou?

— Além de você?

Ele procurou pelo jeans. Rachel viu seu abdome dividido em filetes de músculos enquanto ele se vestia. *Controle-se, mulher!*

— Quero meu dinheiro de volta.

Konrad parou, uma perna dentro da calça.

— Que dinheiro?

— *Meu* dinheiro. O dinheiro de que eu preciso para pagar as contas e alimentar a minha filha.

— *O quê?*

Então era assim que ia ser, como se nada disso tivesse acontecido; ela estava inventando tudo.

— Eu quero cada centavo — continuou ela. — Senão, eu juro que vou descer agora mesmo e contar tudo para os seus pais.

Ele baixou a cabeça e gemeu.

— Eles vão acabar descobrindo de qualquer maneira.

— Que você é um ladrão?
— Eu fiz o que tinha que fazer.
Então era isso. Muito simples, afinal. Ele estava devendo — e os credores andavam distribuindo pancadas regularmente até ele pagar.
— Tinha alguma verdade no que aconteceu entre a gente? — Ela sentiu lágrimas pressionarem suas pálpebras e tentou forçá-las a voltar. — Ou eu era só a... merda de um *cofrinho* para quebrar quando você precisasse pagar alguma coisa...
— Rachel.
— *O quê?*
Konrad balançou as pernas para o chão, a cama rangendo sob seu peso, o jeans amarrotado ao redor do tornozelo. Estendeu a mão para ela, como se Rachel tivesse começado a brilhar de repente.
— Do que você está falando? — disse ele. — Eu te amo.
— Você me *ama*?
— Não era bem como eu queria dizer pela primeira vez, mas é verdade.
Ele estava sendo sincero? Ou era só mais uma reviravolta de uma mente complexa?
— Eu vou te contar — disse Konrad. — A verdade desta vez.

19
EMPRÉSTIMO

— Pete não devia ter me colocado no comando das contas — começou Konrad, puxando tristemente uma das crostas negras em seu pulso. — Eu simplesmente não levo jeito pra isso. Eu deixava de pagar os impostos... nós fomos multados duas vezes no ano passado. De qualquer forma, na semana passada chegou uma carta da receita. Nós estávamos devendo cinco mil. Esse valor tinha que ter sido pago há meses. Eu não acreditei que tinha estragado tudo de novo! A gente não tinha esse valor na conta. Achei que Pete fosse me matar. — Ele tentou olhar nos olhos de Rachel, mas ela desviou o olhar.

Suspirando, ele continuou.

— Então, no dia seguinte, recebi um e-mail, alguma empresa de empréstimo. Tipo um empréstimo consignado. Normalmente eu nem abro essas coisas, mas dessa vez eu pensei: por que não? Nós tínhamos umas faturas de valor alto para receber. Eu poderia pegar o dinheiro emprestado até esse dinheiro entrar. Então eu liguei para eles, e parecia tudo certinho. Eles checaram na hora se eu tinha alguma pendência, então transferiram o dinheiro para a minha conta e eu paguei a receita. Eu pensei: maravilha, estou livre dessa.

Ele mordeu o lábio inferior para parar de tremer. Se ele estava mentindo, então era uma performance e tanto. Ela sofria por vê-lo tão perturbado, e se obrigou a se lembrar de que apenas cinco minutos antes estava certa de que era ele o culpado. E ele não tinha oferecido nenhuma nova prova de que *não era* ele, ainda não.

— A coisa toda era um golpe — ele continuou. — Eu tenho certeza disso. Um deles até fez uma piada sobre a carta. E, quando eu entrei em contato com a receita, eles não sabiam nada sobre essa cobrança. Eu provavelmente transferi o dinheiro que pedi emprestado direto de volta para os mesmos caras! Então quando eles vieram receber, eu mandei os caras à merda.

Ele inclinou a cabeça para que sua bochecha ficasse na luz. Restos amarelados de hematomas embaixo da barba por fazer.

— E esta aqui foi a resposta deles. Depois disso, eles disseram que, como o meu pagamento estava em atraso, o débito estava subindo quinhentas libras por dia.

— Foram eles que te queimaram com charuto? — perguntou Rachel.

Konrad assentiu, com a mão sobre os olhos, como se estivesse diante de uma tela grande e não quisesse olhar para ela.

— Até então já estava em oito mil. Eles me pegaram de novo no dia seguinte, quando eu estava saindo do trabalho para ir pra sua casa. Me levaram para um lago e... eu pensei que fossem me afogar. Eles me empurraram para a água e seguraram minha cabeça lá embaixo. Avisaram que aquela era minha última chance. Se eu não pagasse, eles viriam atrás da minha família.

— Ah, meu Deus, isso é... isso é horrível. Por que você não procurou a polícia?

— Com licença, delegado. Eu fiz um empréstimo com uns caras barra-pesada e agora eles querem cobrar juros...

Na luz fraca da manhã, um casal de moscas perseguia-se em loops complicados. Rachel não sabia o que pensar. Se ele estava mentindo, por que admitir que devia dinheiro? Ele deveria perceber que isso tornaria a transferência para sua própria conta bancária ainda mais suspeita. E, se ele o fizesse, que melhor maneira de amolecê-la, de fazê-la acreditar nele, do que dizer que a amava?

Até esse momento, o amor tinha sido insinuado, mencionado de passagem: ele havia dito que amava seus olhos, seu sorriso, a maneira como os dois se beijavam, mas nunca dissera que *a* amava. Talvez ele a tivesse sentido hesitar com essas palavras, e ela estava hesitante mesmo. A verdade era que ela queria que ele dissesse, ela queria dizer também, tinha imaginado o momento inúmeras vezes, mas, além da filha, Rachel nunca tinha dito a ninguém. Ela desejava ser mais como outras pessoas que pareciam dizer "eu te amo" tantas vezes quanto diziam "olá", mas essas palavras não chegavam facilmente aos lábios dela. Ainda assim, ali estavam, sendo apresentadas a ela no pior momento possível.

— Então, ontem eu vendi o carro — disse ele. — E...

— Você fez *o quê*?

Ele tinha uma BMW verde de corrida que adorava. Era um carro de segunda mão, mas a paixão era tanta que ele encomendara produtos para limpar os bancos de uma loja especializada na Alemanha.

— Meu celular, meu anel. — Apontou para o dedo vazio. — Foi presente do meu pai quando eu fiz dezoito anos. E eu raspei a conta da família. Quatro mil. Era um dinheiro para emergências, tipo se alguém fosse sequestrado. Ninguém percebeu ainda. Acho melhor você não estar aqui quando descobrirem.

— Mas por que você não me contou? Não é isso que as pessoas fazem em um relacionamento? Conversar um com o outro?

— Eu não queria que você... sabe, pensasse mal de mim. Você iria achar que eu estava envolvido com coisas suspeitas. Eu sei que o Mark não gosta de mim, e eu não queria provar que ele estava certo.

— Você não queria que eu pensasse mal de você, mas ainda assim entrou em casa bêbado e fazendo escândalo no meio da noite...

— Deus, me desculpe. Eu sinto muito. Não acredito que fiz aquilo. Eu nem lembro o que eu... quero dizer...

— Você me empurrou. Eu pensei que fosse me bater.

— Rach. Não, não, não. Aquele não era eu. Eu tinha andado a pé por um tempão, não estava com a cabeça no lugar.

— O suficiente para acreditar que eu enviei aquela foto para o Pete?

— Eles me largaram perto daquele lago. Fiquei lá encharcado, sozinho no meio do nada. Quando o celular deu sinal, ele mandou aquela foto sua... E um monte de mensagens dos caras tirando uma com a minha cara. Eu simplesmente perdi o chão.

— Você sabe que eu nunca faria uma coisa dessa, né?

— Claro que você não faria isso. Assim que eu consegui pensar direito, no dia seguinte, tive certeza disso. — Ele esfregou os olhos novamente. — Eu queria te ligar, mas lembrei que tinha feito uma coisa ruim, não o lance de ter empurrado você, mas uma coisa... Eu pensei que você nunca mais iria querer falar comigo de novo... Mas onde foi que o Pete...? Quero dizer, como é que ele ficou...?

— É... complicado — ela respondeu. — Longa história. Mas eu não mandei foto nenhuma para o seu amigo podre, pode ter certeza disso.

— Eu rompi com o Pete... os negócios, tudo. Ainda não acredito que ele te mandou uma foto do pinto dele. Isso não está certo.

Ela franziu a testa.

— Não. Não está.

— Eu não vou mais sair com ele. Nem com ninguém daquela turma. Só quero ficar com você e a Lil. — Konrad estava olhando para ela atentamente, como se esperasse por ela para se decidir. — Eu quero continuar de onde nós paramos na semana passada, antes de tudo isso. Nós estamos...? Quero dizer, se tiver alguma coisa que eu possa fazer para provar o quanto você significa para mim. — Ele tentou dar um sorriso. — Eu até te deixo sair com o príncipe Harry.

Ela ignorou a piada — ainda não tinha chegado a esse nível de descontração.

— Eu só preciso saber. Você está com o meu dinheiro?

— Que dinheiro?

— Eu quero ver a sua conta.

— O quê? Eu...

— Alguém ligou para o meu banco ontem, se passando por mim — disse ela, observando a reação dele. — Essa pessoa transferiu mais de duas mil libras, o meu salário inteiro, para você.

O corpo dele sofreu um espasmo, como se tivesse sido tocado um fio desencapado.

— Quando você falou em *seu dinheiro*, eu pensei que tivesse vindo aqui para cobrar tipo... compras que você pagou por mim. Não que eu realmente tivesse roubado...

Ele começou a procurar no meio da pilha de macacões de trabalho em sua mesa, derramando uma pilha de fichários no chão, e puxou um velho MacBook Air coberto de figurinhas de futebol. Entrou no Barclays, sua boca se mexendo enquanto se lembrava dos dados. Batucou com os dedos ao lado do trackpad enquanto sua conta era carregada.

Os punhos de Rachel estavam tão duros que as pontas de suas unhas se dobraram dolorosamente contra as palmas das mãos. O choque da surpresa em seu rosto, os olhares agitados que ele tentava trocar com ela enquanto a página carregava, tudo isso a fazia duvidar de que fosse o culpado. Sim, tudo podia ser um teatro, mas esse parecia ser o *seu* Konrad, o homem que a surpreendera na manhã do aniversário de três meses de namoro com um prato de blinis de salmão defumado e uma garrafa de vinho branco na cama, o homem que adorava girar Lily na sala até ambos caírem tontos no chão. Não um psicopata qualquer que a enrolara ao longo de um ano, esperando ter algum lucro com o namoro. Apareceram os quadros da página do banco. *Por favor, deixe que esteja lá. Por favor, que ele não esteja envolvido.*

A página terminou de carregar. Rachel procurou o saldo da conta corrente.

Ela o encontrou no topo da tela. Estava zerada.

Uma sensação de mal-estar cresceu em seu intestino. Um mês inteiro de salário. Até agora uma parte de Rachel havia assumido que isso não aconteceria, que Konrad era inocente, e nesse caso o dinheiro ainda estaria na conta dele, ou que ele o havia roubado, para que ela pudesse entregá-lo a seus pais. No entanto, se os *dois* tinham sido enganados, então o dinheiro desaparecera, realmente desaparecera. Do que elas iriam viver?

Konrad clicou no saldo. Abaixo apareceu uma transferência feita para sua conta, e mais abaixo uma transferência para fora, todo o saldo, ao lado da descrição: *RETIRADA FINCHLEY FILIAL CENT.*

— De jeito nenhum! — ele exclamou. — Não pode ser...

— *O quê?*

— Você não está vendo? Alguém sacou o dinheiro na agência central da Finchley. O nosso escritório fica lá... eu frequento *aquele banco*. Eles querem que você pense que fui eu. — Ele jogou o laptop sobre a cama e segurou as mãos de Rachel antes que ela tivesse uma chance de reagir. — Quem está fazendo isso comigo? *Por que* eles estão fazendo isso? Eu nunca... eu continuo tentando... mas não *entendo*.

Rachel viu a si mesma aos dezessete anos, lendo os horríveis comentários que Alan Griffin escrevera no Facebook em seu nome. Ela o viu ao seu lado na fila da bilheteria do cinema, comprando um ingresso para assistir ao mesmo filme, casual como se ela nem estivesse lá. Ela se lembrou da sensação de correr para os banheiros, sentar-se em um cubículo com a cabeça nas mãos e se perguntar se estava enlouquecendo. Sentiu novamente o medo e o desespero que a haviam perseguido a cada momento durante um ano e meio.

— Você acredita em mim, não acredita? — Konrad suplicou, passando o polegar na parte de trás dos dedos dela. — Rachel, diga que você acredita em mim. — *Isto é o que ele faz com as pessoas.*

— Eu acredito em você.

Konrad exalou, com a mão no peito, como se lhe tivesse sido apresentada a cura de uma doença que todos supunham ser terminal.

— Alguém *quer que* você pense que eu te roubei para pagar aqueles bandidos. — Ele foi até a gaveta das meias, viu que estava vazia e procurou um par no meio da bagunça no chão. — Vamos à polícia.

— Mas eles vão pensar que você roubou.

— Eu tenho que provar para você que não fiz isso.

Estava tão claro — uma montagem perfeita. Se Konrad fosse à polícia, eles o prenderiam por roubar o dinheiro dela; se ele se recusasse a ir, ela acharia que ele tinha pegado o dinheiro para pagar suas dívidas.

— Você não pode ir à polícia — retrucou ela. — Pode ser exatamente isso que ele quer que você faça.

— O quê? — Ele se encostou no guarda-roupa para calçar a meia.

— Ele quem?

— É melhor você sentar.

Ela não tinha contado muito a Konrad sobre seu passado, pouco mais que o fato de sua mãe ter morrido quando ela era bem nova. No entanto, ao tentar explicar sobre Alan Griffin, talvez porque estivesse tão faminta e cansada que não conseguia manter os pensamentos em ordem, ela se viu indo cada vez mais longe, e quando percebeu estava lhe contando *tudo*. O distúrbio alimentar, a foto, o *doxing*, a perseguição de Griffin, depois o hospital, sua doença piorando cada vez mais, só melhorando quando conheceu o hacker. Além de Mark, que era tão culpado quanto ela, ninguém sabia sobre Regret. Nem Becca, nem Spence.

Ninguém. Mesmo agora, Rachel estaria em apuros se a pessoa errada descobrisse — era mais do que provável que ela e Mark fossem para a prisão por um longo tempo. Ela rezava a Deus para que não estivesse cometendo um erro.

Konrad escutou em silêncio.

— Uau. Então tá — disse quando ela terminou. — Tem muita coisa sobre você que eu não sei.

— Agora você sabe mais do que ninguém.

Ele acariciou a mandíbula com os nós dos dedos.

— Certo. Certo. — Ele ficou olhando para a frente, o rosto franzido e paralisado. Ela não sabia se ele estava irritado por ter sido arrastado para seu drama ou simplesmente processando o que tinha ouvido. Um breve sorriso surgiu nos lábios dele.

— Qual é a graça? — ela perguntou.

— Se eu soubesse de tudo isso, de jeito nenhum teria pensado que você mandou aquela foto para Pete. Nem que eu estivesse louco.

— Eu devia ter contado — disse ela. — Eu só... Não gosto de falar sobre isso.

— Então você acha que esse tal de Griffin teve alguma coisa a ver com o que aconteceu comigo? O dinheiro que saiu da minha conta? O e-mail daqueles bandidos?

— Com certeza. — Ela passou a mão no rosto e fez um barulho que demonstrava exaustão. — É a única explicação.

— Quer tomar um café? Para a gente pensar no que fazer?

— Eu tenho que pegar a Lil.

— Mas as coisas não podem ficar assim.

Ela verificou o telefone. Pouco antes das nove.

— Vamos lá, então — disse ela. — Em algum lugar perto da estação.

Konrad deu a ela um sorriso de alívio.

— A gente pode ir no... Hum, tem um problema.

— Que foi agora?

— Quem vai pagar?

20
MAMÃE

Konrad pegou dez libras emprestadas com o pai e levou Rachel a um café artesanal na rua principal chamado Bakehouse, o tipo de lugar com cardápios escritos com giz, luminárias industriais e um milhão de tipos de muffin sem glúten.

— Ele vai ficar tão irritado com essas dez pratas quanto com o resto do dinheiro — disse Konrad enquanto eles corriam para fugir da chuva fina.

O café estava ocupado com a multidão do brunch de domingo, um bando de crianças chatas e pais ressacados. O cheiro de croissants assando que vinha da cozinha competia com o de roupas úmidas e o de arrotos de vinho da noite anterior. Konrad foi fazer o pedido no balcão enquanto Rachel se afastou para ligar para Mark. Ele tinha ligado enquanto estavam no caminho para café, mas ela não ouvira.

— Desculpe, desculpe — disse ela, abrigada na porta ao lado. — Estou correndo agora mes...

— Você faz isso o tempo todo — Mark interrompeu. — Diz uma coisa, depois muda no último minuto, e todo mundo tem que largar o que está fazendo para te socorrer.

— Isso não é verdade.

— Eu tenho um compromisso agora de manhã.

— Eu já pedi desculpas.

— Eu não estou brincando, Rach. Estou cansado de ser tratado como seu empregado.

De onde tinha vindo *isso*? Sim, ela estava atrasada, mas não era tanto assim, e ele nunca fazia nada no domingo de manhã além de assistir ao Nickelodeon e se coçar... *E hoje era o aniversário dela!* Então, ele não precisava ser cretino a esse ponto, para ser honesta.

— Olha — disse ela. — Me dê uma hora. Eu só estou...

— Não. Não vou te dar uma hora. Já te falei que tenho um compromisso. Então, arranje alguém para vir buscar a Lil, ou, melhor ainda, seja responsável pela primeira vez na vida e venha pegá-la você mesma.

Mark desligou antes que ela pudesse responder. O que tinha acontecido? Ele nunca havia falado assim com ela antes! Seu cérebro correu de volta para a manhã anterior, no apartamento dele. O que tinha rolado? O que ela fizera de errado? Não conseguia pensar. Sua mente estava enevoada. Ela ligou para o pai; se ele não conseguisse pegar Lily, Rachel teria que dizer a Konrad que conversaria com ele depois. Felizmente, seu pai atendeu e disse que poderia pasar na casa de Mark.

De volta ao café, Rachel encontrou Konrad na extremidade de uma mesa comunitária.

— Estranho sentar aqui sem telefone — comentou ele.

— Como nos tempos primitivos — respondeu ela, deslizando para o banco.

— Está tudo bem?

— Mark não está nada feliz. Precisei ligar para o meu pai.

Konrad limpou a garganta e olhou para ela, implorando.

— Você acredita em mim, não acredita, Rachel? Eu sei o que parece, porque estou devendo e o seu dinheiro foi roubado...

Ela queria acreditar nele. Quando ele contara a verdade no quarto, parecendo tão triste e vulnerável, ela teve certeza de que era a verdade. Mas agora, quando seu cérebro tinha processado tudo o que ele dissera, as dúvidas estavam surgindo. A explicação parecia viável, e se encaixava na ideia de que Griffin estava por trás de tudo aquilo, tentando separá-los. Além disso, a oferta de ir à polícia apontava para a inocência de Konrad... No entanto, tudo parecia tão *elaborado*. Tão inteligente. Tudo trabalhado em grande escala. Alan Griffin era muitas coisas — cruel, manipulador, desonesto —, mas isso estava muito além de esconder uma câmera em uma árvore para roubar suas senhas. Sim, se ele estivesse planejando persegui-la novamente, iria querer se livrar do namorado dela, e ela teria certeza de que Griffin se envolvera com gangues ou coisa parecida na prisão, o tipo de gente que lhe faria um favor extorquindo dinheiro de Konrad. Agora, roubar dinheiro de contas bancárias? Isso era coisa séria.

Alguma coisa nisso ainda não fazia sentido.

— Ah, eu sinto tanto — disse ele, desviando o olhar. — Eu só pensei...

— É muita coisa para assimilar, é tudo.

— Você escondeu coisas de mim também.

— Eu sei, eu sei...

— Quero dizer, o meu carro...

Rachel colocou sua mão sobre a dele.

— Desculpe. Estou esgotada. Faz dias que não durmo. É claro que eu acredito em você. Foi ele, eu sei que foi ele. Ele está tentando nos separar.

Konrad se inclinou e pegou a mão dela nas suas.

— Mas nós não vamos deixar, né?

— Os últimos dias têm sido horríveis. Eu me sinto como se estivesse perdendo o controle.

— Nossa, eu também. Tem sido... Tem sido péssimo. Mas nós vamos vencer esse canalha juntos. — Seus olhos verdes pálidos brilharam de repente, o sorriso se aprofundou e mostrou a covinha em sua bochecha esquerda que ela sempre adorara. — Na verdade, lembra que nós estávamos conversando antes disso tudo... você sabe, antes de tudo isso. Sobre a minha mudança. Pode não ser uma ideia tão ruim, não acha? Eu até que daria um bom segurança.

A mudança no humor dele a deixou insegura. Ela não conseguia entender se estava intuindo algo errado no comportamento dele ou apenas se sentindo nervosa e paranoica por ter percebido de repente: *ainda não tinha provas de que não foi ele.* E o fato era que seu dinheiro desaparecera. E se Konrad a tivesse humilhado, roubado dela, e agora não só a convencesse a aceitá-lo de volta como a se encantar com a ideia de voltarem a viver juntos?

— Era só uma ideia — disse ele — soltando as mãos dela.

— Eu tenho que passar pelo dia de hoje primeiro — ela respondeu.

— Claro. — Ele tomou um gole do café e fez uma careta, como se estivesse amargo. — Como você quiser.

∴

Depois do café, Konrad foi para casa, a fim de esclarecer o problema do dinheiro. Rachel disse que ligaria mais tarde para o telefone fixo de seus pais, e correu para o metrô. Durante todo o caminho de volta, ela se recriminou por pensar que Konrad tivesse feito qualquer coisa para prejudicá-la, por inventar uma história digna de um advogado de defesa, por decidir nunca mais vê-lo, porque, se houvesse um átomo de dúvida em sua mente de que tinha sido ele... e não apenas ele, o que dizer de Pete? Aquela cobrança fiscal falsa enviada para sua empresa? Ele estava envolvido em tudo isso até a raiz do cabelo, agora ela pensava. Então, se *um* dos dois estivesse envolvido, então ela nunca mais poderia ver Konrad de novo. Não poderia expor Lily a esse risco.

Rachel não estava pensando direito. Claro que não tinha sido Pete. Um cara que passara metade da festa de aniversário de Konrad cambaleando com o zíper aberto porque estava bêbado demais para fechar. Ele não era um mestre do crime, de jeito nenhum. E Konrad! O que ele tinha feito de errado? Nada, exceto ter sido seu namorado. Por causa dela, fora espancado, queimado, afogado e tinha sofrido um golpe. Griffin era o responsável. Alan Griffin. Era um plano elaborado? Pois ele tivera oito anos para planejar sua vingança!

Quando chegasse em casa, ela ligaria para Konrad. Iria ver se ele queria vir mais tarde. Começar a reconstruir sua relação.

Mas e se já estivesse acabado? E então? Ela poderia pegar Lily e sumir? Vender a casa, começar de novo? Seu bairro estava mudando, a gentrificação chegando até sua rua, transformando botecos em cafeterias e lojas de esquina em minimercados. Isso tudo provavelmente iria valorizar os imóveis.

Rowena, que trabalhava na sua enfermaria antes de Spence, morava na Austrália. Ela não tinha um emprego em um consultório particular em Sydney? Rachel se imaginou na praia de Bondi com Lily, sentada em uma toalha e olhando para o mar cheio, o sol secando a água em sua pele. Talvez as duas pudessem aprender a surfar juntas? Elas podiam sair todas as manhãs, bem cedo, enquanto ainda estava tudo tranquilo, para deitar sobre as pranchas e conversar sobre um garoto de quem Lily gostava na escola enquanto esperavam pela próxima onda.

Tão rápido quanto o devaneio chegou, desapareceu, e ela estava de volta ao vagão úmido, de volta à garganta seca, olhos ardendo e cabeça dolorida.

De volta a se sentir em pânico pelo que estava por vir.

Quando chegou em casa, seu pai estava assistindo *Frozen* com Lily. Rachel entrou e deu um sorriso forçado, dizendo *Vou só tomar alguma coisa* e passou direto para a cozinha. Abriu o armário debaixo de onde ficava a chaleira e procurou lá dentro pela lata de Ensure. Onde ela havia colocado? Não conseguia encontrar nada nessa casa! Também, o lugar estava imundo, por isso ela não conseguia pensar direito. Encontrou a embalagem verde atrás de uma pilha de tigelas socadas no fundo do armário e tirou a tampa. Não havia copos limpos. Ela remexeu na pia, encontrou uma caneca que não estava muito suja e passou uma água nela, usando os dedos para...

— Estou feliz por você estar de volta, meu bem.

Rachel girou e gritou, quase deixando cair a caneca.

— Que susto, pai! — disse, colocando a mão no peito.

Ele estava de pé ao lado da geladeira, os ombros esticados, como se fosse ela quem o tivesse convocado, e ele estivesse esperando uma repreensão.

— Comprei um cartão para você — disse ele. — Tem uma coisinha lá dentro para você e a Lily. Deixei perto da televisão.

— Ah... obrigada, pai.

Ela viu que os olhos dele tinham notado a lata aberta de Ensure, e seus lábios se apertaram.

— Nós precisamos conversar.

— Este não é o momento certo.

— Eu sei que eu fui ausente por muito tempo.

Ela gemeu e deu meia-volta. A torneira ainda estava aberta, então ela encheu a caneca e a fechou.

— Não — ele continuou. — Eu vou falar e você vai ouvir. Você tem uma garota incrível lá na sala. Uma garotinha linda. Não faça o que eu fiz. Não faça o que a sua mãe fez...

Rachel baixou a caneca e o enfrentou.
— Eu já te falei para não mencionar o nome da mamãe!
— Você não sabe nada sobre a sua mãe.
— Eu sei o que você fez com ela.
— Você era um bebê.
— Eu tinha oito anos quando você foi embora!
— Você só ouviu a versão dela.

De jeito nenhum. Rachel tinha estado lá, e sabia o que acontecera. Ela tinha crescido com seus pais! Embora pudesse pensar em alguns termos mais precisos para descrever a experiência. Ela tinha *sobrevivido* a eles, tinha sofrido ao lado de seus pais, suportado o peso deles. Não que isso também não fosse cruel, mas eles estavam envolvidos demais em seu próprio drama. Ela comia e bebia enquanto os dois gritavam e rosnavam um para o outro o tempo todo, até que ambos partiram.

— Isso não tem a ver comigo nem com a sua mãe — disse seu pai, limpando a testa com a manga, deixando uma mancha de suor escura no tecido. — Tem a ver com *você*. Você está encolhendo diante dos meus olhos. Eu não posso simplesmente ficar parado enquanto...

— Então vá embora.

— Eu vi a sua mãe fazer isso, e eu não vou...

— Sim, depois que você foi embora para cair na farra com seus amigos...

— Eu fui morar na rua. Virei um sem-teto.

— Ótimo! Você mereceu. Espero que tenha passado frio e fome toda noite. — Seu coração estava batendo forte, seu corpo tremendo. Quem era ele para dizer essas coisas? Ele não tinha esse direito. Não tinha nenhum direito.

— Eu não queria te deixar — disse ele, sua voz não muito mais do que um sussurro. — Mas ela me mandou embora. Ela disse que era por causa da bebida, mas eu nunca fui violento. Eu nunca a machuquei, nem a você. Pense nisso, querida. Eu nunca fiz nada, fiz?

— É verdade. Você não nos espancava — Rachel admitiu.

— Então por que a sua mãe me expulsou?

— Porque você era um bêbado.

— Ela queria que eu fosse, para que ela pudesse, sabe, *acabar com tudo*. Foi isso que realmente aconteceu.

A imagem de sua mãe sentada no degrau dos fundos piscou em sua mente, os dedos finos levando um cigarro até a boca enquanto ela olhava para o céu escuro. Seu pai queria que ela o visse como a vítima ali?

— Eu não quero te ouvir.

— Ela se livrou de mim, depois de você...

— Não... não foi isso que aconteceu. Ela estava doente.

A doença dela era infecciosa, por isso Rachel teve que ir morar com a avó. Ela se lembrou de ouvir a mãe explicando, com lágrimas nos olhos, que não seria por muito tempo, algumas semanas no máximo.

— Eu não vou deixar você fazer a mesma coisa com a Lily — disse ele.

Rachel olhou para seu pai, e uma risada estranha escapou de seus lábios. Ali estava ele, esse homem que ela mal conhecia, esse arremedo de pai, *dando um sermão* sobre como ser um bom pai!

— Saia — pediu ela. — Saia agora mesmo, ou eu vou te expulsar.

Ele a encarou, de costas retas, alto o suficiente para se sobrepor a ela.

— Quantas vezes a menina ficou comigo nas últimas semanas? Quatro? Cinco? Ela dorme na casa do Mark algumas noites também, certo? Você não percebe, mas eu...

— Mas você nada! — Rachel o arrastou para longe da geladeira. — Saia... saia agora! — Ela o empurrou de volta pela sala, em direção à porta principal. — E não se preocupe em ficar com a sua neta, porque você nunca mais vai vê-la!

21
MENSAGEM DE TEXTO

Rachel mordia as costas da mão enquanto olhava para o rosto de Alan Griffin no LinkedIn. Um merdinha. Com seu cabelo de escritório, bochechas gorduchas e olhos desinteressantes. O tipo de homem que se importa mais com os resultados do futebol do que com os filhos, que se queixa de que a esposa está engordando enquanto abre o cinto. Era a mesma foto de antes de ele ir para a prisão. O que tinha mudado era o status.

Estou disponível para novos projetos depois de uma longa ausência, aberto a novas oportunidades. Por favor entre em contato.

Essa era sua pista mais recente, e ela estava empolgada em ver que não tinha chegado a um beco sem saída como das outras vezes. Ele não estava nas redes sociais, suas contas no Twitter e no Facebook haviam desaparecido e ninguém havia postado no fórum *Caçadores de Pedófilos* desde que sua soltura tinha sido divulgada, mas ali estava ele, na tela de Rachel, procurando emprego — *uma longa ausência*. Ele fazia parecer que estava cuidando de um parente doente, ou tirando um período sabático para dar a volta ao mundo. Que se danasse. Ela não ia deixá-lo continuar tocando a vida enquanto tentava arruinar a dela.

Mas como Rachel iria detê-lo?

Ela percebeu que sua mandíbula estava cerrada e seu dedo estava tamborilando ao lado do teclado, o que a forçou a respirar fundo. Contar para Mark, essa era a coisa mais óbvia a fazer, já que ele era parte disso. Só que ela já havia encontrado Griffin, ele estava bem *ali*, então qual seria a utilidade de Mark, sendo bem realista? Especialmente quando, ao olhar para a página do LinkedIn, um plano estava começando a se formar em sua mente. E ela sabia que Mark não iria aprovar.

Lily pulou no sofá em direção a ela quando começou a versão bombástica de "Let it Go" e os créditos subiram.

— Podemos ver *Frozen* de novo? — perguntou ela, sua boca desenhando um sorriso angelical suplicante. Ao menos ela parecia feliz. Depois que Rachel expulsou seu pai, Lily olhara para ela, os lábios tremendo, e gritara: *Aonde o vovô foi?* Como se ele tivesse sido atropelado por um ônibus na frente dos olhos das duas e atirado por cima de uma cerca.

— Por que você não vai pintar um pouco, amor? — Rachel respondeu.

— Ou brincar com o seu Lego?

— Mas eu quero assistir...

— Tudo bem, tudo bem, vou começar de novo. — Ela já se sentia culpada o suficiente por Lily ter ficado sentada ali a tarde toda, assistindo ao mesmo filme vezes sem fim, especialmente porque as duas não se viam desde o dia anterior, mas precisava fazer isso, tinha que agir. Griffin havia roubado o dinheiro dela e tentara destruir seu relacionamento. Era demais. Rachel não ia deixar barato. Não dessa vez.

Ela não ia mais ser uma vítima.

Rachel olhou de novo para a página de login do LinkedIn e moveu o cursor sobre o botão *Cadastre-se*. Poderia realmente fazer isso? Criar um perfil falso, enviar uma mensagem para ele dizendo que tinha uma vaga e que gostaria de vê-lo para uma entrevista? O que o impediria de dar meia-volta e ir embora? Ou de agir como se não soubesse quem ela era? Talvez ela pudesse blefar, dizer a Griffin que tinha provas de que ele a estava perseguindo de novo? Ou então ela poderia ameaçá-lo. Dizer que entraria em contato com todas as empresas de recrutamento do país se fosse preciso para revelar o que ele fazia com ela. Quando Rachel terminasse, ele não conseguiria um emprego nem mesmo entregando gelo no Ártico!

E se Konrad o jogasse dentro de um carro, ele e ela dirigissem até algum lugar remoto e liquidassem o assunto de uma vez por todas?

A coisa tinha chegado a esse nível?

• • •

No início, criar o perfil foi fácil — ela escolheu um nome, Sophie Thomas, o mais genérico em que pôde pensar, e selecionou uma foto de banco de uma mulher loira bem-vestida, de vinte e poucos anos, usando blusa creme e blazer preto. Mas na hora de preencher o histórico profissional Rachel travou. O que ela sabia sobre recrutamento para a área de TI? Antes de ir para a prisão, Griffin trabalhara como engenheiro de software, então o emprego teria que ser nessa linha para definitivamente lhe interessar. Não ajudava muito o fato de os trechos mais ácidos da discussão com seu pai continuarem assombrando seus pensamentos. Era muito descaramento. Se postar no meio da cozinha *dela* para dar conselhos sobre a criação de filhos.

O que viria depois? Dicas de segurança contra incêndio dadas por um incendiário? Recomendações sobre o mercado de ações feitas pela senhorinha que empurra um carrinho de feira pela Holloway Road? Rachel poderia desfilar com Lily vestida com um saco de lixo na frente do serviço social e ainda seria dez vezes melhor que o pai que tivera. Por ele ter ido embora, a mãe dela morreu. Por ele ter ido embora, não havia pai para protegê-la de homens como Alan Griffin.

Essa era a verdade.

Ela empurrou o laptop para o lado. Essa dor de cabeça estava tornando impossível pensar. Sem dúvida ela estava desidratada. Rachel se levantou para pegar água na cozinha, mas logo sua cabeça pareceu oca, as pontas dos dedos formigaram, o coração bateu no peito como um peixe sobre o convés. Ela estendeu a mão para se equilibrar, com certeza ia desmaiar, mas conseguiu se orientar e chegar até o sofá. Um brilho de suor frio cobriu sua pele. Respire fundo, espere cinco minutos. Não dormir o suficiente, não comer o suficiente, muito estresse — uma combinação tóxica. Pelo menos Lily não tinha notado a angústia da mãe.

Rachel tentou se levantar novamente, mais devagar dessa vez, porém duas batidas na porta da frente a fizeram ficar de pé na mesma hora. Essa era a batida de Konrad, mas ele tinha as chaves. Alguém estava fingindo ser ele? Seus olhos circularam ao redor, procurando por uma arma. Será que havia guardado a faca de volta na gaveta dos talheres? Tinha uma vaga imagem mental de escondê-la debaixo do sofá. Ela se agachou e começou a dar tapinhas embaixo do móvel.

Um barulho na caixa de correio, e Konrad gritou para dentro.
— Sou eu.
— Estou indo — ela respondeu, e se apressou para abrir a porta.
— Desculpe, a chave está em algum lugar na bagunça do meu quarto — disse ele, segurando um buquê de narcisos, amarrados com uma fita prateada. Ele estava usando uma blusa branca de gola alta, um blazer preto justo e um sorriso cauteloso, mas otimista. — Eu vi no jardim e pensei, você sabe... Feliz aniversário, Rachel.
— Puxa, que fofo — ela disse, pegando as flores, ainda se sentindo trêmula e meio fora de foco.
— Lamento que não seja um presente de verdade. Eu...
— Não, não! São lindas. Parece uma cena de romance. Um homem lindo na porta, trazendo um buquê de flores que ele mesmo colheu. Eu só estou... estou me sentindo um pouco aérea.
Ele a encarou com intensidade, como se tentasse dizer algo com os olhos, até ela finalmente perceber que os dois ainda estavam na porta e ele não tinha sido convidado a entrar.
— Desculpe, desculpe — Rachel disse, mas, antes que pudesse abrir caminho, Lily pulou na frente dela e abraçou a perna de Konrad.
— Você voltou! — ela gritou.
Konrad a levantou e, para deleite da menina, fingiu que estava mordendo sua barriga.
— Eu não posso ir embora sem terminar o meu jantar!
Ele entrou na sala, com Lily agarrada ao seu pescoço, e ofereceu o outro braço a Rachel. Ela aceitou seu abraço, derretendo-se contra seu corpo firme, fechando os olhos e respirando o cheiro marinho de sua loção pós-barba. O cheiro de alguém que finalmente tinha chegado em casa.
— Eu pensei que a gente não existisse mais — disse ele, trazendo-a mais para perto. — Ontem passei o dia todo pensando nisso.
Rachel sentiu a força de seu braço e de repente de lembrou de quando ele a empurrara na direção da escada, crescendo para cima dela, com o rosto crispado de raiva. Ela se afastou dele, sacudida pelo flashback.
O braço de Konrad ficou levantado, como se estivesse em volta de uma versão invisível dela.
— O que eu...?

— Você está deixando o calor sair! — Ela se desviou dele, fechou a porta e fingiu tremer.

Isso precisava parar. Aquela tinha sido uma noite atípica. Ele estava fora de si, humilhado de todas as maneiras, e compreensivelmente perdera a cabeça. Salvar o relacionamento começava pela necessidade de perdoar Konrad.

Lily voltou a subir no sofá.

— Podemos ver o meu filme?

Os lábios de Konrad foram pressionados juntos, mas se movendo, como se as palavras dentro de sua boca estivessem tentando sair. Ele voltou sua atenção para Lily.

— Que filme é?

— *Frozen!*

— *De novo* — disse Rachel, abrindo um sorriso.

— É muita sorte — respondeu Konrad. — Porque *Frozen* é meu filme *favorito*.

Ela foi arrumar as flores num vaso, depois os três se ajeitaram no sofá embaixo do cobertor de crochê. Konrad sentou-se no meio, segurando a mão de Rachel. Ela perguntou a ele como tinha sido a conversa com seus pais.

Ele olhou para ela de lado e deu um sorriso.

— Não se preocupe com isso.

Um arrepio se espalhou pelo peito dela. Não *se preocupe* com isso? Ele tinha roubado quatro mil dólares da família, perdera tudo, e não havia motivo para se preocupar? Ela sentiu vontade de olhar entre as cortinas para ver se o carro dele estava estacionado do lado de fora.

— Mas você disse... — ela tentou.

— Podemos não falar sobre dinheiro? *Por favor?* — Ele acenou com a cabeça para o filme. Estava começando a parte favorita de Lily, quando Anna e Kristoff chegam ao vale e conhecem Olaf, o boneco de neve falante. — Esta é a melhor parte.

Um momento depois, Konrad virou o corpo para Rachel e disse calmamente:

— Nós fizemos um planejamento para eu poder saldar a dívida. Falei para eles que precisava do dinheiro para investir na empresa, e eles acreditaram.

Ela retribuiu o sorriso, mas a explicação dele não a convencera. Tinha sido muito fácil. Ele mesmo havia dito que fora muito fácil.
Pare com isso. Não seja paranoica.
— Você pensou um pouco mais no que eu falei hoje de manhã? Quero dizer, eu não posso ficar com os meus pais para sempre.
E quanto à facilidade com que ele mentia para os pais? E se ele estivesse mentindo sobre esquecer as chaves também? E se tivesse dado as chaves para...
Ele soltou a mão dela.
— Talvez mais tarde, né?
— Desculpe — disse ela. — Eu não consigo pensar em... Eu só preciso...
— Está tudo bem. Esqueça isso.
Eles assistiram ao filme em silêncio. Rachel se concentrou na tela, onde o boneco de neve cantava e dançava prevendo que o verão seria ótimo, enquanto debaixo do cobertor ela cravava as unhas em seu próprio braço. Isso já estava dando errado. Como os dois poderiam descobrir um jeito de se livrar de Griffin se não conseguiam colocar o relacionamento de volta nos eixos? Eles precisavam de uma pausa da tensão, uma noite de descanso. Uma noite fria e confortável, daquelas que os dois costumavam ter com tanta facilidade quanto podiam respirar.
Ela sabia o que tinha que fazer.
— Volto em um minuto — disse, saindo do sofá em direção à escada.
— Espere — disse Konrad, acompanhando-a. — Vou com você.
— Eu vou ao banheiro.
— Pensei que nós pudéssemos... você sabe, conversar.
— Nós vamos, nós vamos — ela respondeu, retomando a subida.
Ele recuou, carrancudo. Ela queria dizer algo para ele se sentir melhor, e então ele saberia que estava nela, e não nele, era o problema. Ela estava no limite; precisava fazer algo para impedir que aquele pedaço de matéria inútil em seu crânio sabotasse a noite, vomitando coisas destinadas a deixá-la agitada.
Lá em cima, ela colocou o banco junto à porta do armário, encontrou a chave e destrancou o cofre. Konrad estava ali para ajudar com Lily, então não haveria problema.
Se ela não o fizesse, seu namoro poderia não chegar até o fim da noite.

Depois do filme, os dois foram para a cozinha para preparar o jantar. Enquanto Rachel procurava o espaguete no armário, Konrad levantou seu cabelo e arriscou um beijo em seu pescoço.

— Isso foi bom — ela murmurou, inclinando-se para ele. Uma sensação de calor irradiava ao longo de sua coluna, subindo pelo pescoço, espalhando-se ao atingir o crânio e sufocando a tagarelice assustada, deixando apenas o silêncio. Era como se seu cérebro tivesse ganhado um banho quente depois de uma caminhada de muitos quilômetros debaixo de chuva.

Konrad mordiscou o lóbulo de sua orelha, trazendo-a de volta ao presente.

— Sobrou uma nota de cinco de hoje de manhã. Que tal uma garrafa de vinho?

— Vinho seria perfeito.

Ele a virou para que se olhassem, e a trouxe para perto.

— Que bom ver você sorrindo. Eu estava sentindo falta disso.

Quando seus lábios se tocaram, uma centelha elétrica desceu pela parte de trás das pernas de Rachel, causando um arrepio agradável.

— Não demore — ela murmurou.

Viu? As coisas já estavam melhores. Ela *definitivamente* deveria fazer isso mais vezes, tipo todos os dias? Lição aprendida: simplesmente relaxe. Não era isso o que Mark estava sempre dizendo? Ou seria aceitar? *Relaxar, aceitar, qual era a diferença?* As duas coisas pareciam legais.

— Eu quero o Konrad de volta agora — disse Lily, sua expressão tão fofinha, como se fosse uma mãe, que Rachel se abaixou e a beijou na bochecha. Lily a acariciou. — Você promete que o Konrad volta?

— Eu prometo, meu amor

Rachel colocou o espaguete na água fervente e abriu um pote de molho. Esse era o jeito certo. Calmo, organizado. Ela escorreu o macarrão e cantarolou uma música clássica, talvez "O lago dos cisnes", não tinha certeza. Os olhos dela se fecharam, e ela se viu balançando. Pense no dinheiro amanhã. Pense em Alan Griffin amanhã. Por enquanto, deixe rolar...

Uma mão deslizou sobre seu quadril.

— Eu trouxe um tinto — sussurrou Konrad. Ela nem sequer o ouvira chegar. Ele a beijou ternamente, de trás da orelha até o topo da clavícula, enquanto os dois balançavam os quadris ao mesmo tempo.

A superfície do molho espirrou e cuspiu na parte de trás de seu pulso. Rachel deu um grito e o sacudiu no ar. Pena que estivesse sentindo um leve zumbido e parecesse levemente à deriva. Konrad se afastou e abriu a gaveta dos talheres, procurando o saca-rolhas. *De volta ao mundo real.*

Rachel serviu Lily primeiro em seu prato rosa, depois encheu tigelas para ela e Konrad. Enquanto se sentava, ela respirou fundo. Sem prestar atenção, tinha colocado para si mesma a mesma quantidade de comida que servira a Konrad. O simples fato de pensar em comer tudo aquilo a deixou enjoada.

Ele a olhou de relance.

— Você está bem?

— Claro — ela respondeu, espremendo o rosto num sorriso.

Ele a encarou, desconfiado, como se estivesse estudando seu rosto para um teste de memória. Ela limpou a garganta e pegou seu garfo. *Não fique paranoica de novo.* Rodou o espaguete até Konrad começar sua refeição. O coração dela ganhou velocidade, e a boa sensação de que apenas momentos antes se sentia tão firme evaporou como névoa. Quando foi a última vez que ela comeu algo sólido? Dias antes.

Ela ergueu o garfo e estabilizou a respiração. *Você consegue,* disse a si mesma. *Na semana passada mesmo estava comendo refeições completas.* Ela olhou para a mesa uma última vez e depois colocou a comida na boca — mas logo percebeu que era demais, seus dentes se recusaram a mastigar, a garganta se fechou. Ela não conseguia respirar. Ela se virou, apertando um dedo trêmulo nos lábios, forçando a mandíbula a morder enquanto alcançava o vinho. Virou metade do copo antes que seu reflexo de mordaça pudesse forçá-la a sair, disfarçando o desconforto com uma tosse e batendo no peito com o punho.

— Água? — Konrad perguntou, metade do corpo já fora de sua cadeira.

— Estou bem, estou bem — disse ela, acenando para ele. — Entrou pelo lugar errado.

Ela pegou o sal e um punhado de toalhas de papel do balcão. Não era a comida certa, nada mais do que isso. Mais tarde, quando Lily estivesse na cama, Rachel tomaria um copo de leite. Talvez misturado com mais Ensure.

Ela se sentou, salpicou seu prato com um pouco de sal, encheu o garfo e checou a mesa. Lily estava ocupada pescando fios de macarrão e colocando-os na lateral do prato; Konrad estava entretido olhando para ela, com uma expressão divertida no rosto. Rachel segurava as toalhas de papel embaixo da mesa, a cabeça ficando enevoada, e pensava em sua mãe no degrau dos fundos. *Ah, mamãe.*

Num único movimento suave, ela levantou o garfo, encheu a boca e, com a outra mão, ergueu as toalhas fingindo limpar os lábios. E cuspiu a comida. Desceu a mão, dobrando o papel. Ela comeria mais tarde, quando ninguém estivesse olhando.

— Está uma delícia — disse Konrad.

Rachel voltou a girar o garfo e sorriu.

— *Perfeito.*

Quando Lily foi para a cama, eles se instalaram no sofá para ver televisão. Konrad sentou-se encostado no braço e Rachel se apoiou nele, a cabeça apoiada em seu peito.

— Mais? — Konrad perguntou, mostrando-lhe o vinho.

— Não, obrigada. — Ela já tinha passado da conta. Dois copos grandes, junto com quantos Oxys? Não conseguia se lembrar. Pelo menos dois. E outro quando Lily foi para a cama? Ela se lembrava vagamente de ter pegado o cofre... Tanto fazia. Nada importava, exceto o agora. Os últimos dias pareciam distantes, como se tivessem acontecido com outra pessoa, ou tivessem vindo do enredo de um drama da BBC a que ela assistira no começo do ano. *Uma mulher à beira da loucura.* Mas não era ela, ela estava bem, tudo estava bem. Rachel se aconchegou em Konrad e suspirou.

Ele acariciou o braço dela enquanto passava pelos canais abertos.

— Às vezes é engraçado — disse ele, parando em *You've Been Framed*, onde eles assistiam vídeos de noivas que ficavam presas em carros, vovós derrubando cadeiras, meninos batendo bolas de beisebol nos testículos dos pais. Suas pálpebras caíram, e ela deslizou sobre uma onda de risos de claque e efeitos sonoros de pastelão. Embaixo do algodão macio de sua blusa, o coração de Konrad acelerou contra a bochecha dela. Ela percebeu que ele a estava virando para si e, ao mesmo tempo, baixando o rosto.

Eles ficaram com os lábios encostados. Lentamente, ele abriu a boca, e o beijo se tornou apaixonado. Ele a deitou de costas no sofá, sua mão se movendo até o peito dela, o polegar traçando o contorno de seu mamilo. Ela tentou se concentrar, mas só conseguia pensar na toalha de papel perto da boca, o bolo de macarrão mal mastigado lá dentro, uma sensação triste, como se estivesse se despedindo de alguém que amava, e ela sabia que seria por muito tempo. *Ela se livrou de mim, e ela ficou...*

Konrad parou de beijá-la.

— Está tudo bem?

— Ah... desculpe. Claro, está tudo bem. — Em que ela estava pensando?

Ele a olhou de relance e acariciou sua boca.

— A gente pode parar.

Ela balançou a cabeça e abriu bem os olhos, esperando que isso impedisse sua visão de se dividir.

— Estou um pouco cansada, só isso.

Ele inclinou a cabeça na direção da escada, encolhendo os ombros. Ela fez que sim com a cabeça, e ele a puxou para fora do sofá. Suas pernas não pareciam estar funcionando direito, como se os ossos tivessem sido substituídos por cordas, e ela se esforçou para subir os degraus, sem sentir os pés, a cabeça flutuando. A luz do andar de baixo se apagou. Na escuridão, ela ficou confusa.

Ela tropeçou e voou para a frente, caindo em um buraco, mas alguém a agarrou pela cintura. Konrad. Ela estava com Konrad. Ele a empurrou contra a parede, sua boca vagando sobre o pescoço dela, sua respiração curta e rápida, seu membro rígido pressionando contra a cintura dela. *Entre no clima, entre no clima.* Ela acariciou a parte da frente da calça dele, fazendo-o gemer e se esfregar nela. *Vamos lá, vamos lá. Se entregue.* Mas sua mente estava escorregadia, os pensamentos fugiam. Seus pés estavam gelados. Não havia comido o suficiente para manter-se aquecida. Devia ter se alimentado direito. Ela tinha ouvido aquela voz estúpida que mentia para ela. Em que mundo seria normal ficar sem comer por mais de um dia? Parecia aquelas desculpas que os alcoólatras usam: tudo bem, é só uma garrafa de vodca. E se ela não conseguisse comer no dia seguinte? E se...

— Rach? — A voz de Konrad, suave, persuasiva. — Por que a gente não vai para o quarto?

Ele não esperou por uma resposta, empurrando-a para dentro, quase na escuridão total, uma pequena faixa de luar passando por baixo da cortina. Muitos Oxys. *Estúpida, muito estúpida. Só um? Nunca era só um. E o vinho.* Estava girando em seu estômago como ácido. *Foco! Recupere o que perdeu. Você quer isso.* Ele a deitou na cama, seus lábios colados, a língua dele sondando sua boca. Parecia grande e lenta. A consciência de Rachel escorregava aos poucos. Ela esqueceu o que estava acontecendo. *Konrad. É Konrad.* O corpo dele era muito pesado... ela não conseguia respirar... estava girando e se perdendo.

— Mais devagar — ela murmurou. — Eu não...

— Eu tentei ir devagar, mas você estava pegando no sono. — Ele deslocou seu peso, e algo tilintou. — Agora eu vou te acordar de vez.

A sensação de estar girando ficava pior. Seus dedos estavam dormentes. Ela suava frio. O que estava acontecendo? Onde ela estava? Como chegara ali? Alguém estava em cima dela, esmagando-a contra a cama. Ela não conseguia enxergar na escuridão. Tentou se contorcer, mas não podia se mexer. A mão dele se enfiou por baixo de suas costas. *Pare, pare.* Ela disse isso ou só pensou?

Dedos grossos tocaram o cós de seu jeans, abrindo os botões. *Pare com isso!* Ela se debateu e empurrou com os joelhos, gritando e afastando o mais forte que pôde. Ele cambaleou para trás até bater em alguma coisa. Ela se virou, escorregando no edredom, desesperada para fugir. *O que está acontecendo? O que...?*

A luz se acendeu.

— Que porra é essa, Rachel?

Ela protegeu os olhos do brilho chocante. O tinha acontecido? Havia uma nevasca em sua mente. Ela viu Konrad junto ao interruptor, o horror em seu rosto.

— Desculpe — disse ela. — Eu... eu achei...

— O que você está *fazendo* comigo? — A voz dele era sentida. — Eu *perguntei* se você queria subir e você disse que sim. Nós começamos, e depois você me dispensa? Eu não... eu não...

— Eu pensei...
— Você está louca.
— *Não fale assim comigo.*
— Você perdeu o juízo.
Lágrimas grossas começaram a rolar pelo rosto dela.
— Por favor, Konrad. Eu...
— Pra mim chega. *Chega.* — Ele se esforçou para fechar o cinto.
— Eu tento conversar, você não quer. Eu tento transar... você age como se eu estivesse te *atacando*. Cansei de me ferrar por sua causa!
— Por favor, Konrad. Ouça. Eu...
— Estou cansado de te ouvir. Você está me arrastando para a sua confusão. Quase me afogaram, me bateram. Isso me custou oito mil! E, em vez de me dar apoio, você se comporta como se *eu fosse* o culpado. Você acha mesmo que eu... o quê? Que eu roubei dinheiro da sua conta? Como eu faria isso?
— Vamos conversar agora, então. — Ele ainda estava à porta, não tinha saído. Ela queria estender a mão, mas não queria afugentá-lo. — Eu vou explicar. Por favor, me ouça.
Konrad olhou para ela por um longo momento, depois assentiu lentamente, como se tivesse resolvido alguma disputa consigo mesmo.
— Eu te amava, Rachel. Teria feito qualquer coisa por você.
Ela ficou na cama, atordoada, enquanto passos pesados desciam a escada. A porta da frente se abriu e fechou silenciosamente. O choque da realidade a atingiu, e ela cambaleou para fora do quarto.
O ar ainda tinha o cheiro marinho da loção pós-barba dele. Ela desceu a escada e olhou ao redor, sentindo como se tivesse pisado na sala errada. *O que aconteceu? O que acabou de acontecer?*
Seu celular vibrou sobre a mesinha. Rachel o pegou — *Konrad, graças a Deus.*
Era uma mensagem de texto, mas não dele. Não reconheceu o número.
Rachel tocou na mensagem para abri-la, e pôs a mão sobre a boca. O celular caiu de sua mão. Ela recuou, como se o aparelho estivesse em contagem regressiva para explodir.
A mensagem dizia: VOCÊS TODOS SÃO MEUS AGORA.

22
TÁTICAS

Vladislav Surkov. Um russo, lá da terra do Kremlin. Colega do Putin. A menos que seja um fã da guerra moderna, você nunca ouviu falar dele.

Criador de táticas que até os mais limitados podem entender — sinta-se livre para se ofender —, sua estratégia é esta: em vez de atacar seu alvo pela frente, vocês dois se enfrentando e medindo forças, e quem tiver os armamentos mais potentes ganha, você não ataca de jeito nenhum. Você faz tudo *menos* atacar. Você financia o terrorismo; exacerba conflitos regionais, apoiando secretamente os dois lados; espalha mentiras e desinformação onde e quando puder. Quando o caos reinar, você assume o controle.

O princípio aqui é o mesmo. Distribua ataques ao acaso. Desestabilize, enfraqueça. E conquiste.

Qual é o maior amor da vida dela?

A filha.

Lembre-se de que o objetivo é enfraquecer, não destruir. Então, não mexa com a garotinha. Em vez disso, concentre-se no trabalho dela. O emprego, seu papel no mundo como uma enfermeira fofa e dedicada.

Você faz assim.

Descubra o software que eles usam para arquivar os prontuários dos pacientes. É fácil de fazer: telefone para o hospital, para qualquer enfermaria, diga que está ligando do suporte, problemas na área, blá-blá-blá, o que for, e peça para abrirem o aplicativo, clicarem em Ajuda e lerem o que está escrito lá. Eles dirão que se chama eMAR, que significa Medical Administration Records eletrônico, versão 2.1.8, desenvolvido por uma empresa chamada Principia MCP Gestão de Medicamentos, cuja sede fica em Nottingham.

A seguir, dê alguns telefonemas para a Principia. O departamento de RH para conseguir nomes no setor de TI, o setor de TI para obter nomes na equipe de desenvolvimento de software, a equipe de desenvolvimento para descobrir que eles terceirizam a maior parte do trabalho para um entreposto de estagiários na Índia, dirigido pela Tata — um lugar provavelmente maior que um hangar onde o barulho dos teclados é mais ensurdecedor que uma nuvem de gafanhotos, com programadores amontoados em fileiras infinitas, tão compridas quanto largas.

Faça um DDI para Hyderabad, lá na Índia, e consiga o nome de alguém que trabalhe no suporte da eMAR. Depois, mande um e-mail de *phishing* para o tal Gurvinder — deixando que ele descubra que partiu de alguém da Principia — e em pouco tempo você vai ter uma cópia do design de baixo nível do software.

O servidor de HTTP deles é o Tomcat 8.0? O admin console está configurado para o endereço padrão?

Você deve imaginar que as empresas atualizam seus programas de infraestrutura para as versões mais recentes, que estão conscientes de que as vulnerabilidades nas versões antigas são bem conhecidas e fáceis de explorar. Você deve imaginar, mas imaginou errado.

Quando digo "software", estou falando de pessoas — você precisa conhecer suas vulnerabilidades, e explorá-las.

É tão fácil quanto entrar no admin console, criar um superusuário no banco de dados central do eMAR e mudar a senha de Rachel.

Tão fácil quanto entrar na conta dela e ir clicando em *recortar, colar, editar, excluir*.

Tão fácil como ligar para Linda, a gerente da enfermaria, e fazer uma denúncia anônima de um colega preocupado com a manutenção dos registros de pacientes de Rachel...

23
FACA

Os mesmos sons que em qualquer outra noite mal seriam ouvidos — os pássaros cantando, o sino de vento em uma casa próxima, a fraca efervescência de energia do poste de luz do lado de fora de sua janela — pareciam estridentes como gongos. Rachel esperava que, apesar de tudo, o Oxy que pulsava em seu sangue pudesse ajudá-la a dormir. Ela ainda podia senti-lo, um tom espacial para a pesada sensação de choque que circulava por sua mente, esmagando seus pensamentos em um único e debilitante estupor. Somente uma anestesia geral poderia acalmá-la essa noite. Como iria trabalhar no dia seguinte se não conseguisse dormir *nunca mais*? Ela poderia dizer que estava doente, mas o simples ato de pensar em ficar sentada em casa o dia a empurrava suavemente para o limite da agitação.

Ela desceu a escada, encheu uma caneca com leite — sempre ajudava a aliviar o estômago — e a colocou no micro-ondas por um minuto. Como alguém podia ser normal neste mundo? Fisicamente, por milhares de anos, desde que morávamos em cavernas, mudamos muito pouco. Temos os mesmos membros, as mesmas costelas, os mesmos olhos, nariz, boca. Nossos cérebros são um pouco maiores, mas ainda são as fábricas de sinapses cinza enrugadas que sempre foram. Mesmo assim, embora um bebê humano pré-histórico fosse provavelmente semelhante a um que nasceu há um minuto, o mundo está completamente diferente.

Naquela época, enquanto protegia a frente da sua caverna, você estava seguro — agora você é obrigado a estar preparado para se defender em todos os momentos, de qualquer pessoa no mundo inteiro. Pessoas que você nunca viu na vida podem aparecer de repente e virar sua existência de cabeça para baixo, só para *zoar*. Como poderíamos ter nos adaptado a isso? Não surpreende que todos sejamos tão desajustados.

Quando não é anorexia, é depressão. Quando não é depressão, é estresse. Quando não é estresse, é ansiedade, ou paranoia, ou um vazio frio e terrível que ocupa o lugar da sua autoestima. E sabe o que é o pior? São traços passados pela herança genética, de mãe para filha, de pai para filho. Esqueça os genes — evolução moderna é isso, ponto-final. Os horrores de nossa personalidade indo de geração em geração, tão imparáveis quanto o tempo, até que não um dia os divãs dos psiquiatras não darão mais conta de atender todo mundo.

O micro-ondas apitou, mas Rachel o ignorou e abriu a geladeira. Ela se curvou na direção da luz, fechou os olhos e deixou o ar frio descansar sobre sua pele. O cheiro da mistura reviriou seu estômago — queijo ralado, restos de macarrão e alguma coisa cítrica, o meio limão que ela havia espremido sobre uma salada dias antes. Sua fome era tão aguda quanto uma lâmina de barbear solta dentro da barriga. Ela respirou fundo por muito tempo. Estar com tanta fome e ainda assim resistir à comida. Quantas pessoas são capazes de fazer isso? *Qual o tamanho da força da mente de alguém com essa habilidade?*

Ela bateu a porta da geladeira e levou seu leite para a sala. Por um tempo depois que Konrad saiu, ela havia considerado a possibilidade de ele ter planejado tudo, de ela ter sido a estrela involuntária de uma elaborada farsa. Ela o imaginava ao sair de sua casa, morrendo de rir enquanto mandava aquela mensagem de texto, antes de ir encontrar seus amigos canalhas para um encontro regado a champanhe comprado com a droga do salário dela, mas rapidamente descartou essa ideia. Konrad não poderia ter tramado para que ela afundasse no abuso de vinho tinto e analgésicos, a ponto de ter entrado em desespero por imaginar estar sofrendo uma tentativa de estupro? Griffin estava por trás disso, sem dúvida. Ele provavelmente tinha instalado uma câmera em uma árvore em frente à sua casa. Tinha visto Konrad sair da maneira como saíra, e mandara a tal mensagem. Griffin queria que ela saísse correndo pela rua gritando por socorro, então todos pensariam que ela estava enlouquecendo. Ele queria que ela votasse para a ala psiquiátrica, onde era o seu lugar.

Rachel sentou-se no sofá, entrou no LinkedIn e continuou a montar o currículo de Sophie Thomas. Ela examinou perfis de outros agentes de recrutamento, leu seus posts no blog, pesquisou coisas no Google e na Wikipédia. Em pouco tempo tinha criado o que lhe pareceu um histórico convincente — dois anos como recrutadora júnior em uma consultoria chamada Global Empreendimentos, mais cinco anos como recrutadora sênior na Apps Tecnologia, antes de ingressar na Agência Hays como gerente de recursos empresariais. Ela acrescentou às qualificações uma graduação em gestão na Universidade da Califórnia e fez Sophie se tornar membro de comunidades como o techUK, Analistas de Recrutamento e o Grupo Independente de Agências.

Quando verificou as horas, descobriu que duas haviam se passado. O dia seguinte se estenderia como uma corrida de obstáculos dos Royal Marines — a batalha do café da manhã, a corrida até a creche, um dia inteiro na enfermaria, depois pegar Lily na casa de Mark, que com certeza ainda estava de mal com ela.

Era problema demais.

Ela subiu a escada, com os ombros caídos, sentindo-se a caminho da forca. Diante da porta do armário, desdobrou os degraus. Isso erra errado, definitivamente errado, e ela não gostava — e se houvesse um incêndio? E se alguém arrombasse a porta? — Mas ela sabia que ia tomar algo de qualquer maneira, porque, se não fizesse alguma coisa para relaxar a mente, com toda a certeza iria explodir.

Rachel os engoliu rapidamente, tão rápido e ofegante como se estivesse se afogando. Onde ela estava? No patamar do andar de cima? Ela se lembrava vagamente de ter levado seu cobertor para a porta do quarto de Lily antes que o remédio que tomara — Ambien? — a arrastasse para o sono.

Ela ouviu um barulho, vozes suaves, talheres tocando uns nos outros. *O que estava acontecendo? Tinha alguém na cozinha?* Bateu a mão sobre a cama e encontrou o telefone ao lado do travesseiro. O som foi abafado quando ela o pegou. Destravou a tela e viu o vídeo de uma mesa de jantar com um peru no meio dela, todo decorado. Na bancada, Tom Kerridge, ainda com vinte e poucos anos, triturando alface-romana à mão em uma tigela prateada. Ela tocou a tela. Estava no YouTube. Duas horas rodando vídeos de culinária. Mas que merda era aquela? Nem se lembrava de ter selecionado aquilo. Estivera tão fora do ar que havia navegado no YouTube enquanto se entregava aos efeitos dos comprimidos para dormir. Isso não poderia acontecer mais.

Ela se lembrou da noite anterior, Konrad indo embora, a mensagem de Griffin. Deus, o salário. O que ela ia *fazer*?

Primeira pergunta: Lily. Ela deveria ir para a creche — melhor tirá-la de lá? Mas ela provavelmente estava mais segura naquele lugar do que em qualquer outro, com o alambrado, a política de acesso ultracontrolado, que no passado Rachel considerara um exagero ridículo, mas agora era uma dádiva de Deus. E depois? O dinheiro? Se ela fosse à polícia, a primeira coisa que eles fariam seria prender Konrad, e não seria certo fazer isso com ele, não depois da maneira como ela tinha agido à noite. Mesmo pensando que seu salário tinha sumido para sempre, o que lhe dava vontade de chorar. Mark as ajudaria; ele teria que ajudar. Ele pegaria Lily na creche, então Rachel conversaria com ele quando fosse buscar a menina à noite. Estava na hora de contar sobre Griffin também, embora ela pudesse deixar de lado a parte de estar pensando em se encontrar com o cara. Ela ainda não tinha certeza. Estava avaliando a possibilidade.

Ela se deitou de costas, desejando poder ficar dormindo o dia todo, puxar os lençóis por cima da cabeça e bloquear o mundo. Deslizou a mão por baixo do travesseiro — e deu um grito agudo de dor.

Rachel puxou a mão para fora, olhou fixamente para o corte no topo do polegar e o enfiou na boca. Seus dedos pulsavam contra a testa enquanto ela lambia o machucado, o gosto metálico do sangue manchando sua saliva.

O que tinha acontecido? Algum tipo de armadilha?

Ela jogou o travesseiro no chão e viu a faca de cerâmica, a lâmina branca manchada de vermelho. Levantou o cabo como se fosse a cauda de um rato morto que poderia quem sabe estar vivo. Obviamente, ela sofrera uma crise de pânico durante o estado de entorpecimento provocado pelo Ambien, descera a escada, encontrara a faca, levara-a de volta para a cama e a escondera debaixo do travesseiro, tudo sem acordar. Como é que uma pessoa faz uma coisa dessas? Um milagre ela não estar esticada na cama com os pulsos cortados.

— Mamãe? Por que você está dormindo aqui? — Rachel enfiou a faca embaixo do edredom.

— Eu... estava brincando de forte. Ontem à noite.

— Mas você é adulta. Os adultos não brincam de forte.

Quando foi que aquele bebê se tornara tão inteligente? Até outro dia ela não conseguia dizer uma palavra inteira sem babar. Sua filha de três anos estava mais articulada do que ela.

À luz cinzenta, Rachel viu o lábio de Lily tremer.

— Mamãe? Você se machucou?

Ela olhou para baixo. Sua mão ferida estava para fora do edredom. O sangue havia escorrido pelo dedo e estava ficando empoçado na palma da mão.

— Não foi nada, meu anjo. Eu só preciso de um curativo. Durma mais um pouco que daqui a pouco eu volto para ficarmos abraçadinhas.

Lily ainda parecia insegura, e ficou onde estava, até que Rachel a enfiou de volta em seu quarto e fechou a porta. A faca. Ela a enrolou no edredom e jogou a trouxa no chão. Agora precisava cuidar do corte.

Enquanto procurava um curativo no armário do banheiro, Rachel avistou o cofre dentro da banheira. Estava aberto, os saquinhos de comprimidos espalhados. Alguns tinham sido esvaziados, as cartelas empilhadas no fundo do cofre, enquanto outros pareciam ter sido arrancados de lá, como se seu esconderijo tivesse sido invadido por um guaxinim viciado.

O que ela estivera procurando? Quanto tinha *tomado*? Melhor não pensar muito nisso — nunca descobriria, para dizer a verdade. Rachel jogou os comprimidos dentro do cofre. *Depois eu arrumo.* Melhor ainda, ela jogaria tudo fora.

Rachel se deitou na cama com Lily e apertou o edredom com mais força sobre as duas, o conforto de ter aquele corpinho quente ao seu lado finalmente acalmando seu coração. Se ao menos ela pudesse parar o tempo e viver esse momento, o hálito matinal da filha, seus lindos olhos castanhos, seu sorriso. Não precisava de mais nada na vida.

Lily colocou as mãos nas bochechas de Rachel e, com o rosto sério, deu um selinho nela.

— Isso quer dizer eu te amo.
— Acho bom — respondeu Rachel, beijando-a de volta.
— Você é minha mamãe favorita. — Lily tocou a ponta do nariz de Rachel e balançou a cabeça dela. — Não gosto da minha nova mamãe. Ela tem um jeito engraçado.
Rachel sentiu a ansiedade remexer o fundo de seu cérebro.
— Sua nova mamãe?
— É segredo — disse Lily, mexendo a mão e colocando um dedo na frente dos lábios. — *Shhhhhh.*
— Segredo?
— O papai falou para não contar.
Ela visualizou Mark em com seu novo look descolado, sua calça de sarja. Ele estava levando uma vida dupla? Tinha esposa e filhos escondidos em algum lugar do subúrbio? E o que mais? *Ele* estaria por trás de tudo isso? Estava tentando enlouquecê-la para poder roubar Lily e incluí-la na sua outra família? *Nossa, haja criatividade! Você está se superando, cérebro.* Não teria sido uma simples brincadeira de casinha com Lily? Ou talvez a filha dela estivesse inventando coisas, afinal só tinha *três anos de idade.*
Mas... seria tão absurdo assim?
E se tudo o que ele já lhe dissera fosse mentira?
— Ah, meu amor. — Rachel pegou no bracinho de Lily, tentando manter a voz firme. — Pode contar para a mamãe.
— Vamos lá para baixo.
— Então me conta, tá bom?
— Me solta, mamãe. Você está machucada.
Os dedos de Rachel se retesaram. Ela olhou horrorizada para suas mãos enquanto Lily se afastava, já fora da cama.
Você perdeu o controle?

24
eMAR

Depois que deixou Lily na creche — na hora certa, por incrível que pareça —, Rachel se dirigiu para o trabalho. Seu turno só começaria às nove, então ela fez o caminho correndo, contornando Parliament Hill, Londres se erguendo a distância, a manhã fria nebulizando seu fôlego, o movimento mecânico dos braços e pernas acalmando sua mente. Era bom estar na rua, o ar fresco soprando a letargia residual dos remédios para dormir. E sabe lá mais o que ela havia tomado. Isso tinha que parar.

Ela precisava de apoio, mas de quem? Spence estava na Grécia. Quanto a Becca, seu comportamento na outra noite, quando Rachel estava nervosa, e sua mensagem WhatsApp do dia anterior, um morno *feliz niver :-) bj*, mostrava o quanto ela se importava. Tão pouco que nem se dera ao trabalho de digitar a palavra inteira.

Com isso, o único que sobrava era Mark, a quem ela iria contar tudo à noite. Só que... algo estava errado com ele também. O jeito como ele a tratara quando telefonara na manhã anterior — *estou cansado de ser tratado como empregado*. E não era paranoia. Ele nunca tinha falado com ela daquela maneira.

Eu não gosto da minha nova mamãe.

Não, nem pensar. Ela não ia ficar alimentando esses pensamentos bobos. Tinha sido apenas um comentário aleatório, alguma brincadeira entre pai e filha.

Se ela não pudesse confiar em Mark, não poderia confiar em ninguém. *Talvez você não possa.*

Rachel entrou apressada na sala de descanso e deu uma olhada no relógio de parede. Quase nove. Para variar, dez minutos atrasada! Não havia tempo para outro banho, mas ela tinha lenços umedecidos na mochila, então isso bastaria. Ela retirou o pacote e o uniforme da mochila e começou a passar pela porta quando ouviu um bipe.

Linda se movimentou lá dentro. A gerente da enfermaria era uma mulher com ar maternal na casa dos sessenta anos, apaixonada por cardigãs em tom pastel e broches de camafeu, que parecia começar a maioria das frases dizendo suavemente *bem, vejamos*. Algumas das gerentes para quem Rachel havia trabalhado eram matronas que gostavam de circular pelos corredores, ajudando com internações ou um curativo, se estivesse ocupada. Linda não. Apesar da formação em enfermagem, tinha passado mais de vinte anos na área administrativa. A menos que Rachel aparecesse em sua sala para conversar sobre uma mudança de horário ou um problema com um paciente, uma vez por semana, no máximo, as duas não se viam muito.

— Oi, Lin... — Rachel começou, mas recebeu um olhar pouco amigável, um olhar que aprendera a identificar logo no início da carreira. Ela se calou e um calafrio gelou suas costas. — O que houve?

— Bem, vejamos — disse Linda. Ela tentou um sorriso tranquilo, mas o efeito foi comprometido pelo desânimo na voz da chefe. — Você pode vir até a minha sala, por favor? Assim que tiver se trocado.

Cinco minutos depois, vestida em seu uniforme, Rachel entrou mansamente na sala estreita e refrigerada de Linda. Como era possível que seu coração batesse tão forte sem sair pelo meio das costelas? Ela estava tão agitada que sentia a língua vibrar. Algo tinha acontecido — mas o quê? A foto? Griffin a distribuíra pelos computadores do Sistema Nacional de Saúde? Linda achava que ela havia comprometido a reputação da enfermaria?

— Sente-se, por favor — pediu a gerente.

Rachel se sentou, rígida, na cadeira de plástico enquanto Linda fazia o login no software eMAR, digitando com dois dedos apenas. Ela era uma dessas mulheres que mantêm os mesmos petiscos saudáveis sobre a mesa por anos, uma caixa de biscoitos de fibras, um pacote aberto de sementes de abóbora, mas as quantidades nas embalagens nunca diminuíam. Essas coisas provavelmente só ficavam lá para serem olhadas de relance quando as bolinhas de chocolate tivessem acabado.

— Bem, vejamos — começou Linda, girando o monitor para que ambas pudessem ver a tela.

Rachel se inclinou, mas tudo o que viu foi o painel eMAR — botões para adicionar novos registros, editar registros existentes, executar um relatório. Ela sentiu os ombros relaxarem. Talvez não tivesse nada a ver com ela. Talvez a enfermeira estagiária não estivesse atualizando corretamente os registros de pacientes, e Linda precisasse contar com uma atenção a mais por parte de Rachel. De repente o assunto poderia ser o próprio programa: ele estava sendo usado fazia seis meses, e já estava mais desacreditado que o Grupo de Comissionamento Clínico. Os campos sempre travavam, e de vez em quando um registro era apagado mesmo depois que era salvo. Nada bom quando um paciente podia estar tomando dez tipos de medicamentos ao longo de um dia.

— Encontramos um problema com os seus registros — prosseguiu Linda. — Alguns deles estão... incorretos.

O pulso de Rachel voltou a subir. Uma ou duas vezes, quando ela estava com muita pressa para ir embora, Bel ou Spence haviam preenchido os prontuários em seu lugar, mas isso era esporádico demais para ser inconsequente. Além disso, os dois eram tão cuidadosos quanto ela.

— Eu vou lhe mostrar — Linda anunciou, abrindo uma pasta marrom fina que estava ao lado do teclado. Ela digitou o nome no campo de busca, checando duas vezes na pasta a cada letra digitada.

— É o programa — disse Rachel, enquanto a busca acontecia. — Todo mundo detesta esse programa. Ele trava toda hora. Às vezes...

— *Por favor* — disse Linda, em um tom severo que Rachel não conhecia. — Você vai ter a oportunidade de se explicar. Espere um momento.

Oportunidade de se explicar? O que estava acontecendo? A página foi carregada. Rachel examinou a tela. Tudo parecia em ordem; os campos de medicação estavam preenchidos com detalhes suficientes.

— Eu ainda...

Linda ergueu a pasta.

— As informações não batem.
Uma onda de vertigem a atingiu.
— Como... assim?
— Os detalhes sobre a medicação não são os mesmos *aqui* e *aqui*. E esse não é o único exemplo. Em algumas datas não há nenhum registro feito durante o seu turno! Você esqueceu que manter os registros corretamente atualizados é vital para o atendimento dos pacientes? Está ciente de que isso pode inclusive provocar a morte...
— Não. Não, não, não... Espere. — Rachel estendeu as mãos, balançando-as como se tentasse impedir que um carro desse marcha à ré em cima dela. — Estou sendo perseguida por uma pessoa, por um homem. Ele está tentando acabar com a minha vida.
Linda franziu a testa por um longo segundo, depois disse, cuidadosamente:
— Embora eu compreenda que você pode estar enfrentando problemas pessoais, enfermeira, é seu dever garantir que eles não afetem a qualidade e o padrão do seu atendimento.
Rachel sentiu o rosto esquentar.
— Não é... eu não...
— Se você não se sente emocionalmente apta para atuar na enfermaria, então precisa comunicar isso. Existem processos em andamento para ajudar no seu bem-estar mental, e certamente eu posso colocar você em contato com os recursos corretos, se você precisar. Mas não posso permitir que você ponha em risco a saúde dos nossos pacientes. Por isso, embora eu seja solidária com...
— Não, você não entende. Foi *ele* que fez isso. Ele entrou no sistema e fez tudo isso.
— Então você está dizendo que alguém invadiu os sistemas de informática do Sistema Nacional de Saúde e adulterou os registros dos pacientes?
— Sim, foi isso que aconteceu. Ele fez isso também... para que você pensasse que eu sou... incompetente.
Rachel percebeu, pelos lábios espremidos de Linda, que a pergunta tinha sido retórica, que só havia sido formulada para que Rachel percebesse o ridículo de sua suposição.

O emprego dela não, *por favor*. O emprego não. Primeiro seu namoro e agora isso. Até onde essa situação iria?

— Linda, me escute. — O espaço ao redor de Rachel parecia estar mudando em diferentes direções, e ela lutou para se manter concentrada. — Meu celular foi invadido no fim de semana. Ele roubou dinheiro da minha conta. Ele sabe fazer essas coisas. Foi ele... eu sei que foi ele.

Ela sentiu que Linda queria acreditar, mas ao mesmo tempo estava se ouvindo e percebendo que parecia uma louca falando.

— Eu sou sua funcionária há dois anos. Você me *conhece*.

Linda olhou para a pasta em sua mão, depois para a tela, seu rosto um pouco mais suave.

— Bem, vejamos... Eu não... quero dizer... Hummm...

— Pense nisso... quando foi que você precisou chamar minha atenção? Algum paciente já reclamou de mim?

— Não, mas...

Rachel não tentou impedir que as lágrimas se derramassem.

— Você tem que acreditar em mim. Eu amo o meu trabalho. Nunca faria nada que colocasse o meu cargo em risco.

— Você já denunciou esse homem à polícia?

— Eu... eu não.

Rachel viu o fragmento de dúvida desaparecer do rosto da gerente da enfermaria.

— Eu imaginava que procurar a polícia seria a sua primeira atitude se isso estivesse mesmo acontecendo.

— É que o meu namorado... Ele... ele está com uns problemas...

— Ahhh, o namorado. Eu ouvi falar dele.

— Você o quê? O que você... quero dizer...

Linda endireitou o broche de camafeu em seu cardigã.

— Por favor, Rachel. Podemos parar com essa bobagem agora? Eu estou ciente do seu histórico médico.

— Meu...

— O tempo que você passou internada em uma ala psiquiátrica quando era adolescente. Está tudo registrado.

— Mas...

— Para mim, o que aconteceu foi o seguinte — disse Linda. — Você está tendo problemas com o seu namorado, e isso tem sido muito estressante. Você está esgotada, com a cabeça quente, e acabou cometendo alguns erros. Eu sei da sua dedicação. Você não queria me decepcionar, então tentou cumprir a sua jornada normalmente, sem avisar que precisava de ajuda.

Rachel meneava a cabeça.

— Não, não é nada disso. Por favor, Linda...

— De certa forma, isso pode ser uma coisa boa.

— O que é uma coisa boa? Eu não...

— Você vai precisar ser afastada enquanto nós fazemos uma investigação completa.

— *O quê?* Não! Eu preciso trabalhar. Não posso ficar em casa fazendo...

— Só até nós concluirmos a investigação.

— Por favor, Linda. *Por favor.*

Linda fechou a pasta.

— Desculpe, não posso fazer nada. A sua remuneração será mantida durante esse tempo. — Ela apontou para a porta, parecendo lamentar. — Por que você não vai para casa e descansa?

25
LinkedIn

Rachel abriu a porta e cambaleou para dentro, ofegante, o suor pingando do queixo e deixando um rastro de manchas escuras no chão. Massageou suas coxas para aliviar a dor. Os pensamentos que a agonia em seus pulmões havia mantido a distância invadiram sua mente. *Como ele tinha agido? Como ela iria provar que Griffin apagara os registros de seus pacientes? E se ela não conseguisse provar?*

Ela mancou pela sala, apertando a parte de trás da perna, tentando aliviar a cãibra que se entranhara em seus músculos. O OxyContin chamava por ela do cofre. Só um, para compensar isso tudo. Lily não estava em casa... Não, não, *não*.

Faca? Comprimidos na banheira? Não mais. Ela precisava manter a cabeça desobstruída se quisesse raciocinar para sair dessa.

Enquanto o computador ligava, ela verificou seu telefone. Nenhuma mensagem, graças a *Deus*. Ela esperava ver outra enviada pelo mesmo número da noite anterior. *Hahaha! Eu provoquei sua demissão.* Mas Spence havia mandado uma mensagem de aniversário por WhatsApp. Ela abriu o aplicativo e olhou para a foto do perfil de seu amigo, que agora mostrava o rosto cor de oliva e esbelto de Andreas prensado na já bronzeada pele bronzeada de Spence.

O sorriso de Rachel começou a se apagar quando leu as outras mensagens dele. Linda havia entrado em contato com Spence, perguntando se havia notado algo estranho no comportamento de Rachel ultimamente, ou percebido uma queda em seu padrão de atendimento. Ela não havia mencionado os registros que faltavam no eMAR, mas dissera o suficiente para passar a impressão de que não se tratava de uma situação trivial. A última mensagem dele dizia: *Me liga! Estou pirando aqui!!! BJ BJ*

O que ela não daria para ouvir a voz do seu amigo. Ele faria alguma piada, deixaria claro que Rachel era uma boa enfermeira, uma boa mãe, que não estava ficando louca. Mas voltar mais cedo da viagem? Quão culpada ela se sentiria? Não. Ele tinha pedido para ela ligar, e era um bom amigo o suficiente para ser sincero. Ela apertou o ícone do telefone e esperou, mas ele não atendeu. Provavelmente tinha ido dar um mergulho, ou tomar sol. Digitou uma mensagem rápida: *Não pire, estou bem. Tento te ligar de novo mais tarde. Você e o A estão maravilhosos na foto :-) bj*

Ela colocou o telefone sobre a mesinha e tentou entrar no LinkedIn, esperando ver um monte de bobagens na atualização que fizera no meio da noite, mas leu e achou que o texto estava OK, pelo menos para ela. Será que estava convincente a ponto de enganar Griffin? Então ela percebeu: estava faltando algo crucial em seu perfil. Amigos. Felizmente, as pessoas no LinkedIn parecem menos discriminatórias sobre suas conexões do que mostram em outras redes sociais; ela simplesmente começou a clicar no botão *Conecte-se* ao lado de cada perfil na barra lateral, *Pessoas que Talvez Você Conheça*. Como estava durante o horário de trabalho, muitos aceitaram seus convites, e logo Sophie Thomas tinha uma centena de amigos em sua rede.

Rachel se sentou, maravilhada com a facilidade para criar uma identidade falsa e entrar na vida de alguém. Uma vez conectada ao perfil dos seus novos amigos, ela podia ver seus endereços de e-mail — e em muitos casos seu número de telefone! Como as pessoas podiam ser tão abertas com informações tão íntimas? Apesar das histórias assustadoras que se ouve sobre golpes, das campanhas públicas pedindo para não confiar em desconhecidos na internet, as pessoas ainda eram tão ingênuas, tão crédulas.

Quando seu círculo de amigos, se aproximou de 150 pessoas, Rachel enviou a Griffin um pedido de conexão e uma carta de apresentação. Falava da agência em que ela trabalhava, mencionava um possível emprego... Ele gostaria de encontrá-la para falar sobre o assunto?

Depois disso, quem saberia o que podia acontecer? Dependeria do que ele respondesse. A ideia de Rachel era gravá-lo admitindo alguma conduta criminosa, como o roubo de seu dinheiro ou as surras em Konrad. Algo que ela poderia usar para que ele a deixasse em paz.

Ele podia odiá-la, podia desejar arruinar sua vida, mas certamente não queria voltar para a prisão.

Ela teria que falar coma Mark sobre isso. Mesmo que ela e Griffin se encontrassem em um lugar público, Rachel não iria correr esse risco. Sem dúvida Mark tentaria dissuadi-la, mas, a menos que ele tivesse alguma ideia mais inteligente, o plano seria esse mesmo.

Ela não estava preparada para ficar esperando a próxima cartada de Griffin.

Rachel se esticou, os músculos das costas doloridos por causa do tempo que passara curvada sobre a tela. Então, conferiu a porta estava trancada e foi tomar um banho. O calor da água na pele parecia maravilhoso, mas foi um banho rápido. Ela não conseguia relaxar. Cada ruído da água caindo a fazia pensar nos sons de seu celular.

Vestida com seu pijama, ela voltou para o andar de baixo. Não sabia se era a privação de sono, a falta de comida ou as doses não calculadas do que tomara ainda em sua corrente sanguínea, mas ela se sentia dopada. As paredes brilhavam, o chão parecia se inclinar. Os objetos adquiriam contornos que se moviam. Ela cambaleou para a cozinha, tateando pelas paredes como se estivesse escuro.

Dormir um pouco para se refazer, era o que ela precisava. Meia hora de olhos fechados, como costumava fazer quando os dentinhos de Lily estavam crescendo.

Ela encontrou uma caneca cuja crosta de café antigo não estava muito alta, lavou-a, pegou a lata de Ensure no armário e parou no meio da cozinha. Sua mente avisou que rejeitaria a textura grossa do líquido. Por que ela não podia ter o que queria? Por que se sentia culpada por isso? Era *tão* estranho assim que ela gostasse de se sentir faminta? Alguns curtem ser sufocados durante o sexo. Outros idolatram *pés*. Todo homem e toda mulher na face da Terra sofre com algum tipo de confusão mental. Por que ela estava sempre passando por um momento tão difícil?

Rachel encontrou um sachê de achocolatado sem açúcar no fundo do armário e o despejou em uma tigela. Ela o levou para a sala, afundando o dedo no pó marrom e o colocando na boca, o sabor doce do cacau espalhado sobre a língua.

Ela se deitou no sofá, puxou o cobertor sobre o corpo e zapeou na televisão. O Good Eats UK ainda estava mostrando repetições de *Bake Off*, embora esse episódio parecesse ser de uma temporada diferente da outra noite. Alguma vez na vida se sentira mais cansada do que agora?

Griffin... o celular. Será que ele tinha respondido?

Ela o procurou com os olhos, mas não estava sobre a mesinha. Devia tê-lo deixado na cozinha. Bateu o olho no horário exibido no canto da tela da TV. Quase uma da tarde. Tempo de sobra. Ela provavelmente nem dormiria mesmo.

26

QUI

Seu primeiro pensamento foi que ainda estava sonhando — Rachel vagava de quarto em quarto, seguida pelo pai, que murmurava alguma coisa que ela não conseguia ouvir direito —, porque o relógio na tela não podia estar certo. Se já eram mais de sete, então... *Ah, não... Lily!*

Rachel caiu do sofá, na sala escura, procurando seu telefone à luz da televisão. Sentia-se fraca, não estava bem. Tinha tomado algo quando chegara em casa? *Vamos lá, levante-se.* Ela ficou em pé, acendeu a luz, procurou pela sala. Não estava ali. Conseguiu encontrá-lo na cozinha, embaixo de um pano de prato. Três ligações perdidas de Mark, seguido de um fluxo de mensagens furiosas de WhatsApp, terminando com um *Muito obrigado por ferrar com a minha noite.* Claro, era segunda-feira. Toda semana ele se reunia com o coletivo de nerds para participar de algo chamado festa LAN, que parecia uma coisa divertida, mas na verdade era só uma sala abarrotada de carinhas com os dedos manchados de Doritos se enfrentando em jogos de guerra em seus laptops.

Ela pegou o casaco nos ganchos ao lado da porta e olhou seu reflexo no espelho oval. Seu rosto estava cheio de ângulos e sombreados. Mark já vinha reclamando sobre sua alimentação, e, se a visse desse jeito, daria um chilique. Então, ela correu até o andar de cima e vestiu mais uma camiseta de algodão de manga comprida e um pulôver de gola alta. No banheiro, despejou o conteúdo da cesta plástica de maquiagem em cima da tampa do vaso, procurando pela base. Um pouco de cor, só precisava disso. Encontrou uma da Clinique, mas o líquido se esfarelou ao primeiro contato com sua bochecha. Ela olhou o fundo do frasco — tinha vencido fazia um ano. *Ai,* ela pensou. *Saco.* Passou uma toalha no rosto, pegou o copo alto que elas usavam para guardar as escovas de dente e nele tomou algumas goladas de água, esperando que a hidratação lhe desse um ar mais saudável.

Não funcionou.

Quando Mark abriu a porta do apartamento, seu estado de fúria se suavizou.

— Caramba, Rach! — ele exclamou. — Você está um caco.
— Não comece, por favor.
— O que é isso no seu rosto?

Ela passou a mão na bochecha e tirou um pedaço da base ressecada.

— Nada.
— E você está usando duas blusas. Dá pra ver a bainha da outra.
— Por acaso é um crime estar com frio? — Ela fechou o casaco na garganta, um movimento idiota por duas razões: primeiro, iria morrer de calor, e segundo, ainda dava para ver as duas bainhas. Por que ela não tinha notado que a de gola alta era mais curta?

— Vai me deixar entrar? — ela perguntou.
— Você *sabe* que segunda à noite é sagrado para mim.
— Me desculpe. Eu sinto muito mesmo. De verdade. Nós podemos...
— Posso adivinhar? Se entupiu de analgésico e ficou assistindo *Man vs. Food*.
— Ah, Mark, por que você tem que ser um pé no saco?
— *Eu* sou um pé no saco?

Ele espalmou os dedos no peito. Estava usando uma das suas camisetas engraçadinhas, mostrando Darth Vader e um *stormtrooper* fazendo o sinal paz e amor com os dedos em frente à Torre Eiffel. Era nova, então as marcas das dobras corriam pelos dois lados de seu torso estreito. E o que era aquilo? Um *anel de polegar*? Era do tipo que você encontra nos festivais hippies, geralmente antes de os caras apresentarem concertos de bongô e fazerem você desejar estar em outro lugar.

— Lindo anel, Geldof — ela provocou.

Ele cobriu a mão, envergonhado, como se ela estivesse fazendo um gesto obsceno por conta própria e ele corresse para esconder.

— *Foi você* que esqueceu de vir buscar a nossa filha. Quando é que você vai assumir alguma responsabilidade na sua vida, Rach?

A coisa tinha começado do jeito errado. Ela esperava que os dois tivessem uma conversa sobre Alan Griffin, não uma briga entre irmãos.

— Olha, eu sinto...

— Desculpe — disse Mark ao mesmo tempo. Ele levantou as sobrancelhas, em sinal de conciliação. — Estou preocupado com você, só isso.

Ela o seguiu até o corredor. No calor súbito do apartamento, começou a suar pesadamente. Uma nuvem perfumada de tomates assados veio da cozinha e ela se desviou, como se o aroma tivesse dado um gancho de direita em seu queixo. O chili de Mark. Feito com quorn, a carne vegetariana de cogumelo, era o seu prato preferido no mundo inteiro. O segredo tinha a ver com os quatro quadrados de chocolate amargo derretidos no molho. Algumas das noites mais felizes de sua vida haviam sido passadas ali, os três vendo TV e dividindo uma tigela de nachos com chili, mergulhados depois em um queijo tão luminoso que poderia passar por resíduo nuclear. A lembrança do sabor preencheu sua boca, juntando tanta saliva que ela pensou que poderia engasgar.

Mark pegou seu braço, como se fosse uma velhinha ajudada a atravessar a rua, e a levou para a cozinha. Ela queria dizer para ele a largar, mas pensou que, se falasse qualquer coisa, a saliva escorreria na forma de baba.

— Eu pensei que você poderia gostar de comer alguma coisa — ele disse.

Rachel olhou sem expressão para o chili que fervia na panela. O cheiro parecia estar obstruindo suas sinapses, tornando-a muda e imóvel.

Ele pegou uma tigela da prateleira e uma colher da gaveta.

— Já está no fogo há uma hora, então deve estar no ponto. — Ele despejou uma pequena porção na tigela. — Eu tenho aquele queijo de que você gosta.

O cérebro dela voltou a funcionar. Por que ele cismara de fazer chili esta noite? Mark seguia um cardápio rigoroso, as mesmas três refeições nos mesmos dias, mais dois lanches nos intervalos, tudo registrado em uma planilha. Independentemente de ter companhia ou não, a noite de chili era a de quarta-feira.

— E o seu cardápio? — perguntou ela.

Ele parou de espremer o Easy Cheese sobre a tigela, deixando uma gota de pasta radioativa pendurada no tubo.

— O quê?

— Segunda à noite o menu costuma ser diferente. Alguma coisa com feijão, não é?

— Salada de três feijões com vinagrete de hortelã — ele respondeu, olhando para o teto. Pareceu melancólico talvez. Ela não conseguiu interpretar muito bem.

— Eu pensei, você sabe... Você pode estar com fome.

Algo estava errado. Ela tinha perdido a hora, havia arruinado a noite dele, e então, para demonstrar sua raiva mais do que justificável, ele tinha preparado a refeição favorita da mãe da sua filha.

— Por que eu não acredito em você?

— Porque você é paranoica.

— É que estou achando estranho...

— Você acha tudo estranho.

— Mesmo chateado por causa do que eu aprontei, você fez um jantar para mim?

— Mark colocou a tigela sobre o balcão e balançou a cabeça.

— As pessoas podem ficar preocupadas *e* irritadas ao mesmo tempo.

O cheiro da comida era paralisante. Tudo o que ela queria lhe contar sobre Griffin estava desaparecendo no redemoinho da fome. Mark estava certo: ela estava sendo paranoica, e, se não fosse embora logo, já se imaginava dizendo algo de que se arrependeria depois.

— Eu vou pegar a Lily — ela anunciou. Ligaria para Mark quando chegasse em casa, com os pensamentos em ordem. — Preciso ir embora.

Mark bloqueou seu caminho até a sala.

— Você não vai levá-la.

— Quem vai me impedir?

Eles se encararam até que Mark levantou as mãos em rendição. Ele olhou para o lado, com a boca fechada, e disse:

— O que ela falou sobre você era verdade.

— Quem falou? Lily?

— Eu sou o seu cachorrinho de estimação. *Venha aqui, Mark. Faça isso, Mark. Sentado, Mark. Bom garoto.* Você não tem respeito por mim. Você não tem respeito por ninguém.
— Não é verdade. Eu...
— Ah, não? Ontem de manhã você esperava que eu cancelasse os meus compromissos porque você não se incomodou em vir pegar a Lily.
— Era o meu aniversário! Eu não merecia aquela patada...
— E daí você foi atrás do Jim...
— Deixe o meu pai fora disso.
— Você estragou os meus planos para esta noite.
— Que planos? Uma noite de chili improvisada?
— Por acaso você acha que eu não estou vendo? Você está morrendo de fome. E está mentindo na minha cara. Isso é respeito na sua opinião?
Ela não conseguia lidar com isso. Suas emoções estavam fora de controle. Uma pulsação tinha começado na sua fronte, lenta e debilitante. Ela precisava de um quarto escuro com a porta trancada.
— Me deixe pegar a Lily — ela pediu.
— Ela não está segura com você.
Rachel sentiu uma espécie instinto animal crescer dentro dela.
— Vai me impedir de levar a minha filha?
— Eu acho... acho que você devia voltar para a clínica. Até se recompor.
— E a Lily? Como você vai fazer para levá-la para a creche, buscá-la e... e colocá-la para dormir de noite?
Mark pigarreou e esticou a parte da frente da camiseta. Seus olhos se voltaram para o anel de polegar.
— A Qui me ajuda — ele respondeu.
— Aqui? Aqui onde? Quem te ajuda aqui? Não estou entendendo nada.
— Minha... minha namorada.
— Sua *o quê*?
Rachel ficou com medo da impressão que tinha passado. O *sua o quê* poderia dar entender que ela estava perguntando *que tipo de mulher toparia sair com você?*
— Você sempre dando uma força para a minha autoestima...
— Eu não quis dizer isso. Eu só...
— Só o quê?

— Não importa. Que nome é esse? Aqui?

— É *Qui*. Sem o A. Ela é do Vietnã. Bem, ela nasceu no Vietnã, mas mora em Londres faz alguns anos... Então não é, tipo, uma coisa que eu comprei na internet. Se é isso que você está pensando. — *Eu não gosto da minha nova mamãe.*

O suor frio rolou pelo pescoço de Rachel. A pulsação em sua cabeça estava ficando mais forte e rápida. Mark estava olhando além do seu ombro, como se a tal mulher estivesse ali parada, pronta para tomar o lugar dela.

— Ela é uma gata. Sabe, uma gata mesmo. E manja muito de tecnologia. — Deu a Rachel um sorriso bobo. — Eu nem estou acreditando. — Eu não consigo acreditar.

Acho que você devia voltar para a clínica.

— Eu ia te contar — disse ele. — Mas eu queria ter certeza.

— E... você tem certeza?

— Talvez ela venha morar comigo.

Ela não está segura com você.

Tudo isso fazia sentido. Mark sabia como entrar em seu telefone. Ele sabia sobre a foto enviada pela conta dela no Snap. Ele tinha convencido a namorada a ligar para o banco, se passando por Rachel. Ele sabia como entrar na deep web, contratar bandidos para dar o golpe em Konrad, ou hackers para invadir o sistema e apagar os registros dos pacientes dela. Rachel tinha reclamado muitas vezes do software eMAR para ele.

Era tão óbvio. Tudo o que ele vinha fazendo, enviando aquela foto para os amigos de Konrad, a mensagem depois que que tinham rompido, e agora estava ali tentando forçá-la a comer chili — sabendo que ela se recusaria, mas desejando enlouquecê-la em seu estado de fome. Tudo isso havia sido planejado para provocar uma crise e mandá-la de volta para o hospital. Ele queria tomar a guarda de Lily.

Ele tinha uma nova namorada, uma família agora. Não havia mais necessidade dela.

— Você... — Rachel murmurou.

— Eu o quê? — ele balbuciou, como se não soubesse exatamente o que ela estava dizendo.

Ela empurrou o peito de Mark e correu para a sala, tropeçando em um cabo que saía da pilha de roteadores piscando na mesa de jantar. Ia caindo de joelhos, mas conseguiu se segurar no encosto de uma cadeira para ficar de pé. Lily estava sentada no sofá, pintando o rosto da rainha Elsa de vermelho, enquanto um político do baixo clero falhava em mostrar uma coreografia rápida em uma competição de dança na TV.

— Nós já vamos — Rachel avisou.

Lily a ignorou, como se a mãe não estivesse lá.

Rachel a pegou no colo como se agarrasse um tronco.

— Mamãe! Mamãe! Meu livro! — Lily gritou e esticou os braços para cima, tentando se contorcer.

— Ah, então você sabe quem eu sou.

Mark bloqueou seu caminho.

— Olha o que você está fazendo.

— *Saia da minha frente.*

Lily se debatia contra o peito da mãe.

— Me ponha no chão! — O choro que veio em seguida era tão alto que nem parecia sair daquele corpo tão pequeno.

— Está contente agora? Viu o que você fez? — Rachel acusou Mark.

Seu ar desconcertado sugeria que não. Ele não tinha a menor ideia.

Mas ela não ia se dar por vencida.

— Saia da minha frente. *Agora!*

27
BECCA

Rachel entrou em casa puxando Lily pela mão e começou a subir para o banheiro, os flashes da briga com Mark ainda lhe provocando mal-estar. Ele estava preocupado com sua alimentação, então tinha preparado sua refeição favorita — *que monstro!* Estava preocupado com a segurança de sua filha, então sugeriu que ela ficasse na casa dele — *crápula!* Tinha arranjado uma namorada — *desgraçado!* Como Rachel poderia pensar, nem que fosse por um segundo, que ele estava tentando provocar uma crise de anorexia? Eles tinham passado pela recuperação juntos na clínica, tinham até feito a mesma tatuagem com a sigla da Associação Nacional de Transtorno Alimentar. Ele sabia exatamente o horror que isso trazia à sua vida. E por que motivo? Porque ele amava sua filha? Isso seria loucura!

Lily chegou ao quinto degrau e começou a brincar com a ponta do tapete. Rachel tentou puxá-la para cima. Será que estava mesmo tudo na sua cabeça? O que Mark tinha dito? *O que a Lily falou estava certo.* Claramente a tal namorada não pensava muito em Rachel! Era um exagero acreditar que a mulher envenenara a mente de Mark contra ela, e que os dois tinham feito esse plano juntos? Ele era tão ingênuo com as mulheres, tão fácil de influenciar...

As costas de sua mão doeram de repente. Tinha levado uma mordida de Lily!

Rachel lhe deu um safanão, segurando-a pelo capuz.

— O que está acontecendo com você?

A menina parou. Suas sobrancelhas se ergueram no meio, seu lábio inferior tremeu, uma reação pior do que qualquer birra. Rachel a aconchegou em um abraço, impressionada por ter conseguido perceber as notas esmagadoras de culpa entre a cacofonia de suas outras emoções.

— Desculpe, amor — Rachel sussurrou em seu ouvido. — Eu sinto muito, muito mesmo. Não morda a mamãe, está bem? Por favor, nunca mais morda a mamãe.

Rachel levou Lily no colo até o banheiro, acariciando suas costas e beijando seu pescoço. Mark tinha razão. Tinha atingido um novo nível de paranoia, e até mesmo para ela a coisa estava exagerada. Assim que a filha deles estivesse na cama, ela iria colocar os pensamentos em ordem e mandar um e-mail para ele, explicando tudo com clareza. Depois que ele tivesse tempo para ler e digerir tudo, ela telefonaria. Então, os dois podiam resolver juntos o que fazer com Griffin.

Alguém bateu na porta, sacudindo-a no batente. Rachel colocou Lily no chão. Não podia ser Mark; ele tinha as chaves. E se fosse Griffin? Ou os bandidos que ele contratara para bater em Konrad? Ela conduziu Lily até o banheiro, o único cômodo com fechadura, mas então ouviu Becca chamar seu nome lá fora. Ela estava bêbada de novo?

Rachel disse a Lily para ficar no lugar, correu para baixo e abriu a porta. O cabelo geralmente brilhante de Becca estava preso em um rabo de cavalo desajeitado, sua maquiagem borrada no rosto, onde ela havia enxugado lágrimas.

— Graças a Deus — disse Rachel. — Pensei que fosse ele.

— *Ele?* — Becca ironizou. — Ainda está nessa?

Como assim *ainda está nessa*? Como se ela incomodasse as pessoas o tempo todo com papos sobre seu perseguidor. Não bastasse o fato de sua melhor amiga não se dar ao trabalho de ligar, agora ela tinha que aturar uma visita sem aviso prévio, mais uma vez bêbada — o fedor de pub deixava isso evidente —, e ter que aguentar *mais uma* sessão de pouco-caso sobre seus problemas.

Rachel se virou e viu Lily descendo os degraus.

— Fique lá em cima, querida. É só a tia Becca.

— *É só a* tia Becca.

Uma sensação de desconforto atravessou a alma de Rachel. Griffin tinha chegado até sua amiga.

— Por favor, Becca — disse Rachel. — O que quer que você pense que eu tenha feito, não fui eu. Foi Alan Griffin.

— O *misterioso* sr. Griffin. Ele persegue você durante anos e depois... *tadá!* Desaparece.

— Eu nunca te contei o que...

— Cresça, Rach. Amigo imaginário é coisa de criança.

No andar de cima, Lily estava cantando que *o velho McDonald tinha uma Fazenda*, mas sua voz era triste, como se tivesse acabado de descobrir o matadouro da fazenda. Rachel podia perceber pelo volume de sua voz que ela estava no último degrau. Na idade dela, a própria Rachel ficava sentada ali enquanto ouvia seus pais discutindo.

— Becca, por favor. Eu preciso falar...

— Você ficava atrás de mim na escola — Becca a interrompeu. — Parecia uma assombração na minha cola. Todo mundo falava que você era doida, mas eu tinha pena. Eu era uma tonta.

As lágrimas escorreram pelo rosto de Rachel tão rápido que a pegaram de surpresa.

— Por que... por que você está me dizendo essas coisas?

Becca bateu os dedos em seu próprio peito, de um jeito irônico. Duas de suas unhas postiças tinham caído, mostrando a cutícula ressecada. — Olhe para mim. Eu sou a *grande* vítima. Minha vida *sempre* foi horrível! Você ficou foi feliz quando os meninos colocaram aquela foto sua na internet. Finalmente tinha arranjado outro motivo para as pessoas sentirem pena de você.

— Eu sei que você não pensa isso de verdade.

— Todo mundo já tinha esquecido da sua mãe, então você precisou fabricar outra situação miserável.

— Eu não quero ouvir isso.

— Você é uma vampira — disse Becca, levantando os braços e arreganhando os dentes da frente. — Você drena a vida das pessoas que estão em volta.

— O que foi que eu fiz pra você me tratar desse jeito?

Becca olhou para baixo, seus lábios tremendo com o esforço de conter as lágrimas. Ela pegou seu iPhone.

— Vai me dizer que isso aqui não tem nada a ver com você?

Enquanto ela tentava deslizar a tela com os dedos bêbados, Rachel olhou de relance para o alto da escada. Silêncio. Ela esperava que Lily tivesse ido para seu quarto e não estivesse ouvindo tudo isso em uma mudez traumatizante.

Becca estendeu o telefone. Nele havia a foto de uma mulher dormindo em um sofá, totalmente descomposta, sua blusa preta de alcinhas puxada até a altura do diafragma, uma mancha do tamanho de um muffin esparramada em sua calça de brim branca. O ângulo da foto era o pior possível, de modo que a parte do rosto dela que dava para ver parecia ter vários queixos. Rachel ofegou. Era o seu sofá. A pessoa que estava dormindo era Becca. Por que ela...?

Rachel se lembrou. Spence havia tirado a foto na noite em que os dois vieram à sua casa, depois que Becca desmaiou de tão bêbada. Um arrepio subiu pelo pescoço de Rachel. Seu couro cabeludo formigou, e a dor de cabeça não parava de aumentar. Como foi que Becca pegara aquela foto? Estava no telefone dela, não fora enviada para ninguém, e depois tinha sido deletada.

Então ela viu a moldura da tela, e percebeu que a coisa era muito pior.

42 likes

mobscene7 *Como levar uma galinha gorda p/cama? Fácil.*

tessamiliken *Demorou! Libera aí pra todo mundo, gata! #fodaseopadrão*

daboyzzzzzI *Eu iria nessa bcta FÁCILLLLLLLLLLLLLL!!!!!!!!!*

A foto não estava no celular de Becca. Estava no Instagram.

Rachel tomou o celular das mãos de Becca e voltou uma tela. *Ah, não. Não, não, não.* Como isso era possível?

A foto tinha sido postada na *sua* conta.

— Eu não postei isso — disse Rachel. — Eu nunca...

— Está tentando se vingar de mim porque eu não acreditei naquela história toda da foto mandada para o amigo do Konrad?

— Também não fui eu!

— Claro que foi.

— Você não tem ideia do que o Griffin tem feito comigo. Ele roubou meu salário. Ele me fez ser suspensa do trabalho. O Konrad... ele...

— A voz de Rachel sumiu. Ela podia ver pelos lábios apertados e sarcásticos de Becca que sua melhor amiga não acreditava em uma palavra.
— Por que eu inventaria isso?

Becca apontou o dedo para sua testa, furiosa.

— Porque você está confusa. Porque você está entediada. Porque você adora uma tragédia. Porque você não pode ser feliz a menos que outras pessoas tenham piedade de você. A menos que todos digam *coitadinha da Rachel, melhor não a chatear, senão ela começa a passar fome de novo.*

Algo na cabeça de Rachel se partiu; parecia que a base de sua sanidade estava se desfazendo.

— Pare. Eu não aguento isso.

Becca começou a soluçar.

— Por que você postou essa foto, Rachel? Por que você quis me humilhar? Você não tem ideia do que eu tenho passado. Desde que fui demitida da Orchid...

— *Demitida?* Você falou que pediu demissão!

— Por que eu iria *pedir demissão*? Aquele era o emprego dos meus sonhos.

— Por que você não me falou?

— Acho que eu fiquei com vergonha. — Ela apertou a ponte do nariz e fungou. — Eu ferrei com tudo. Deixei meu computador ligado, alguém sentou na minha mesa e mandou um e-mail para todos os nossos clientes falando mal da bruxa da Melinda Rodgers, dizendo que é era uma vadia imbecil que não entende nada de relações públicas.

Melinda Rodgers era a chefe de Becca e queridinha da área, com clientes tão importantes e caros como Kate Moss.

— Isso é horrível — disse Rachel. — Você devia...

— Não precisa fingir que se importa — Becca rebateu. — Se você se importasse, saberia que eu nunca deixaria aquele emprego.

Um e-mail enviado de sua conta de trabalho? Não poderia ter sido... ele ainda estaria na prisão. Mas por que não? Mas e se ele tivesse contratado um hacker para invadir os sistemas da Orchid?

— Foi o Griffin — Rachel afirmou. — As palavras soavam estranhas quando saíam de sua boca, como se estivessem sendo ditas por outra pessoa. — Ele se meteu no seu trabalho. Ele disparou...
— Pare!
— Eu sei que foi ele!
— Você está louca! Uma lunática completa.
— Juro pela minha vida. Pela vida da Lil...
— Não faça isso! Não *se atreva a* jurar pela vida da sua filha. — Becca se curvou na direção de Rachel, seus olhos injetados e vermelhos. — Lembre-se, eu cheguei quando cheguei em casa. *Você não pode estar logada no Snap em dois dispositivos diferentes ao mesmo tempo.* Eu loguei no meu tablet, e com isso o meu telefone ficou desconectado. — Ela recuou, assentindo. — Eu te peguei em flagrante. Você é uma mentirosa. A porra de uma mentirosa psicopata.
— Não é verdade! — insistiu Rachel, aproximando-se dela.
Becca se desviou de Rachel como se estivesse sentindo ameaçada com uma faca.
— Fique longe de mim. Estou falando sério. Fique longe da minha vida. E apague essa maldita foto. O que você está esperando? *Apague agora mesmo!*

28
SENHA

A porta bateu com tanta força que o casaco de Lily caiu do gancho.
    Rachel olhou fixamente para o espaço onde Becca havia estado. Isso não podia estar acontecendo. A qualquer momento ela iria voltar, pedir desculpas pelas coisas horríveis que tinha dito. Ela ficaria por ali enquanto Lily ia para a cama, depois as duas tomariam um café e ela diria: *Claro que eu acredito em você sobre Alan Griffin. Eu te chamei de psicopata só porque estava com raiva.*
    Becca vivia meio bêbada, pronta para disparar sua metralhadora de sarcasmo assim que tomava algumas doses. Isso só podia terminar mal. Ela vivia na internet, postando no Instagram várias vezes por dia. Devia ter se sentido humilhada ao ver aquela foto. Onde estava o celular? Rachel tinha que a excluir antes...
    A pulsação em sua fronte voltou.
    Lily!
    Ela subiu a escada correndo. Sua filha estava na frente do banheiro, deitada de costas, batendo os calcanhares. Quando viu a mãe, ela parou e deu um suspiro longo.
    — Estou *entediada*.
    — Vamos lá — disse Rachel. — Hora do banho.
    Lily não se levantou do corredor.
    — Sobre o que você e a tia Becca estavam conversando?
    Rachel não queria uma reprise do clima da escada, então passou por cima da menina e a chamou para o banheiro.
    — Venha, amor.
    — Vocês estavam brigando?

Como Griffin fazia isso? Ela só reiniciara o telefone depois que Spence tirara a foto, o que explicava a facilidade para obtê-la... ele deve ter acessado o rolo da câmera mais tarde naquela noite. Mas ela tinha mudado sua senha do Instagram no computador, não no telefone, e só fizera login depois disso. Não tinha havido mais nenhum e-mail suspeito. Então, como ele conseguira a senha dela? Seu cérebro parecia revestido de plástico duro e escorregadio, e seus pensamentos não paravam de se debater. Ela não conseguia ligar os pontos.

Lily batia os calcanhares, mais devagar e mais alto do que antes, intercalando cada batida com um *Mamãe!*

Mamãe — tum — Mamãe — tum — Mamãe — tum.

— Pare com isso! — Rachel gritou.

Mamãe — tum — Mamãe — tum.

Rachel veio correndo do banheiro e levantou a filha, puxando-a pelo braço.

— Eu já disse para parar com isso.

— Me larga! — berrou Lily, debatendo-se.

— Tire a roupa *agora*. Está na hora do banho.

— Eu quero o meu pai.

— Você vai ficar aqui e tomar banho.

— Eu vou dormir agora — disse Lily, indo para seu quarto.

Rachel cobriu o rosto, engolindo um soluço. Ela queria tanto criar apenas lembranças felizes para sua filha, para lhe dar a infância que nunca tivera, para não a decepcionar como seus pais haviam feito. Mas e se tudo isso já estivesse prejudicando a menina? Será que ela estava arruinando a vida da filha antes mesmo de ter começado?

Rachel tentou convencer Lily a jantar, oferecendo torradas com manteiga de amendoim, fotos tiradas com o filtro do Snapchat, até mesmo uma exibição completa de *Frozen*. Nada funcionou. Sua filha ficou sentada no canto do quarto, folheando um livro do *Elmer*, atenta ao elefante colorido como se fosse um cirurgião concentrado no trabalho. Rachel não tivera a energia necessária para tirá-la do chão. Além disso, Lily tinha acabado de ouvir a tia Becca chamar a mamãe de psicopata, e não estava disposta a fazer qualquer coisa que provasse essa teoria. *Um trauma de cada vez, por favor!*

— Tudo bem, meu anjo — disse ela, beijando-a na cabeça. — Se você precisar de mim, estarei lá embaixo.

Na porta, ela deu uma olhada, mas Lily não ergueu o rosto.

— *Isso também não existe mais* — pensou Rachel, sorrindo para si mesma. — *Logo ela estará vivendo com sua nova família. Ela provavelmente vai ser mais feliz lá.*

À deriva, Rachel caminhou até a cozinha, abriu a geladeira e se debruçou sobre as prateleiras. O ar frio perfurou sua pele; o cheiro da comida bloqueou seus pulmões. Parecia uma brincadeira. Digamos que Mark e a tal mulher se dessem bem de verdade. Digamos que eles comprassem uma casa, dessas que comportam uma família, com cinco quartos, longe do centro, um lugar com ótimas escolas e parques seguros, onde você podia olhar pela janela e ver algo mais do que crianças usando capuz e latas de lixo reciclável. Lily não seria mais feliz com eles? Talvez com alguns irmãos e irmãs? Melhor do que ficar ali com ela, tornando-se mais uma anoréxica solitária e ansiosa. Como se fosse algum tipo de *profissão familiar*. Quem ama liberta. Não é isso que as pessoas sempre dizem?

Nauseada, Rachel ergueu a cabeça para fora da geladeira e cambaleou de volta para uma cadeira, faminta e ainda assim cansada demais para comer, exausta mas com muito medo de dormir, desesperada pelo fim do dia mas aterrorizada com o que estava esperando do outro lado da madrugada. E culpada também, por Lily. Pensar em comer provocava esse tipo de sensação... a culpa pensando em seu peito, apertando seu coração.

A foto de Becca ainda estava no Instagram. O que ela tinha dito? *Parecia uma assombração, sempre na minha cola.* Ela estava certa o tempo todo, era assim que todos a viam, incluindo sua amiga mais antiga. Uma aberração. Uma grande aberração. Talvez ela devesse manter a foto postada, só para dar o troco. Ela suspirou e pegou o celular — simplesmente não era esse tipo de pessoa, quem dera fosse. Talvez fosse melhor apagar todos os seus perfis em redes sociais. Ao menos assim eles não poderiam ser usadas como arma.

Ela entrou no aplicativo, satisfeita por ter definido a senha para algo que pudesse se lembrar — *vaisefodergriffin* —, e fez uma pausa. *Como ele conseguira a senha?* Tinha sido trocada ali no sofá, no seu computador.

Ela caminhou até a sala. A janela ficava atrás de onde ela estava sentada, mas as cortinas estavam sempre fechadas. De jeito nenhum ele podia vigiar sua casa de fora para dentro.

Mas e se não fosse de fora para dentro?

Rachel congelou. Percorreu a sala com o olhar, cuidadosamente, como se estivesse tentando detectar a fonte de um leve ruído. A decoração não havia mudado muito desde que a mãe falecera. O papel de parede adamascado, os tapetes azuis com padrão flor-de-lis, o armário de canto em mogno desbotado e o rack da TV com a gaveta que não fechava direito faziam parte dessa casa havia tanto tempo quanto Rachel se lembrava. Ela nunca tinha tido tempo ou dinheiro para renová-la, embora desejasse reformar tudo, ter uma casa moderna, fácil de limpar, de onde a bagunça não brotasse sempre que alguma coisa fosse movimentada.

Outra coisa que sempre estivera na sala, provavelmente por mais tempo do que ela estava viva, era um conjunto de luminárias douradas afixadas na parede, embaçadas, umas formas triangulares que seguravam lâmpadas de vela tão firme que ela havia muito desistira de trocá-las quando queimavam. Estava tão acostumada a vê-las na parede que não reparava em sua presença. Até agora.

Ela se aproximou da que estava mais próxima do sofá. Havia algo lá dentro. Ela pôs a mão atrás do vidro e o desprendeu. Uma câmera, do tamanho de uma moeda de cinco centavos, grossa como uma pilha de relógio. Um cabo levava a um dispositivo preto enfiado no soquete vazio.

Um sentimento doentio fluiu em seu sangue, espalhando-se por todas as veias e capilares, até preenchê-la

Ele tinha estado na casa dela. *Ele tinha violado sua casa.* Não admira que ele soubesse sobre Konrad assim que tudo aconteceu. Não admira que soubesse daquela foto de Becca — ele a vira sendo tirada. Ela imaginou Griffin diante de um painel de monitores, cada um mostrando um cômodo diferente, com seu maldito rosto iluminado. Ele estava olhando agora, excitado com sua angústia? Era mais doente do que ela pensava ser possível.

Rachel levou a câmera para a cozinha, colocou-a em um recipiente de plástico e a escondeu na parte de trás do armário. Em seguida, fez uma varredura na casa, verificando luminárias, batentes de portas, aquecedores, tomadas e rodapés. Procurou dentro dos eletrodomésticos, debaixo dos móveis, examinou cada canto, cada quina, cada fresta. As prateleiras da cozinha, cobertas com bugigangas e objetos sem importância, já não pareciam mais tão acolhedoras, não quando poderiam esconder aparelhos de escuta. Ela inspecionou tudo. O único quarto que não podia verificar era o da Lily, mas faria isso pela manhã. Ele não podia ser tão doente a ponto de observar sua filha dormindo. *Será que podia?*

Ela pensou em outra coisa: sua armadilha no LinkedIn. Ela tinha escrito a mensagem do mesmo lugar, ali no sofá. Era óbvio que ele não iria responder. Ela tinha tentado não pensar na falta de resposta, esperando, perversamente, que ele estivesse sem coragem de aceitar a entrevista, mas agora sabia a verdade.

Ele tinha visto quando ela criara o perfil falso.

29
ENDEREÇO

Rachel ficou deitada no sofá, no escuro, olhando fixamente para a TV. Ela se sentou, com as mãos na cabeça. Por que parecia que alguém estava tentando forçar a entrada em seu cérebro? Olhou em volta. E por que ela estava *no andar de baixo*? Tinha dormido? Tinha tomado alguma coisa? Ela achava que não, mas se sentia tão grogue que não podia ter certeza. Fragmentos do dia anterior estavam espalhados pelo chão de sua mente, e ela não conseguia reuni-los.

Na tela da TV, dois jovens fofos e arrumadinhos estavam participando de uma competição no *Cake Wars*, um percurso com obstáculos segurando um bolo de chocolate de três andares. A garota tropeçou em uma esteira e ganhou uma máscara facial de glacê de café. No canto da tela, o relógio dizia que eram 5h57. Pelo menos Lily ainda não estava de pé.

Café.

Rachel se levantou e deu um passo pesado em direção à cozinha.

Uma batida atrás dela, o som oco de um anel no vidro.

Ela gritou de susto. Uma sombra se moveu através da cortina. Quem diabos seria?

A caixa de correio se abriu.

— Rach? Estou ouvindo a TV. Você já está de pé? É o deus grego aqui fora.

O que *ele* estava fazendo ali? Ela correu até a porta e a puxou para abrir. Spence estava no degrau da frente, bronzeado e sorrindo contra a escuridão pré-dourada, com um casaco de couro preto sem gola e uma camiseta amarela apertada com os dizeres *Mykonos, Bitch* escritos em pink.

Ele olhou para seu café, a superfície girando com grãos não dissolvidos.

— Ontem a essa hora eu estava tomando um latte incrível com os pés enfiados na areia e uma mão grande fazendo carinho na minha coxa.

— Você podia ter ligado primeiro.

— Se eu ligasse você iria pedir para eu não voltar.

— Eu gostaria que você não tivesse voltado.

Da sala se ouviram os guinchos desencontrados e os bufos da Peppa Pig. Lily não iria à creche, não até que o pesadelo durasse.

Spence bebericou seu café e fez uma careta, como se isso o tivesse prejudicado em uma vida anterior.

— Eu falei com a Linda. Ela me contou *tudo*. Que você estava sendo relapsa... que tinha sido *suspensa*. Daí eu reservei a primeira passagem que consegui, uma porcaria de voo da Ryanair para Luton à meia-noite. Para começar, eu nem deveria ter ido. Eu sabia que você estava mal, então eu fui egoísta. Estava mais interessado no meu próprio prazer do que em ajudar uma amiga. Me desculpe.

Rachel apertou os olhos, mas as lágrimas vieram mesmo assim. O reservatório parecia ser inesgotável.

— Até a Lily me odeia. Ela me disse ontem que queria ficar com o pai.

Spence se inclinou para dar um abraço em Rachel.

— Vamos até o hospital hoje. Eu vou dizer a Linda o que aconteceu. Você é uma enfermeira brilhante. A melhor com quem eu já trabalhei.

Ela sabia que ele só estava sendo gentil, mas ouvir isso a fez chorar ainda mais em seu ombro. Por que Becca não poderia ser solidária também? *Porque você é uma vampira. Você suga a vida das pessoas ao redor.* Ela se afastou.

— Que foi? — perguntou ele. — O que aconteceu?

— Estraguei as coisas com o Andreas?

— Não, tudo está *ótimo*. Tão bom que eu tive que sentar de lado no avião.

Rachel inclinou a cabeça, piscando, depois entendeu a piada.

— Spence! — ela reclamou, batendo no braço dele. Parecia que já fazia anos que não dava uma gargalhada.

Ele foi pegar seu café, depois olhou novamente para a superfície e o empurrou para mais longe.

— E então, vai me contar o que está havendo?

Antes dessa semana, ela não tinha dito a ninguém o que fizera para colocar Griffin na prisão. Será que ia mesmo contar para duas pessoas no espaço de poucos dias? E depois? Alugaria um ônibus e daria uma volta na Oxford Circus com um megafone? Se a pessoa errada descobrisse, apesar de tudo o que Griffin estava fazendo com ela novamente, ela teria muitos problemas. Mas Spence tinha voltado da Grécia para ajudá-la. E, de qualquer maneira, em quem mais ela poderia confiar?

— Aperte o cinto — disse Rachel. — Vou te contar *tudo*.

— Medo. Onde é a saída de emergência?

— Se você achar, me mostre.

Spence ouviu tudo — o hacker, as fotos plantadas, a pena de prisão de Griffin e tudo o que ele fizera com ela desde que saíra da cadeia —, interrompendo apenas para murmurar *Ai meu Deus* ou para fazer um som de descrença. A única coisa que ela deixara de fora tinha sido a foto da Becca. Não queria que ele se sentisse culpado, mesmo que ele provavelmente achasse a situação hilária. Quando Rachel terminou, ele se jogou para trás na cadeira e enxugou a testa.

— E então? — ela perguntou.

— Você tem que ir à polícia.

— E se eles prenderem Konrad?

— Você vai esperar que ele te machuque de verdade?

— Eu não sei o que fazer.

— Pode parecer uma pergunta idiota — disse Spence, inclinando-se na sua direção. — Mas como você sabe que o Griffin saiu da prisão? Ele poderia estar pagando alguém para fazer tudo isso. Você sabe, lá de *dentro*.

— Espere aqui — pediu Rachel, e correu para a sala. Lily estava deitada no sofá, atenta aos passos de Peppa entre uma poça de lama e outra. TV antes do café da manhã: como isso poderia ser bom para ela? Por que não ir até o fim e servir Haribo para o jantar? Rachel suspirou e pegou seu laptop sobre a mesinha.

— Você não vai me mostrar pornografia, né? — perguntou Spence.
— Eu só uso o meu note pra isso.
— Desculpe desapontá-lo. — Ela abriu o navegador e digitou www.caca-pedofilos.net. Ainda estava logada no fórum, e foi direto para o tópico de Alan Griffin. Rolando a tela para baixo, procurou o post que falava sobre a libertação de seu perseguidor.

Spence tocou seu braço.
— Está tudo bem? Você ficou pálida. Ainda mais pálida, quero dizer. Eu tenho duas recomendações para você: sol e cama.
— Não pode ser. — Ela balançou a cabeça.
— O quê? *O quê?*

Ela apontou para a tela.
— Veja.

Um novo usuário, chamado *SóPraVocê,* tinha postado uma atualização na noite anterior, às oito horas. Tinha sido na mesma hora em que ela encontrara a câmera. Continha uma única linha.

Drayton Road, 18, Norcot RG30 1EL

30
REUNIÃO

Spence não queria que ela fosse, pelo menos não sozinha, mas ela estava farta de ser o alvo. Griffin tinha roubado seu dinheiro, seu namorado, seu trabalho — e, com aquela câmera escondida, sua dignidade. Era demais. Ela não era um esqueleto pesando trinta quilos que passava fome na cama de um hospital. Se tivesse que lutar para evitar que ele acabasse com a vida dela, Rachel lutaria.

— Espero que não seja necessário — disse Rachel, demonstrando o bloqueio e o soco que aprendera em um workshop de autodefesa. — Embora eu fosse adorar passar algumas horas chutando a virilha dele.

Spence treinou golpes na geladeira. Seu físico magro era fruto das aulas de circuito na academia.

— Pelo menos me deixe te levar até lá. Eu espero do lado de fora.

— Eu preciso que você fique aqui com a Lily.

— É uma armadilha.

— Ou um golpe de sorte. Sempre tem alguém que posta o endereço dos caras depois de algumas semanas de liberdade.

Spence abriu as mãos na direção dela.

— Mas quem será esse tal de *SóPraVocê*? Foi a primeira postagem desse cara.

— As pessoas abrem uma conta e postam só uma vez, especialmente se for para informar algum endereço.

— Pode ser até um endereço falso.

— Seria coincidência demais.

Ela lhe deu um olhar que significava que não queria continuar a discussão.

— Tem certeza de que não se importa em cuidar da Lily?

— Todas as minhas sobrinhas dizem que eu sou o melhor tio que elas têm. Se bem que eu sou o único tio, então talvez não faça muita diferença.

— Você acha que eu sou louca por estar fazendo isso?

Spence assentiu.

— Sim, eu já te disse isso, mas você é mais persistente que aquelas manchas que a gente não consegue tirar do lençol.

Rachel pegou a mão dele.

— Eu ligo antes de entrar. Vou dizer a ele que deixei pessoas esperando notícias minhas. Ela destravou o telefone e checou se o gravador estava funcionando. Eu só quero que ele diga a coisa errada, que se incrimine. Ele pode me odiar, mas não vai querer voltar para a cadeia. Está na hora de eu blefar com ele.

— E se você levasse uma... arma?

Ela havia pensado nisso — uma faca na bolsa, talvez —, mas estava preocupada que isso pudesse ser um convite à violência. E ela era muito desajeitada também.

— Eu acho que seria bom.

— Spray de pimenta?

— Não tenho.

Spence sorriu.

— Talvez *com isso* eu possa te ajudar.

Enquanto ela tomava banho, ele encheu a garrafinha de plástico com vaporizador que ela usava para brincar de pintura com Lily com uma mistura de água, pimenta-do-reino moída e molho Tabasco.

— Onde você aprendeu a fazer isso? — ela perguntou quando desceu, já pronta para sair.

Ele lhe entregou a garrafinha com uma mesura.

— É que são muitos encontros duvidosos marcados no Grindr.

Rachel pegou um tranquilo 1115 de Paddington para Reading, e saiu da estação para uma fila de táxis no ponto. Mesmo tendo planejado percorrer de ônibus a rota para a casa de Griffin, levaria mais uma hora, e seria tempo demais; ela queria acabar logo com isso. Ainda tinha vinte libras em dinheiro, e havia resgatado seu cartão de crédito de emergência de seu esconderijo no fundo do guarda-roupa. Então ela se sentou no banco de trás de um Vauxhall azul enferrujado com bancos cobertos de plástico, conduzido por um homem sem barba que, parecendo cansado, fez um sinal positivo quando ela deu o endereço.

Ela viu as ruas passando pelo vidro do carro. Um lugar tão sombrio, úmido, com um leve cheiro de frango frito, com o mesmo mix tristonho de estabelecimentos de todas as outras cidades. Deus, ela às vezes odiava esse país. *Austrália*. Era lá que ela precisava estar. Praias iluminadas, céu turquesa, noites de verão passadas com amigos divertidos e bronzeados em algum bar da moda. Assim que chegasse em casa, ela faria uma pesquisa nos voos. Talvez até mandasse uma mensagem para Rowena.

As construções ficaram mais baixas, e a área rural começou a aparecer. Cercas de madeira, pastos, ovelhas ocasionais mastigando a grama. Ela baixou o vidro e encheu os pulmões com ar fresco. E *se fosse* uma armadilha? E se ela entrasse na casa dele, levasse uma pancada na cabeça e acordasse amarrada a uma mesa no porão? Se lhe contasse que as pessoas sabiam que ela estava ali, ele a soltaria? Bem, se ele quisesse machucá-la, já havia tido muitas chances. No dia anterior, por exemplo, quando ela dormira no sofá o dia inteiro. Ele devia ter ficado olhando enquanto ela dormia. Como teria sido fácil...

— Senhora? *Moça?*

O motorista estava falando com ela. Estavam parados em frente a uma casa deprimente, bem no meio de uma rua miserável. Ela pediu desculpas, pagou e saiu.

Rachel mergulhou embaixo da sombra de um olmo esquelético e olhou para a casa de Griffin. As condições do imóvel eram piores que as dos seus vizinhos, com a pintura descascada, os caixilhos das janelas podres e partes do revestimento rachadas; pedaços do reboco perto da porta tinham caído, mostrando tijolos marrons tediosos por baixo. Ela ligou para Spence.

— Se você não der sinal de vida em dez minutos, vou ligar para a polícia — ele ameaçou.

— Vinte, combinado?

Depois de desligar o telefone, ela colocou a garrafinha de spray de pimenta no bolso de trás e caminhou devagar até a porta. Pela janela, ouviu a televisão, um game show, a julgar pelo apresentador animado e pelos aplausos do público. *Alguém* estava lá dentro. Ela ligou o gravador de voz no celular e o guardou no bolso da frente do casaco, que ela esperava ser o melhor lugar para captar a conversa deles. Com o coração batendo forte, apertou a campainha. Um som agudo soou. Ela a segurou por um segundo e deu um passo para trás, a meio caminho do spray de pimenta, como um pistoleiro pronto para um duelo. Nada.

Ele a tinha enganado. Não morava ali coisa nenhuma! Só queria atraí-la para esse lugar, e então...

Então nada. Talvez ele estivesse no banheiro, ou dormindo no sofá, ou talvez pensasse que eram testemunhas de Jeová na porta e não quisesse entrar numa grande discussão teológica sobre o porquê de merdas malignas como ele aterrorizarem mulheres. Ela apertou a campainha mais uma vez, mantendo o dedo sobre o botão por três segundos, cinco, dez.

A porta se abriu. Olhando para fora estava um homem magricela de moletom azul e uma camisa de futebol de algum time inglês manchada. Cinquenta e muitos anos, talvez sessenta e poucos. Seis semanas sem fazer a barba, o cabelo ralo sobre o couro cabeludo, olhos vermelhos socados no meio de bolsas flácidas. Parecia um bêbado desses que dormem em bancos de praça em seu dia de folga. De dentro de casa se ouviu um *plim-plim-plim*, aplausos da plateia, alguém vencendo a competição.

Esse não podia ser Griffin. O homem de meia-idade bem alimentado e vistoso que a seguia até em casa desde a escola tinha pouca relação com esse velho escroto de pé na porta. Mas havia algo reconhecível na forma de seus olhos, no desenho da sua boca. Parecia o irmão doente dele, talvez seis semanas depois de um tratamento de quimioterapia.

Fosse quem fosse, o homem rosnou e começou a fechar a porta.

— Eu não quero...

Rachel segurou a porta com o pé.

— Espere.

Ela colocou o ombro na porta e a empurrou. Ele tentou resistir, mas rapidamente cedeu, e Rachel tropeçou no corredor escuro. Cheirava a cerveja estragada e roupas úmidas amontoadas.

— Saia daqui — ele disse, respirando com força, olhando por cima dos ombros enquanto retrocedia, como se esperasse que alguém pudesse atacá-lo por trás. — Me deixe em paz.

Agora ela estava lá dentro, e, mesmo sob a luz turva, sabia que era ele. Era a voz. Depois de anos ouvindo *eu vou acabar com a sua vida* em looping na sua mente, Rachel a reconheceria em qualquer lugar.

— Que foi, Griffin? Não estava me esperando?

Ele fechou a porta da sala, reduzindo o volume da música estridente.

— Eu conheço você. — Balançou os dedos perto da cabeça. — Você é...

Rachel enrijeceu o corpo. Ela era pelo menos três centímetros maior que ele. O homem parecia tão fraco, tão *fracassado*.

— Não se faça de bobo.

Griffin assentiu, e abriu um sorriso. Seus dentes, brancos no passado, estavam cinza como a água que escorre da pia depois de lavar a louça. Ele começou uma risada que se transformou em tosse, e limpou as manchas de cuspe dos lábios com o ombro da camisa.

— Lembrei. Estou chocado. Pensei que nunca mais *te* veria de novo. O que você está fazendo aqui?

O sorriso. Foi isso que a impulsionou. Ele estava destruindo a vida dela, tudo de novo, esse pedaço patético de... *lixo* — e estava rindo! Como se ela não tivesse poder algum. Como se ela não pudesse fazer nada para detê-lo. Ele estava errado.

Rachel o empurrou, segurando seu pescoço e batendo-o contra o armário sob a escada. Ele cambaleou para os lados. Tão boa a sensação de machucá-lo, ver o choque da dor passar pelo seu rosto nojento. Ela segurou o cabelo dele, a oleosidade sujando seus dedos, o cheiro de mofo e sujeira invadindo seu nariz, e recuou.

— Me dê uma boa razão — ela rosnou. — Por que eu não deveria quebrar seu pescoço?

O sorriso dele se desvaneceu, deixando seus olhos injetados, seu hálito azedo, a triste aparência de suas bochechas. Ela visualizou uma imagem dele esperando do lado de fora da escola, o rosto bem barbeado, vestindo um terno sofisticado. Parecia tão sólido naquela época. Impenetrável. Tinha perdido um terço do peso. Cicatrizes pálidas, brancas como larvas, marcavam seu pescoço, passando pelo colarinho da camisa de time.

— Problemas que eu tive na cadeia — disse ele. — Os pedófilos não são muito bem tratados lá dentro.

Rachel o empurrou.

— Você quer que eu sinta pena?

— Que tal uma conversa *civilizada*? — perguntou ele, esfregando a parte de trás da cabeça.

Ela fez uma pausa, torcendo os dedos para conter a injeção de adrenalina, depois fez que sim com a cabeça. Ele apontou para a porta da sala.

— Você primeiro — disse Rachel.

Griffin encolheu os ombros e começou a sair.

— Eu já fui pego por trás mais vezes que aqueles meninos que cantam no coral do Vaticano. — Ele se inclinou para ela, que se virou para olhar. O olhar que ele deu a ela quase poderia ser chamado de sincero. — Se você estiver aqui para *fazer* alguma coisa — disse ele —, não me importo muito.

Rachel suspirou, e o seguiu. A sala era ainda pior que o restante da casa. Não era *isso* que ela esperava. Além da poltrona, um negócio atarracado de veludo cotelê marrom que combinava com o ambiente, uma caixa de cerveja servindo de apoio para os pés e uma pequena TV de tela plana, cuja base parecia ter sido construída com fita adesiva, a sala estava vazia. Sem fotos, sem enfeites, sem decoração. Apenas teias de aranha nos cantos, paredes de gesso nu e um tapete verde, completamente gasto, com furos de cigarros e placas de mofo. Até mesmo o ar era triste, como se fosse feito de suspiros solitários. Um aquecedor com idade suficiente para ter estado em uma missão espacial dos anos 1960 jazia no canto da sala, embora, a julgar pela temperatura da sala, não funcionasse.

— Que bom que nos encontramos, não? — Griffin fez um gesto para a poltrona. — Sente-se.

Ele estava brincando? Sua expressão era peculiar, seu rosto caído era complicado de ler. Uma cicatriz saindo do fundo esquerdo do lábio estampava seu rosto com um sorriso permanente. Ele esperou um momento mais, depois se sentou ele mesmo, gemendo como se tivesse terminado um turno de catorze horas.

— Eu ofereceria uma bebida — disse ele, apontando para uma porta fechada, inchada de umidade, que supostamente levava à cozinha. — Mas, a menos que você goste de urina de rato, está sem sorte hoje. Ele pegou uma lata de Special Brew ao lado da poltrona e a sacudiu para ela.

— Ainda tem um restinho.

Ela permaneceu tensa, com as mãos na altura da cintura, ao alcance do spray de pimenta. Qual era seu jogo? Onde estava a armadilha? Ele mal parecia forte o suficiente para vencer Lily em uma queda de braço.

Griffin desligou a televisão com o controle remoto e o atirou no chão. As baterias saltaram da parte de trás, e ele disse *bem-vinda à minha vida*. Bebeu mais um pouco da lata, fazendo mais barulho que o necessário, como se estivesse zombando dela.

Não havia alegria, nem mesmo satisfação pelo que a prisão lhe tinha feito; era aquele momento do Mágico de Oz quando a cortina é puxada para trás e, em vez de vermos um deus, damos de cara com um velhote.

— Eu não tenho medo de você — ela disse.

Ele segurou a lata de cabeça para baixo sobre a boca, com a língua se mexendo em volta do buraco para as últimas gotas.

— Por que deveria ter? — ele perguntou, casualmente.

— Você achou que eu não viria — ela disse. — Você pensou que eu estivesse assustada demais para sair de casa. Você pensou...

Ele baixou a lata. Ela não gostava da maneira como ele a avaliava, com a cabeça inclinada, como alguém que observa um inseto raro preso em um frasco.

— Continue — ele pediu. — O que mais eu pensei?

— Não vou deixar você estragar minha vida de novo.

Ele respondeu com um tapa no ar e um rolar de olhos.

— Acredite em mim. Não tenho nenhum interesse em você.

Algo não estava certo. Ele havia roubado mais de duas mil libras dela, então por que estava nessa casa horrível? Por que estava vestido como um mendigo, lambendo o fundo de uma lata de cerveja vazia? Mesmo que não quisesse gastar com carros velozes, mulheres fáceis ou pelo menos uma muda de roupa limpa — embora fosse mais do que provável que ele tivesse usado o dinheiro para pagar os hackers que apagaram seus registros no eMAR —, ele certamente teria pelo menos uma reserva para comprar um fardo de cerveja quando quisesse. Não era só o dinheiro, mas a atitude também. De todos os cenários que ela havia considerado, um descarte divertido de qualquer envolvimento não era um dos que ela havia planejado.

A menos que... ele tivesse adivinhado que ela estaria gravando, e isso fizesse parte do ato. Se alguém o ouvisse depois, diria que ela era a agressora, que ele estava sendo molestado por *Rachel*. E agora? *E agora?*

— Merda — disse Griffin. — Eu realmente fiz um estrago em você. Olha... — Ele fez um barulho como um gemido, porém mais estrangulado, seus dedos procurando as cicatrizes no pescoço. — Talvez não seja uma coisa ruim você estar aqui. Eu sei a importância de encerrar um ciclo.

— *Encerrar?* Eu quero que você me deixe em paz, porra.

Ele olhou para ela como se não tivesse compreendido o que ouvira.

— Não culpo você por me odiar, você e os outros. Eu mereci aquilo. A prisão, tudo. — Ele levantou sua lata de cerveja, mas parou na metade do caminho, lembrando que estava vazia. — Não tem perdão, mas você pode ouvir o meu pedido mesmo assim. É o mínimo que você merece.

Griffin encostou os dedos imundos nos olhos e fungou ruidosamente. Ele estava *chorando*?

— Eu tenho duas meninas — disse ele, e engoliu um suspiro agitado. — Carrie e Fran. Carrie tem mais ou menos a sua idade. Você parece... ela também é alta. Talvez seja por isso que eu te escolhi. Eu sou um cara doente, eu sei disso. Minha mulher me deixou quando as duas eram pequenas, e as meninas ficaram contra mim. Quando elas eram adolescentes, já nem me visitavam mais. Eu... eu entrei em depressão. Os médicos fizeram testes em mim com todo tipo de droga, mas nunca fazia efeito. Por anos eu aguentei, mas depois li sobre esses novos comprimidos que você poderia comprar nos Estados Unidos, e o idiota aqui saiu comprando tudo que vendiam na internet. Eu não sei o que tinha naqueles remédios, mas eles foderam com a minha cabeça. Eu não era mais eu. Me tornei psicótico.

Ele olhou nos olhos de Rachel. Parecia que ela estava em um barco, segurando-se na borda como se sentisse uma inclinação imensa na direção da na água, ameaçando tombar. O que ele estava fazendo? Será que ela deveria *sentir pena* dele?

— Com você foi pior do que com as outras — Griffin continuou. — Eu vi aquela foto que você colocou na internet, você sabe, aquela no seu quarto, e... eu me apaixonei. Eu fiquei apaixonado. Então você saiu correndo da sua casa, gritando que eu era um pervertido, e eu pensei, desgraçada. Vadia atrevida. Passei a te odiar. Muito. Eu sei que foi uma reação patética, mas, bem... — Ele bateu no peito. — Eu sou patético. Você não acha?

Ele fez uma nova pausa. Será que esperava que ela concordasse? Ela não podia acreditar no que estava ouvindo. Essa... essa *confissão* ridícula.

— O problema é que — continuou ele — alguém armou uma cilada para mim usando pornografia infantil, mas o que me mandou para a Broadmoor foram coisas que eu escrevi, umas histórias sobre torturar meninas. Todas elas eram eu... eu estava tendo pensamentos terríveis. Eu até estava pensando em... fazer algumas daquelas coisas. A pessoa que me denunciou acabou fazendo um favor ao mundo. — Ele dedilhou a borda da lata. — Se eu pudesse descobrir quem fez a denúncia, eu iria agradecer essa pessoa.

Então era isso. Ele queria que ela admitisse que estava envolvida nas provas plantadas no seu computador.

Esse lugar, seu estado deplorável, tudo era parte do plano. Provavelmente havia um equipamento de som captando a conversa. Ela decidiu usar contra ele sua própria arma.

— Eu sei que você roubou meu dinheiro — disse ela, erguendo a voz. — E que escondeu uma câmera na minha casa.

— Escondi o quê?

A incredulidade em seu rosto não poderia ter sido mais falsa se ele estivesse usando uma máscara de borracha.

— Eu sei as coisas que você faz. E tenho provas.

— Provas? Que provas? — Ele apertou os dedos no braço da poltrona. — Que porra você quer de mim?

Seu ar infeliz tinha desaparecido. Ele estava olhando para ela com firmeza, como se estivesse cronometrando um ataque. Spence estava certo — ela era louca por estar ali. O que ela estava pensando? Griffin tinha estado na *prisão*. Ela deu um passo para trás e tocou o bolso, onde sentiu o contorno do frasco de spray.

— Eu quero que você me deixe em paz.
— Você é maluca?
Ela estendeu o frasco de spray.
— Fique fora da minha vida. Estou avisando.
— Ah, você está me *avisando*?
— Se você fizer mais alguma coisa comigo — ela continuou, ouvindo a histeria em sua voz —, eu vou te matar. Eu juro que vou te matar antes de deixar que você destrua a minha vida de novo.

Era isso que ele queria? Que ela o agredisse? Para que ele pudesse ir à polícia e ela fosse presa? Ela examinou as paredes e o teto em busca de câmeras. Ela estava sendo filmada nesse momento?

— Saia da minha casa — disse Griffin, levantando-se. Ela viu algo brilhar na mão dele. — Caia fora da minha casa e leve a sua loucura junto. Senão, quem vai chamar a polícia sou *eu*.

— Eu quero meu dinheiro de volta — exigiu ela. — E quero que você *me deixe em paz*.

Ele abriu o braço e Rachel viu o que tinha nas mãos. Lâminas de barbear, presas na cabeça de uma escova de dentes barata.

— Venha me pegar.

Rachel apertou o topo do frasco, borrifando o líquido nos olhos dele. Griffin gritou e cobriu os olhos.

— Sua puta desgraçada! Sua puta desgraçada e doida!

Ela se virou pelo corredor, e saiu rápido pela porta da frente. Bem atrás, ele gritava:

— Se eu *te* vir de novo, eu vou... — mas ela já estava no fim da rua, dando uma arrancada antes de ouvir o restante.

31
SÓPRAVOCÊ

Rachel se agarrou ao poste do ponto de ônibus, recuperando o fôlego. Onde ela estava? Numa estrada ao lado de um pasto, o ar grosso com o cheiro de lama encharcada. E se tivesse pegado o caminho errado? E se não houvesse ônibus de volta para Reading? Deu uma olhada nos horários, tentando ler alguma coisa, mas o plástico em cima deles estava arranhado, como se tivesse sido esfregando com palha de aço, e não dava para saber a que horas o ônibus seguinte chegaria, muito menos se aquele era o sentido certo. Ela pegou o celular para tentar ver um mapa, mas não havia sinal. Já fazia uma hora, pelo menos mais de meia hora que tinha ligado para Spence.

— Ah, meu Deus — disse ele, sua voz nervosa. — Eu estava digitando o número da polícia quando você ligou. — Achei que estivesse desaparecida, ou então *morta*.

— Bendito spray de pimenta caseira, Spence!

— *Não!*

Ela sorriu quando se lembrou. Tinha sido praticamente a única coisa que lhe fizera bem.

— Bem no meio dos olhos.

A gargalhada de Spence soou mais como um grito.

— Como você está?

Rachel deu uma olhada em volta. O céu era ameaçador, mas ainda não estava chovendo. Contanto que chegasse à estação de trem às três, ela evitaria da hora do rush e saberia que chegaria a Londres em um horário razoável.

— Melhor que eu esperava. A Lil está bem?

— Se com "bem" você quer dizer encher meu celular com fotos de nós dois com filtros de todos os animais que subiram na arca de Noé, e mais alguns que deviam ter morrido afogados na enchente, então sim. Ela está bem.

— Você já colocou *Frozen*? — Quando Rachel perguntou isso, ouviu a trilha da introdução.

— Dessa vez eu vou ser a Anna — respondeu ele. Baixou a voz. — Venha para casa com cuidado, está bem?

Ela disse para ele não se preocupar e desligou. As nuvens escuras sobre as colinas próximas se aproximavam rapidamente. Rachel fechou o casaco no queixo e rezou para ter sorte. Ou pelo menos para o ônibus chegar.

Quarenta e cinco minutos depois, ensopada e desolada, ela entrou no ônibus, arrepiada pelo frio e pela lembrança de uma época em que esse tipo de viagem era um teste de resistência tanto como um meio de chegar a algum lugar. Ela se sentou, tremendo, e permaneceu assim enquanto eles passavam por muros de pedra solta, pastos marrons, residências rurais se erguendo na escuridão distante. O letreiro dizia *Reading*. Ela perguntou ao motorista se eles estavam indo para a estação de trem, mas, quando ele grunhiu e murmurou "vamos passar perto", não a encheu de confiança.

Ela encostou a cabeça na janela fria e viu as grossas linhas de chuva rolarem pelo vidro. Seu telefone ainda estava gravando. Ela reproduziu o áudio, segurando o aparelho no ouvido como se estivesse em uma ligação. Sua voz era mais clara que a dele, mas ela conseguiu ouvir a maior parte do que ele dissera. Isso só piorou o seu humor. Ele simplesmente não parecia culpado. Foi só no final, quando a ameaçou, que ele mostrou quem realmente era. E aquela história, aqueles comprimidos encomendados dos Estados Unidos. *Se eu pudesse descobrir quem fez a denúncia, iria agradecer essa pessoa.* Será que ele achava que ela era estúpida a ponto de admitir o que tinha feito? Mas ela não queria que ele fizesse o mesmo?

Mesmo assim, não parecia certo.

• • •

Considerando os acontecimentos do dia, não surpreendia que o conceito de *perto* para o motorista fosse diferente do seu. Radicalmente diferente. Emmers Green, a última parada, embora tecnicamente significasse Reading, ficava a quase cinco quilômetros da estação de trem. Em vez de arriscar outro ônibus, Rachel decidiu correr até a cidade, o casaco fechado no pescoço, a chuva chicoteando pela abertura do capuz.

Ela chegou à estação depois das três e meia, exausta, com o estômago retorcido de fome. A parte de trás de sua cabeça começou a formigar e ela tropeçou na calçada. Algo parecia estar se aproximando muito rapidamente por trás de seus olhos. Ela cambaleou para dentro de uma loja Boots, procurando por uma bebida proteica, mas eles só tinham batidas Slimfast. Comprou uma de morango, embora tivesse mais gosto de papelão fedorento que de fruta, e bebeu enquanto procurava no quadro de horários.

O celular vibrou. Provavelmente era Spence gritando de desespero por não aguentar mais assistir a desenhos da Disney. Ela checou a tela. *Não, não pode ser.* Uma mensagem no LinkedIn.

Ela abriu o aplicativo. Era dele!

Oi, Sophie,

Muito obrigado por ter entrado em contato. Desculpe por não responder mais cedo, mas estou sem telefone no momento e não tenho entrado muito na internet. Me avise onde e quando podemos nos encontrar para uma entrevista, e eu estarei lá.

Fiquei feliz por esta chance, mais do que você imagina. Eu prometo que não vou decepcioná-la.

Alan Griffin.

Mesmo depois de ler pela terceira vez, Rachel não entendeu. Ele estava sendo sarcástico? Ou será que realmente não sabia que era ela? Talvez não estivesse assistindo quando ela escrevera a mensagem.

A multidão no saguão começou a escoar. Rachel checou o horário — seu trem partiria em três minutos. Ela correu para a plataforma e conseguiu se enfiar no meio das pessoas. Perfeito. Simplesmente perfeito. Embalada no aconchego de ternos e saias de escritório, perto o suficiente para inalar suor, perfume e café velho a cada respiração. Segurou uma alça no teto e tentou se manter de pé. Hoje não tinha conseguido resolver nada. Na verdade, tinha piorado algumas coisas — ele sabia que ele estava chegando perto. A condensação corria pelo interior das janelas; os corpos pressionados contra ela emitiam um calor sufocante; a bebida Slimfast espreitava ao redor do estômago dela como se tivesse ganhado vida e estivesse procurando a saída. Será que ela conseguiria sua vida de volta? Ou seria sempre assim? Um terror sem fim até que ela explodisse? Parecia que esse tinha sido seu mundo desde sempre. Não havia saída. Ela apertou os olhos; os trilhos se moveram, *não entre em pânico, não entre em pânico, não entre em pânico*; os freios guincharam e ela olhou ao redor. Todos pareciam estar olhando para o lado, mas ela sabia que a estavam observando, entretidos com sua performance. Todos achavam que ela estava louca.

A partir de Paddington, demorou mais uma hora. Quando chegou em casa, já eram seis da tarde. Spence estava cuidando de Lily fazia oito horas. Uma quantidade enorme de tempo para ficar com o filho de outra pessoa — uma quantidade enorme para ficar com seu *próprio* filho.

— Lily! — ela gritou. — A mamãe chegou!

O medo inundou seu corpo tão rápido que pareceu uma sensação de afogamento. As luzes estavam apagadas lá em cima. Nenhum som da cozinha. Eles estavam brincando de esconde-esconde? Ela chamou novamente e esperou, sem se mexer. Silêncio. Colocou a mão na parte de trás da televisão. Estava fria. *Essa era a armadilha. Spence estava lá dentro. Eles queriam atraí-la para que ele pudesse pegar Lily.* Ela pegou o telefone. Algumas chamadas perdidas de Mark e uma mensagem de Spence pelo WhatsApp. Eles estavam no parque. Ele tinha mandado uma foto de Lily ao lado do laguinho cheio de algas, jogando sementes de girassol na água para os patos. Rachel atirou o telefone em cima do sofá e se encostou na parede, com as mãos no peito.

O telefone acordou nesse momento, com o nome de Mark piscando na tela. Ela considerou se devia atender — estava desesperada por um copo de leite morno, um banho quente e roupas secas —, mas já tinha adiado isso por tempo suficiente. Depois do que acontecera hoje, Mark tinha que saber sobre Griffin.

— Ei — ela disse. — Eu preciso te contar...
Ele a interrompeu.
— Você está em casa?
— Claro, eu...
— *Não* saia daí. Eu chego em um minuto. Já estou saindo. — Ele desligou antes que ela pudesse responder.

Rachel foi até a cozinha e pegou o leite da geladeira. Ele escorreu sobre a lateral do copo enquanto ela despejava. Ela o aqueceu por trinta segundos e depois o bebeu lentamente, esperando o leite assentar no estômago entre os goles. O movimento lento da mão até a boca a acalmou, embora sua cabeça ainda doesse como se alguém estivesse forçando o polegar para dentro de sua fronte. Ela estava muito desidratada.

Rachel ouviu a porta da frente se abrir e congelou. O riso infantil de Lily veio da sala. Rachel correu e a abraçou, segurando-a com tanta força como se ela tivesse quase sido atropelada por um carro.

— Eu alimentei os patos — disse Lily.
— Eu sei. — Rachel sorriu para Spence. — Eu vi a foto.
— Você sabe o que os patos dizem quando você os alimenta? — Lily perguntou.
— O que eles dizem, amor?

Lily se afastou e depois agarrou as bochechas da mãe, apertando sua pele com força suficiente para doer. Seu rosto estava frio e sério, como um boneco de filme de terror, um momento antes de a linda menina explicar com uma voz demoníaca como é maravilhoso amar a Satanás. Lily se inclinou, até que seu nariz estava tocando o de Rachel, e, com os olhos inabaláveis, gritou:

— *QUAAAAAAA!*

Ela se soltou e caiu de costas, rindo. Rachel tocou as bochechas. Sua mão tremia. Era isso, ela tinha abalado sua filha. Ela tinha tentado tanto, ela queria tanto ser diferente de seus pais, mas a evidência do seu fracasso estava bem ali, gritando na cara dela.

— Peça desculpas à mamãe — Rachel exigiu, mas Lily estava distraída tentando olhar para o calcanhar de sua bota Wellington. Rachel a segurou pelo braço. — Eu falei para...

— Não! — Spence tentou afrouxar o aperto. — Foi só uma brincadeira. Você está machucando a menina.

Rachel olhou para ele.

— Não foi uma brincadeira.

Ele tentou mais uma vez soltar os dedos de Rachel.

— Eu fazia isso com o meu irmão quando nós éramos pequenos. Eu só...

A porta se abriu de repente. Rachel se movimentou rapidamente para proteger Lily, empurrando a garotinha para o tapete e se deitando em cima dela, como se uma explosão tivesse acontecido.

— Ah, você *está* viva, então?

Era a voz de Mark. Rachel deu uma olhada em volta. Ele estava caminhando na direção delas, a cada passo se agachando um pouco. Spence recuou para fora do caminho.

— Solte a Lily — Mark pediu, gentilmente. — Por favor?

Rachel levantou as mãos, e Lily rastejou de debaixo dela. Chorando, ela correu para o pai, que a pegou no colo. Ele a virou, como se estivesse procurando algum ferimento em seu corpinho.

— Desculpe. Eu... eu pensei... — Rachel balançou a cabeça. — Eu só pensei...

Mark acomodou Lily no sofá, depois estendeu a mão para Rachel.

— Podemos conversar? — perguntou, ajudando-a a se levantar.

— Na cozinha.

Ela o acompanhou até lá. Ele pensou em se encostar no balcão, mas, vendo a confusão de louça suja e coisas derramadas, mudou de ideia e ficou de pé com as mãos sobre os quadris.

— O que aconteceu?

— Ela gritou na minha cara — Rachel murmurou, mais para si mesma do que para Mark.

— Do que você está falando?

— A Lily, antes de você entrar.

— Do que você está *falando*? Deus, você está me deixando louco. O que está acontecendo com você? Você tem alguma ideia de como o seu pai ficou preocupado?

O rosto de Rachel estava tremendo, sua garganta tentando engolir. Ela apalpou a beirada da mesa. Tinha tomado um Oxy na viagem de volta ou estava apenas exausta? Não conseguia se lembrar.

— Eu não... Meu pai?
— Ele foi buscar a Lily. Na creche.
— Ah, não. Eu ia ligar para ele, mas...
— Quando disseram que ela não tinha ido hoje, e que você não tinha entrado em contato, ele veio até aqui e não encontrou ninguém. Ele já estava meio transtornado quando chegou à minha casa. Eu sei...
— Mark coçou a nuca. — Eu sei que você tem... sabe, questões com o seu pai. Eu entendo. Mas não faça isso com o velhinho.

Ela balançou a cabeça.

— Eu não estava... eu não...
— *É mesmo?*
— Juro que não.

Ele estava sério.

— Você sabe que ele pensou que foi de propósito... E, quando eu liguei e você não atendeu... Do jeito que você tem agido, nós ficamos preocupados que você pudesse ter, sabe, feito alguma bobagem.

Feito alguma bobagem. Quão louca ele achava que ela fosse? O suficiente para pular na frente de um trem com Lily no colo.

Isso tinha que parar.

— Ouça — disse ela. — É Alan Griffin.

Mark deu um passo para trás. Rachel fez um sinal afirmativo com a cabeça.

— Ah, merda. — Mark passou a mão pelo queixo. — Ah, merda, merda, merda... Por que você não...?
— Eu sei, desculpe. Sinto muito, muito mesmo. — Era um alívio falar com alguém que sabia o que Griffin era capaz de fazer; era como se um punho agarrando seus pulmões tivesse se soltado, permitindo que ela respirasse livremente pela primeira vez em dias. — Eu devia ter contado... eu *gostaria de* ter contado para você.
— Ah, uau. Meu Deus. Alan Griffin. Mas já? Eu pensei que ele fosse...
— Conseguiu sair antes de terminar a pena.
— E o que aconteceu?
— Ele me fez ser suspensa do trabalho.

— Como ele...
— Ele roubou meu salário.
— Ele fez *o quê*?

Ela estava tentando se lembrar da sequência dos acontecimentos, mas sua mente havia se tornado um buraco negro, e ela só conseguia se ater a pensamentos aleatórios.

— A foto... *a foto*!

Mark parecia confuso.

— Que foto?
— A minha foto de quando eu era adolescente.
— *Essa* foto?
— *Essa* foto. — Rachel lambeu os lábios. Ela sabia que a explicação não estava clara, que não faria muito sentido, mas contar a ele era como vomitar veneno. Ela não conseguia parar. — Eu estava na academia, e o Griffin mandou para o amigo do Konrad, Pete, pelo Snapchat. Ele entrou na minha conta e mandou aquela foto minha para ele. Para parecer que eu tinha feito isso.

A expressão de Mark ficou mais estranha do que ela esperava.

— Griffin tinha seu telefone?
— Não. Ele invadiu meu telefone.
— Entendi.
— Depois ele me separou do Konrad.
— Mas como...?
— Ele fez o Konrad se envolver com agiotas, depois roubou o dinheiro da minha conta, então ficou parecendo...
— Espere. — Mark balançou as mãos. — Quem roubou? Konrad?
— Não, Griffin. De mim *e* do Konrad.
— Mas como?

Mark parecia perdido. Ela estava prestes a repetir tudo, mas ele a interrompeu.

— Pare, pare, por favor. Eu não estou conseguindo... *processar* o que você diz. — Ele fez uma longa pausa para respirar, os dedos pressionados no peito. — Vamos começar do começo. Tudo bem. Como você sabe que o Griffin saiu da prisão?

— Veja isso. — Rachel abriu o laptop que estava sobre a mesa da cozinha e se sentou em uma cadeira, tentando não notar a maneira como

Mark a estava encarando, como se ela tivesse alguma sujeira no rosto, mas a conversa estivesse muito avançada para interrompê-la. Ela entrou no fórum *Caçadores de Pedófilos*.

— De novo essa gente?

— Espere um pouco.

— Você sabe que isto é como...

— Espere! — Ela deu tapinhas no antebraço dele, suavizando a voz. — Só um pouquinho, está bem? — Rolou a página de Griffin até chegar ao post que dava a notícia de sua soltura.

— Meu Deus — disse Mark. — O que mais você descobriu?

— Você vai gostar disso — disse Rachel, mostrando agora o endereço de seu perseguidor, feliz por Mark finalmente dar mostras de que acreditava nela. — Eu acho que ele mesmo postou, para me desafiar.

Mark franziu a testa enquanto olhava para a tela. Um momento depois, sua cabeça assentiu de um jeito estranho, mas ainda assim definitivo. Ela estava errada. Ele não acreditava. Assim como Becca, ele pensava que ela estivesse inventando tudo isso para chamar a atenção. De que outra forma ela poderia provar? A câmera escondida! Onde ela...?

— Me diga a verdade, Rach — Mark pediu, seu tom calculado, cuidadoso em vez de acusatório. — Você está stalkeando Alan Griffin?

Rachel sentiu os ombros tremerem.

— Estou o quê?

Mark tentou dar uma gargalhada, mas se deteve em um nervoso *hummmm*.

— Você postou o endereço dele. Agora está tentando me dizer que o encontrou. E você...

— Espere... como assim? Você acha que eu postei o endereço dele? Foi... — Ela se aproximou da tela para ler o nome. SóPraVocê. — Mas eu acho que foi o próprio Griffin. Eu só...

— Pare com isso, Rachel... *pare!* — Ele apontou para o nome de login que aparecia no canto superior direito da página do fórum. — *Você está* logada como SóPraVocê. Olha aqui.

Nesse computador. Como era possível?

— Ele deve ter entrado aqui quando eu estava fora — disse Rachel, mas nem ela mesma estava convencida. — Talvez ele tenha vindo.

Ela visualizou a imagem de Griffin, triste e asqueroso, em seu casebre, sua língua nojenta alisando a lata de cerveja, tentando mamar as últimas gotas.
Alguma coisa não estava certa.
Mark clicou no nome SóPraVocê a fim de abrir o perfil. Os campos estavam vazios, sem dados pessoais ou interesses, sem assinatura configurada para comentar nos posts. Ele apontou para os detalhes da sessão em uso.

— Você está logada nesta conta desde as sete e meia da noite de noite. O endereço de Alan Griffin foi postado logo depois desse horário.

Ela olhou para a tela, atordoada. Será que *ela* poderia ter feito tudo isso consigo mesma? Tinha enviado aquela foto do Snapchat, transferido o dinheiro para a conta de Konrad, apagado os registros de seus pacientes e postado aquela foto constrangedora de Becca? A mensagem que ela recebera quando Konrad foi embora — *VOCÊS TODOS SÃO MEUS AGORA*... Ela mandara aquilo de algum telefone que ficava escondido atrás do sofá? Isso era possível? Será que tinha tomado analgésicos demais e passado fome demais a ponto de danificar o cérebro?

Mark estava esfregando os braços dela, como se ela tivesse dito a ele que estava com frio.

— Nós vamos superar isso, ok? Eu estou aqui. Você não está sozinha, Rachel.

Ela não estava ouvindo. Sua dor de cabeça tinha ficado afiada feito um bisturi. Precisava dormir um pouco, deixar seu subconsciente peneirar tudo, falar com ele amanhã, com os olhos descansados. Seria melhor se ele levasse Lil...

Um grito estridente veio da sala. Mark saiu da cozinha em um flash. Ela o seguiu, movendo-se tão devagar que parecia estar se arrastando.

Mark estava no chão, balançando e aconchegando Lily. Spence estava sentado nos calcanhares, com a boca aberta e as mãos na cabeça, como se estivesse congelado em uma tela. Rachel viu o sangue. Tanto sangue. Cobrindo o pequeno braço de Lily e escorrendo na calça de Mark. Ao lado deles estava a faca de cerâmica vegetal, a lâmina branca manchada de vermelho.

— Vocês são enfermeiros, porra — gritou ele. — Façam alguma coisa.

32
SANGUE

Lily tinha colocado a mão embaixo do sofá para procurar um lápis de cera que rolara para lá, e em vez disso encontrara a faca. O corte se desenhava na palma de sua mão, desde a base do mindinho até a almofada de carne ao lado do polegar. Embora não fosse profundo, sangrava como uma artéria rompida.

Mark enrolou Lily em sua capa de chuva bege, que, Rachel notara em seu torpor, era tão moderna e nova quanto o resto de seu guarda-roupa. Segurando a filha contra o peito, ele correu a pé para o Hospital Whittington. Rachel o seguiu a esmo pelas ruas molhadas, incapaz de alcançá-lo, suas pernas rígidas e desajeitadas.

Ela passou pelas ambulâncias, pelas portas de correr, e entrou no inferno iluminado da sala de emergência movimentada. Como todas as enfermeiras, ela tinha feito um estágio naquele hospital, um período de duas semanas no calabouço, também conhecido como Hospital de Ealing. E, como todos os alunos, Rachel achara a experiência emocionante, dramática, mais que tudo, aterrorizante, especialmente os turnos de sexta-feira à noite, quando o cheiro de alvejante, cerveja e arrotos de kebab a fazia vomitar no banheiro metade da noite. Raramente o termo "primeira e última vez" era usado com mais propriedade.

Ela escaneou o lugar, ouvindo gemidos e tosses vindos das cadeiras plásticas da recepção. Nenhum sinal de Lily ou Mark. A recepcionista, uma mulher mais velha com a linha do cabelo recuada e um ar que sugeria que tinha ouvido mil perguntas estúpidas só na última hora, havia informado que os dois estavam na triagem, mas ela não poderia entrar.

— Eu sou a mãe dela — Rachel gemeu.

— Se você diz... — disse a mulher.
— Eu sou enfermeira.
— Então você nem precisaria perguntar. — Sua expressão se suavizou. — Sente-se. Eles já vão sair.

Rachel se empoleirou na última de uma fileira de cadeiras cinzentas tortas. Olhou fixamente para a televisão afixada na parede, onde uma loira atrevida abria um sorriso depois de beijar sua melhor amiga, mas isso não conseguiu distrair Rachel da terrível verdade: ela era uma péssima mãe. Se alguma vez tinha precisado de provas desse fato, havia visto a prova hoje. Quem deixava uma faca afiada embaixo do sofá quando havia uma criança em casa? Pior: ela nem se lembrava de tê-la colocado lá! Achava que estava no quarto dela, embora isso não fosse muito melhor. Que tipo de mãe? Patético.

Finalmente Mark saiu, com Lily agarrada a ele como um coala, sua capa de chuva manchada dobrada como um travesseiro no ombro dele. Rachel saltou da cadeira, mas ele fez um sinal com a mão e veio até ela. Ela queria arrancar a filha dos braços dele — *Ela é minha, ela é MINHA!* —, mas era como se tivesse perdido algum direito primordial de maternidade. Por que ela deveria ser a única a confortá-la quando ela era a culpada?

Vinte minutos depois, um médico júnior estava costurando a ferida. Rachel chorou enquanto a agulha perfurava as cristas rosadas da pele, esmagada pelo conhecimento de que, sempre que a filha olhasse para aquela cicatriz, iria se lembrar da negligência de sua mãe. Lily ficou sentada no colo de Mark enquanto o procedimento acontecia, arrancando a mão de Rachel quando ela tentava colocá-la em seu ombro, virando a cabeça quando a mãe tencionava beijá-la na bochecha.

— Ela está cansada — disse Mark depois que Lily foi liberada, mas o olhar resignado em seu rosto dizia outra coisa. No íntimo, no fundo da alma, Rachel estava destruída. Isso emanava dela como um odor corporal, um feromônio de fracasso. Ela tentara encobri-lo, mas, se alguém se aproximasse demais, mais cedo ou mais tarde sentiria o mau cheiro de sua verdadeira natureza e iria desejar fugir dela. Primeiro seus pais, agora Mark e Lily, com todos os amigos, colegas e conhecidos ao longo do caminho. Quem tinha sobrado? Ninguém.

Ela estava sozinha.

Sempre tinha estado, sempre seria.

No apartamento de Mark, depois que Lily foi colocada na cama, os dois ficaram juntos no corredor. Ele chamou Rachel para se sentar na sala, mas ela disse que não ia ficar lá por muito tempo. O lugar cheirava a brócolis desidratados; ele devia estar cozinhando legumes quando saiu e ter esquecido de desligar o fogão.

— Eu não vou tomar a Lily de você — disse Mark. — É só até...

Ele deixou as palavras no ar. Até quando? Até ela colocar a cabeça no lugar? Até Griffin ir embora? Até o inferno congelar? Rachel assentiu, passando o dedo sobre uma gota de tinta seca na parede, mordendo os lábios para não chorar. Não queria estar lá. Não queria estar em nenhum lugar. Queria ficar no escuro e perdida, desaparecer completamente.

— Me diga que você entendeu, Rach.

— Eu entendo — ela respondeu, sem conseguir olhar para ele.

— É que, depois do que você disse... Ontem...

Tinha sido no dia anterior? Parecia fazer um ano.

— Está tudo bem.

— Eu não quero que você vá para casa, tome um monte de remédios e fique paranoica achando que eu quero roubar a nossa filha de você.

— Eu não vou fazer isso.

— Certo. Certo. Bom, foi só um corte... está tudo bem. Mas, se alguma coisa mais acontecesse... O serviço social, sabe como é.

Sim, ela sabia. Tinha sido treinada para procurar os sinais, havia visto serviços de apoio à infância entrarem na sua enfermaria para entrevistar pais acusados de negligência. Com a superioridade do ignorante, tinha jurado que aquilo nunca aconteceria com ela.

Mark colocou a mão no seu ombro.

— Fique aqui também. O tempo que você quiser.

— E a sua namorada?

— Você ainda é minha amiga. Minha melhor amiga.

A bondade em seu rosto derrubou todas as suas defesas, e ela começou a chorar.

— Desculpe. Eu sinto tanto.

— Eu gostaria que você tivesse me contado. Você acha mesmo que foi o Griffin?

— Não tem outra explicação.

Não estava lá? O não dito pairava entre eles como um fantasma, arrefecendo o ar. Quem estava logado como SóPraVocê quando o endereço de Griffin apareceu no caca-pedofilos.net? Quem estava logado no Snapchat quando aquela foto fora mandada para os amigos de Konrad? Em qual conta a foto de Becca tinha sido publicada? Não seria a explicação mais simples e convincente para tudo o que ela estava fazendo *consigo mesma*? Que ela havia caçado Alan Griffin em alguma fuga amnésica louca e postado seu endereço na internet?

Durante o dia, enfermeira e mãe; à noite, uma stalker maluca e autodestrutiva.

— Então, o que nós vamos fazer sobre isso? — Mark quis saber.

— Eu não sei.

— A polícia.

— Não posso.

— Eu sei que da última vez eles...

— *Não*, Mark. Por favor... — Ela apertou os dedos, culpada, como se eles tivessem tomado algo de alguém. — Você não sabe da história toda. Ele complicou a vida do Konrad, fez parecer que ele roubou o dinheiro da minha conta.

— E você não acha que talvez...

Ela tinha visto Konrad na porta de seu quarto, lutando para conter as lágrimas.

— Não foi ele.

Mark deu de ombros, mas ela sabia que não estava convencido.

— Descanse um pouco. Amanhã nós conversamos.

O que ela não daria por uma boa noite de descanso, para acordar renovada e alerta, pronta para enfrentar o horror que sua vida havia se tornado, mas Rachel sabia que isso não aconteceria. Começou a caminhar na direção da porta, mas parou e tentou dar um sorriso.

— É... hum, sério? O seu namoro com essa menina?

— Acho que pode ser.

— Que... que bom. Já estava na hora, viu?

Ele se aproximou e os dois se abraçaram.

— Obrigado. Talvez... você sabe. Gostaria de conhecê-la? Quando tudo isso... sabe...

— Eu gostaria sim.

— Rach?

— O quê?

— *Coma alguma coisa.*

Spence ainda estava na casa dela, como disse que estaria, comendo chow mein de uma bandeja de papel-alumínio prateado. Quando ela abriu a porta, ele correu para ajudá-la, pegando seu braço e abraçando-a até o sofá, como se ela fosse uma parente idosa que tinha ficado fora por horas sem contar a ninguém.

— Como foi?

O cheiro de soja e gengibre no hálito dele provocou um espasmo em seu estômago, e Rachel precisou segurar a ânsia. Ela olhou para onde tinha acontecido, lembrando-se da piscina de sangue no tapete azul. Spence havia reduzido a mancha a uma sombra cor de ferrugem. O sangue de Lily. *O sangue de Lily.* Estaria lá para sempre, para que ela visse. Algo parecia ceder na mente de Rachel, como as ripas de uma cama se quebrando debaixo de um colchão que tinha sido forçado vezes demais. Ela se curvou para a frente e soltou um gemido.

— Foi um erro — murmurou Spence, acariciando suas costas. — As pessoas cometem erros.

— Que erro é esse que assusta uma criança?

— Você tem estado sob um estresse muito grande.

— Ela está melhor longe de mim. Eu... eu não quero que ela se transforme em uma cópia da mãe.

— Não tem nada de errado com você. Você é incrível. Você é maravilhosa.

— Eu tinha que saber que a faca estava lá.

— Foi um acidente.

— *Acidente*? Um acidente é quando você tropeça no meio-fio, ou quando derrama café na roupa. Um acidente é quando você mistura roupas brancas e coloridas na máquina de lavar. Quando a sua filha corta a mão numa faca que *você* deixou escondida, não é um acidente.

— A culpa também foi minha. Eu estava no telefone, e não estava prestando atenção nela. — Spence apontou com a cabeça para sua bandeja de macarrão semiacabado. — Quer comer um pouco? Eu já estou satisfeito.

Ela balançou a cabeça.

— Estou enjoada. Vou tomar um copo de leite morno na cama.

— Estou preocupado com você.

— Por favor, não fique.

— Eu não sou bobo, Rachel. Você poderia esculpir o rosto de uma supermodelo com esses ossos saltados no rosto.

— Olha, você pode ir embora... Eu só...

Spence a calou com um estalar de dedos atrevido.

— Nananinanão. Spence fica.

— Você realmente não...

— E, se alguém bater, vai ser recebido com um *iá*! — Ele executou um conjunto de golpes contra o ar. — A menos que seja um cara gostoso, e nesse caso pode ser um *oi*!

Ela podia ver o quanto ele estava se esforçando para animá-la. Como ela poderia ser tão egoísta mantendo-o ali? Ele deveria estar na Grécia, bebericando champanhe na covinha da bochecha de um cara gostoso, não grudado no seu sofá gelado.

— Você já falou com Andreas? Já explicou...?

— Amanhã nós vamos ter tempo para falar sobre o meu mais recente infortúnio amoroso, amiga.

— Ah! Mas ele...?

Spence bateu palmas.

— Cama. *Agora*. Eu subo em cinco minutos com o seu leite.

Rachel acordou no escuro, assustada. Alguém tinha gritado.
Lily? Onde estava Lily? Sua mente voltou a girar... *Meu Deus.*
A faca.
O sangue da sua menininha.
Rachel deu um tapa no abajur sobre a mesinha de cabeceira. Ela provavelmente tinha acordado com seus próprios gritos, como um soldado

com estresse pós-traumático. A cama parecia sólida, os lençóis ásperos, fibrosos. Essa não era a cama dela. Era o chão. O chão de onde? Tinha sido sequestrada? Ela rolou para a frente, tateando no escuro, uma efervescência elétrica de medo indo do pescoço até os calcanhares, até que a parte de trás dos dedos bateu em uma superfície de madeira. Ela sentiu os móveis, a perna de uma cômoda, e deu um gemido. Era a *sua* cômoda. Estava no chão do *seu* quarto. Pronto, ela conseguira. Tinha ficado inconsciente depois de vários comprimidos para dormir, caído da cama e rastejado. Como as pessoas fazem. Quando estão loucas.

Passos saltaram escada acima. A luz do corredor acendeu. Rachel se arrastou para trás, batendo com a cabeça no aquecedor.

— Rach... *Rach!*

— Estou aqui — ela chamou, esfregando a parte de trás do crânio. A porta se abriu. Spence entrou, sua silhueta de frente para a cama.

— Rachel?

— Aqui. — Ela se arrastou para cima, apoiando-se na mesinha. Ele procurou o interruptor e o ligou.

— O que você está fazendo aí no chão?

— Eu não... — ela começou, protegendo os olhos, mas depois viu as pernas dele.

Ainda estava sonhando? Presa em um pesadelo onde você pensa que acorda de novo e de novo, mas nunca realmente acorda?

Todo aquele sangue não poderia estar lá de verdade.

Abaixo de sua camiseta Mykonos, passando pela calça de pijama hipster cinza xadrez, riachos vermelhos corriam pelas coxas de Spence como um código de barras sangrento. Ela abriu a boca para falar, mas nada saiu. Isso não estava acontecendo.

— Está tudo bem, Rach. Fique calma. Não é tão ruim como parece.

— O que... o que... o que...

— Eu estava dormindo — ele contou, agachado ao seu lado. Sua pele estava úmida, seu queixo tremendo. Pontos de cortes minúsculos cobriam suas pernas. — Eu ouvi um estrondo, e... — Ele fechou os olhos e baixou a voz. — Alguém atirou um *tijolo* pela janela.

Ela o seguiu até lá embaixo. A cortina havia retido a maior parte dos cacos maiores, mas migalhas de vidro ainda cobriam o sofá.

— Não podemos ficar aqui — disse ele. — Vamos para a minha casa.

Enquanto Spence cobria o buraco o melhor que podia com papelão e fita adesiva, depois pegava uma muda de roupas dela, Rachel se balançava na poltrona, agarrando a cabeça com as pontas dos dedos, como se estivesse quebrada no meio e tivesse que segurar os dois lados juntos até que conseguissem ajuda.

Eles saíram da casa um pouco antes das seis. Ainda estava escuro, o ar gelado, as primeiras luzes da manhã invadindo o horizonte. Abaixados, como se o pavimento estivesse sendo varrido por holofotes, eles percorreram as ruas menos movimentadas, olhando ao redor a cada poucos segundos para ver se estavam sendo seguidos. Saíram na Holloway Road a tempo de ver um táxi preto estacionado perto de um ponto de ônibus. Spence correu para ele, levantou o braço e os dois se sentaram no banco de trás. Manchas de sangue apareciam através do seu jeans skinny. Ele se inclinou para falar com o motorista através da divisória.

— Desça a Seven Sisters no sentido Tottenham. Eu explico quando você estiver perto.

Rachel pôs a mão na gola do casaco. Tinha fechado tão apertado que ela não conseguia respirar. Terror atrás de terror atrás de terror, sua vida tinha se transformado em um sobressalto sem fim. Ela se curvou, as mãos pressionadas no peito, uma sensação de chumbo se espalhando ao redor de suas costelas. *Quando isso iria acabar? Ele não iria parar até que ela morresse?*

— Está tudo bem, tudo bem — disse Spence, acariciando suas costas. — Você está segura. Você está comigo agora.

33
ENFERMEIRA

Primeiro ele ligou para a enfermaria.
— St. Pancras, Oakwood.
— Bom dia. Com quem estou falando?
— Ah, olá. Eu sou Hannah. Eu sou a... estagiária aqui. Quer falar com a...?
— Não, não, está tudo bem. Pode ser você mesma! Meu nome é Phil Jenkins, e meu pai, Michael, esteve recentemente com vocês, recuperando-se de um problema no quadril. Ele está se sentindo muito melhor agora e me pediu para entrar em contato para que ele possa mandar uma lembrancinha para os enfermeiros tão simpáticos que cuidaram dele. Poderia me passar o seu endereço completo, por favor?
— Claro, claro. Ele pode encaminhar aqui para a enfermaria. Nós estamos na St. Pancras Way, 4, Kings Cross... Espere um segundo... Certo, eu tenho aqui. NW1 0PE.
— Perfeito. Obrigado, Hannah. Só mais uma coisa: meu pai disse que um dos enfermeiros daí foi especialmente atencioso com ele. O nome dele é... Spence... errr... alguma coisa.
— Spence Borrowman?
— Sim, esse mesmo. Como se soletra o sobrenome?
— B-O-R-R-O-W-M-A-N.
— E quem é o chefe do setor? Eu gostaria de incluir o nome no cartão.
— Você quer dizer a Linda?
— Linda...?
— Linda Green. A gerente da enfermaria.
— Ótimo. Agradeço novamente, Hannah. Você foi de grande ajuda.

Depois ele ligou para a gerente.

— Linda falando.

— Estou falando com Linda Green, gerente da enfermaria Oakwood do Hospital St. Pancras?

— Sim, ela mesma. Algum problema?

— Meu nome é David Steer, e estou ligando do Departamento de Trabalho e Pensões. Tenho que começar informando que esta ligação está sendo gravada. Estamos investigando um possível trabalhador ilegal, um senhor chamado Spencer Borrowman. B-O-R-R-O-W-M-A-N. Você pode me ajudar?

— Spence? Mas ele é inglês.

— O problema não é a nacionalidade. Nós temos razões para acreditar que os registros dele como enfermeiro são falsos.

— Não, eu não posso acreditar...

— Se preferir, podemos marcar uma reunião aqui no escritório para uma entrevista formal.

— Bem... eu...

— Se importa se eu lhe fizer algumas perguntas?

— Sim, claro, claro. Desculpe, eu tenho interesse em ajudar. Nós estamos enfrentando alguns problemas no momento. Uma enfermeira está suspensa. Quando os problemas começam, é um atrás do outro.

— Poderia confirmar há quanto tempo o sr. Borrowman é contratado desse hospital?

— Bem, vejamos, ele começou como enfermeiro reserva, uma espécie de freelancer, para cobrir as folgas de Rowena Feldman. Ela acabou se mudando...

— Há quanto tempo foi isso?

— Menos de um ano, talvez onze meses. Eu posso...

— E antes disso ele trabalhou como enfermeiro freelancer para diferentes hospitais?

— Eu presumo que sim.

— E você tem os detalhes de onde ele se graduou? De acordo com os nossos registros, foi na Universidade Lincoln.

— Espere um momento, por favor. Vou verificar... Certo, aqui está. Coventry, é a informação que eu tenho.

— Em qual período?
— De 2005 a 2008.
— Hmmm... Exatamente como nós pensávamos. Olha, por enquanto é isso. Nós vamos visitar você nas próximas semanas para entrevistar o restante da equipe.
— Ótimo. Ótimo.
— Meu nome é David Steer, ramal 434. Para o caso de você precisar entrar em contato.
— Obrigada, obrigada.
— Eu é que agradeço, Linda.

�# PARTE 3

34
RECUPERAÇÃO

De onde veio esse nome, reality show? Quando foi que, no mundo real, você foi forçado a conviver com um monte de pessoas barulhentas e divertidas, e a votar nelas semana após semana? Quando foi que, no mundo real, você teve que competir contra um bando de rivais lindas e perversas pela atenção de um milionário bonitão que, por razões pouco convincentes, foi incapaz de encontrar o par perfeito pelos próprios esforços? Deveriam ser chamados de shows de fantasia, shows de sonho. São programas que nos fazem sair da realidade.

Os favoritos de Rachel eram os que tinham uma reviravolta no final. A milionária é pobre, a modelo é uma faxineira. Aquele cara que tocava piano era, na verdade, um mês atrás, um criador de porcos que morava no Uzbequistão. Ela gostava de ver o momento em que a verdade era revelada, a surpresa crescendo no rosto daqueles que haviam sido enganados. Aninhada no canto do sofá de Spence, o edredom puxado até o queixo, ainda sentindo frio apesar de suas camadas de roupa — um frio havia penetrado como geada de inverno nos alicerces de seu corpo —, ela tomava chá de ervas e mergulhava talos de aipo no sal enquanto esperava pela grande revelação.

— Eu odeio a Georgie — disse Spence. — Essa cadela cor de cenoura. Parece que faz esfoliação com Cheetos.

Na tela, uma morena digna de concurso de beleza usando vestido de festa preto conspirava na piscina com Danielle, a ruiva advogada de direitos humanos de sorriso brilhante, a preferida dos dois para vencer a disputa.

— O Cameron não gosta de gente falsa — respondeu Rachel. — Se a Danielle contar para ele que a Georgie mentiu sobre ser veterinária, ele vai votar para ela sair.

— Esse é o problema da Danielle. Ela não vai trair a confiança de ninguém, mesmo de uma cadela ardilosa como a Georgie.

— Ela tem que ficar com a cabeça no jogo.

Spence se debruçou sobre o edredom de Rachel, em posição de hi-five.

— Vai Danielle!

Ela bateu na palma da mão dele.

Cameron. O homem perfeito. Um metro e oitenta de músculos largos e gestos graciosos, com os olhos pensativos de um astro de novela e o coração de um membro do Médicos sem Fronteiras. Seu segredo: antes um milionário do ramo da tecnologia, tinha doado toda sua fortuna para a pesquisa da malária e agora trabalhava como faz-tudo em um orfanato no México. De todas as víboras que exigiam sua atenção, Danielle era a única digna, a única capaz de vestir um macacão, pegar uma vassoura e viajar com ele até Oaxaca.

No fim do episódio, Rachel e Spence aplaudiram enquanto Cameron mandava Georgie embora da mansão.

— Ele enxergou a verdadeira face dela — disse Spence.

— Mais falsa que os peitos dela.

Ele se recostou no sofá, rindo.

— Você é muito má. Mas eu te amo mesmo assim. — Ele se esticou, girando um punho no ar e depois o outro. — Vamos jantar?

— Qual é o cardápio de hoje, chef?

— Carbonara?

— Hummmm... delícia.

Ela estava na casa dele fazia uma semana, e nesse meio-tempo Spence se mostrara tão hábil na comida italiana quanto nos sabores marcantes da Ásia ou nas especiarias da Índia.

O apartamento dele era do tipo loft, por isso Rachel podia vê-lo cozinhar enquanto descansava no sofá cinza de camurça. Enquanto ele despejava água fervente na panela cheia de esparguete, cantarolando uma melodia alegre que soava como parte de um musical, ela passava pelos canais da TV, parando em Good Food+1, onde uma mão bem-cuidada deslizava um descascador prateado ao longo de uma ponta de aspargo. O locutor explicava as maravilhas dos vegetais da primavera.

No início, repelida pela ideia de alguém vê-la comer, Rachel não queria que ele preparasse refeições, dizendo que preferia beliscar, mas ele insistira.

— Você não é obrigada a comer — disse ele —, mas vai estar lá se quiser. — Ele tinha sido tão bom com ela, insistindo que ficasse o tempo que precisasse, mesmo depois de lhe ceder seu quarto, com a cama de casal e o banheiro da suíte, que ela não queria decepcioná-lo. Além disso, ao tentar fazê-la comer na hora das refeições, ele estava fazendo a coisa certa para ajudá-la na recuperação. Eles fariam o mesmo em uma clínica. E ela queria se recuperar, claro que queria. Estava no chão e precisava se levantar. Só precisava de mais tempo. Mais alguns dias.

O apartamento de Spence era perfeito para se esconder. No quarto andar de um novo empreendimento castigado pelo vento perto da Circular Norte, no fundo de um condomínio fechado, ficava enterrado bem no interior de Londres. Griffin nunca a encontraria ali. Ajudava o fato de ser um ótimo lugar para passar uns dias — ela não sabia por que Spence o depreciava tanto. Antes, sempre que ela sugeria vir até sua casa, ele desconversava, como se fosse embaraçoso que ela descobrisse onde ele morava.

Sim, era pequeno, apenas uma cozinha/lounge, sala e quarto, e a região nunca seria apresentada no *Evening Standard* como um novo bairro hipster, a não ser que alguém abrisse uma barbearia-café ao lado do posto Esso, mas a decoração era uma graça. O abajur branco de plumas, as gravuras parisienses monocromáticas, cada uma em sua própria moldura, espaçadas ao longo da parede do fundo, as prateleiras embutidas cheias de livros interessantes, velas bojudas e esculturas de pauzinhos de madeira polida que pareciam ter vindo da África. Era tão diferente bagunça que ela tinha em casa.

Na televisão, os aspargos estavam sendo fritos em uma frigideira, um lado já marcado com grossas linhas escuras. A mão habilidosa polvilhou sal grosso sobre eles. Rachel esticou a perna, massageando a crescente dor na coxa. A sensação boa em sua cabeça também estava diminuindo. O efeito do Demerol estava acabando. *Droga*. Ela tremeu e puxou o edredom sobre a boca, esperando que seu hálito se recuperasse e aquecesse a parte de cima do rosto. Estava ficando mais frio? A última dose não tinha durado muito, talvez umas duas horas. Antes eram mais fortes. Opiáceos. Talvez estivessem velhos, desatualizados. Ela esperava que sim. Com a resistência vinha a dependência física, e *isso* era uma coisa de que ela não precisava, não em cima de todo o resto.

Quando chegaram ao apartamento de Spence, uma semana antes, ela entrara em pânico. Havia esquecido de lhe contar sobre o cofre, e, por mais horrível e viciada que soasse, tinha certeza de que não conseguiria passar dias sem ele. Estava no limite, podia sentir os dedos dos pés pendurados no abismo, e temia que a próxima espiral de vergonha pudesse mandá-la para o fundo do poço. No fim, acabou não sendo um problema.

Quando Rachel abordou o assunto com ele, pensando que talvez os dois pudessem passar em uma consulta de emergência com um clínico geral, ele admitiu, com um pouco de vergonha, ter em casa um grande estoque farmacêutico, roubado ao longo dos anos, em sua maioria de pacientes mortos. Não era uma coisa incomum para funcionários de hospital — médicos, enfermeiros e faxineiros faziam isso o tempo todo —, e não era algo que ela condenasse, mas também não ia ser presunçosa, especialmente porque ela desfrutou do tesouro do amigo assim que lhe foi oferecido.

Nos primeiros dias, Rachel havia ficado na cama. Luzes apagadas, porta fechada, edredom puxado, ela se concentrava na fome; era como a maré, às vezes alta, às vezes baixa, mas sempre lá, dando voltas e voltas em torno dela. Não comera nada naquele período, bebendo apenas água quando a garganta ficava muito seca de tanto chorar, recusando os pedidos de Spence para tomar um copo de leite morno, uma tigela de sopa de legumes, meia banana, alguma coisa. Ela não merecia comer.

Não queria falar sobre o que fazer a seguir, por exemplo, como lidar com Griffin, ou que novo pedaço de sua vida ele estava colocando no triturador enquanto ela não estava em casa. A única bênção de tudo aquilo era o fato de que o tijolo atirado contra a janela pelo menos tinha provado que ela não era uma esquizofrênica tentando sabotar sua própria sanidade, a não ser que escorregar por um cano de esgoto fosse um dos superpoderes do seu subconsciente. Quanto ao conforto, era tão útil quanto um cobertor sobre uma cama de facas. O mundo dela ainda estava despedaçado.

Enquanto isso, a voz anoréxica, constante como o zumbido, tinha colocado coberturas nas sombras de sua mente e tocava ruídos de horror — metal ruidoso, mulheres gritando, risos demoníacos — por trás de frases de efeito preocupadas. *Você não pode comer. Você não vai comer. Nunca mais vai comer.* Os analgésicos tinham ajudado, reduzido o volume dos sons a um sussurro, e às vezes ela tentava confrontar a voz, gritando *Eu te conheço! Não vou deixar você ganhar!* Mas na maioria das vezes ela se obrigava a ouvir. E, quanto mais ouvia, mais a voz fazia sentido, especialmente quando falava de Lily.

Havia muitos argumentos a serem apresentados para que Lily estivesse melhor sem ela. Analisando objetivamente, uma pessoa que não estivesse envolvida na situação não poderia ser culpada por chegar a essa conclusão. Onde Lily estaria mais segura? Onde ela ficaria mais feliz? Onde ela teria a chance de ter a melhor vida possível? De um lado, havia Mark, estável, com dinheiro e uma nova namorada que ele levava a sério, e que amava a menina tanto quanto ela. Do outro, havia Rachel: azarada, irresponsável, anoréxica, ansiosa e deprimida, cuja própria gravidade parecia atrair coisas ruins. Talvez dali a alguns anos, ao ser levada de volta à ala psiquiátrica depois de mais uma rodada de terapia de eletrochoque, ela olhasse para trás, para o que Griffin estava fazendo com ela, e achasse que tinha sido a melhor coisa. Isso afastara Lily antes que ela tivesse muito contato com a loucura de sua mãe.

Com o tempo, Rachel percebeu que não poderia se esconder no quarto de Spence para sempre. Quer ela quisesse ou não, precisava dar o pontapé inicial no processo de recuperação. Então, ela se arrastou para fora da cama, sentou-se no sofá e tentou comer — embora talvez não tanto quanto Spence apreciaria, ele que sempre parecia um pouco um pai orgulhoso vendo o filho fazer xixi sempre que Rachel tirava chocolates da caixa. Ela se sentia culpada e um pouco patética ao desembrulhá-los, fingindo colocá-los na boca, depois escondendo-os no bolso — e mais tarde, sem saber se eles iriam entupir o encanamento, embaixo do colchão dela, bem embalados para que não derretessem e sujassem tudo —, mas a vergonha e o sigilo, todo o falatório exaustivo, faziam tanto parte disso quanto a emoção ilícita do orgulho por seus poderes de negação. Ela se confortava muito e constantemente com o fato de ser mais forte do que alguém jamais saberia.

Rachel bocejou e abriu bem os braços até que as articulações estalaram ao longo da coluna. Sem exercício diário, seus músculos haviam enrijecido e seus ossos pareciam quebradiços como gelo fino. E não era só isso. Ela tinha dores nos rins e no peito, e uma pulsação permanente e indefinida no ventre, logo acima do útero. A menstruação, que deveria ter chegado fazia dias, não mostrava sinais de sua presença. Ela procurou a embalagem plástica âmbar de Demerol entre as almofadas do sofá e colocou os dedos na tampa de rosca. Pessoas normais não viviam dessa maneira. Mas o que mais ela poderia fazer? Ela estava ali. Estava acontecendo. Ela não podia mudar sua situação imediata transformando-se em outra pessoa simplesmente ao olhar para seu reflexo e desejando que assim fosse. A recuperação era um processo, tanto quanto a própria fome, e não podia ser apressada.

O programa de culinária fez uma pausa para o comercial. Ela desligou a televisão e esfregou os olhos. Da cozinha vinha um aroma pungente de pancetta que lhe deu água na boca e fez seu estômago pulsar. Qual era a sua contagem calórica? Quanto mais baixa estivesse, mais ela podia comer hoje à noite. Tinha estabelecido para si mesma uma meta de quinhentas, alta o suficiente para ser uma plataforma para os quatro dígitos, mas não tão grande a ponto de ser intimidante. Um belo número redondo que ela conseguiria alcançar ao longo do dia. Tinha tentado desde a manhã — um copo de leite semidesnatado, cem mililitros cravados, 47 calorias. Sete palitos de cenoura, seis calorias cada mais ou menos, totalizando 42. Juntando tudo, 49. Não, 89. Ela esfregou os olhos. Sua cabeça estava entorpecida, então ela chamou Spence na cozinha para lhe emprestar seu celular. Na pressa de fugir, tinha deixado o dela em casa. No começo ela ficara irritada por não o ter, mas agora parecia mais um alívio não ser atraída para olhar para a tela a cada minuto.

Ele desligou o exaustor acima do fogão, parou de mexer e colocou a mão na orelha.

Rachel fez uma concha com as mãos e fingiu estar segurando algo.

— Telefone.

— Não se você for ficar feito um zumbi olhando os Instas de bolos novamente. Ele abriu a boca e lhe mostrou a língua. — Aquilo é meio assustador.

— Deixa eu me divertir.

Ele deu de ombros, pegou o aparelho do balcão, passou o dedo ao longo da tela para destravá-lo e o jogou para pousar na almofada ao lado dela. Quando Rachel a alcançou, o músculo que cobria suas costelas fez um espasmo. Felizmente Spence tinha ligado o exaustor, então não a ouviu gemer. Ela só deveria tomar o próximo Demerol depois do jantar, dois comprimidos para dormir, mas achou que não poderia esperar tanto tempo. Além disso, qual a diferença? Sentir dor não era gostoso.

Ela abriu a calculadora e começou a somar as calorias, mas uma onda de tristeza a varreu e ela pressionou os olhos com os dedos, tentando parar as lágrimas. O que estava *fazendo*? Fechou o aplicativo e foi até as mensagens dele. Abriu a que Mark tinha enviado na noite anterior, uma foto em close do rosto sorridente de Lily com as palavras *Não se preocupe comigo, mamãe. Fique boa logo bj.*

Rachel pensou na sua voz doce, no seu sorriso lindo, no modo como se agarrava a ela enquanto as duas desciam para tomar o café da manhã. Mesmo agora, quando Lily era capaz de subir e descer a escada sem usar o corrimão, ela insistia no trenzinho da mamãe toda manhã. A melhor parte do dia era a sensação dos braços de sua filha enrolados em torno dela. Naqueles momentos tudo fazia sentido, e ela entendia por que gostava de ser mãe.

Todos os outros personagens de sua vida, Konrad, Becca, até seu pai, tinham desistido dela — todos eles tinham ou podiam facilmente obter o número de Spence, mas nenhum se preocupara em entrar em contato para saber se ela estava bem. No entanto, Lily a amava, ela estava certa disso, apesar de sua reação hostil no hospital. Como ela poderia abandonar sua filha? Como poderia deixá-la para trás?

Rachel se lembrou do pai na cozinha falando sobre a mãe dela. *Ela se livrou de mim, depois de você...*

Foi mesmo isso que aconteceu quando ela foi morar com a avó? A mãe dela a mandara embora para que pudesse morrer de fome? Será que ela estava fazendo a mesma coisa? Spence estava fadado a ficar de saco cheio de tê-la como hospede, e mais cedo ou mais tarde ela teria que ir para casa. Lily não poderia morar com ela, não no estado em que Rachel estava. O que aconteceria depois?

Você sabe o que vai acontecer depois.

Rachel bloqueou o telefone de Spence, e seu coração se apertou quando o rosto de Lily desapareceu na escuridão. Mordeu as costas da mão. Ela precisava se acalmar. Tudo estava começando a se agitar por dentro. Sua mãe devia ter se sentido assim: como se tivesse falhado, como se não houvesse alternativa, como se sua filha pudesse ter uma vida melhor longe dela. Rachel torceu a tampa do Demerol e derrubou dois dos pequenos comprimidos brancos em sua palma. *Que se foda.* Ela sacudiu o frasco de novo e empurrou os três para a boca, moendo-os entre os dentes, estremecendo com o gosto amargo.

Da cozinha veio o som de uma rolha sendo tirada de uma garrafa de vinho.

— Está pronto! — Spence disse.

Ela se encolheu sobre a mesa.

— Você realmente não precisava caprichar tanto todo dia — disse ela, enquanto ele puxava sua cadeira.

Ele sempre fazia alguma coisa especial para o jantar. Em uma toalha de mesa branca, recém-tirada da máquina, Spence tinha colocado um jogo americano de tecido preto, os talheres alinhados com precisão dos dois lados, as taças postadas a uma distância pouco respeitosa dos últimos dentes de seus garfos. No cenário constava ainda uma delicada tigela turquesa com parmesão fresco ralado, uma colherinha de prata enterrada na lateral como se fosse um dardo. A fileira de velas acesas no fundo de copos foscos no balcão dava à cozinha um brilho romântico. Ele não precisava caprichar tanto, mas ela apreciava seu esforço para tornar tudo agradável, para fazer o melhor ambiente possível para que Rachel comesse.

— Saúde — disse Spence, inclinando sua taça na direção dela.

Rachel brindou com ele e tomou um gole de dez calorias, saboreando o sabor seco do carvalho.

— O cheiro está maravilhoso — elogiou ela, aproximando o nariz do gracioso turbilhão de massa envolvida em molho, salpicada com pimenta-do-reino preta e pancetta, no seu prato. O músculo beliscou sua costela novamente, mas Rachel disfarçou a dor e continuou fingindo estar gostando do aroma enquanto massageava freneticamente a área com a ponta dos dedos até que conseguiu se sentar em posição ereta. Ela rezou para que os comprimidos entrassem em ação logo.

— Bom apetite — desejou Spence.

— Para você também — respondeu Rachel, separando um fio de espaguete. Ela girou o garfo para prendê-lo, sufocando-o no molho, e o levou à boca. Mastigou lentamente, metodicamente, demorando minutos para terminar. E repetiu.

Felizmente, Spence não a encarava. Em vez disso, ele comia seu jantar como um ser humano normal, usando o guardanapo entre as mordidas, e continuava a conversa como se não estivesse dividindo a mesa com uma louca de pedra. Ela não merecia ter um amigo tão generoso, alguém que tinha interrompido as férias para defendê-la no trabalho, que aguentava aquele traste miserável no seu apartamento, que estava com as pernas arranhadas por causa dela, embora felizmente tivesse parecido pior do que era, e nenhum dos cortes precisasse mais do que um curativo. Quanto tempo mais ele iria suportar? Uma semana era demais até mesmo entre melhores amigos. Querendo ou não, ela precisava se recompor e ir embora, antes que essa relação se tornasse tão arruinada quanto o resto de sua vida. E Rachel não conseguia suportar a ideia de que isso acontecesse.

Ela pigarreou.

— Spence?

Ele fez uma pausa, o garfo na metade do caminho até a boca. Ao ver seu rosto, franziu a testa.

— O macarrão não ficou bom?

— Essa semana que passou... Você poderia ter feito tanta coisa com o seu tempo livre... Poderia ter voltado para a Grécia. Mas, em vez disso, você fez uma pausa na sua vida para ficar de babá.

Spence deu um sorriso descontraído.

— Tem sido um prazer, pode acreditar. Nós nunca pudemos sair muito. É sempre o trabalho ou um drinque rápido.

Isso era verdade. Se algum aspecto positivo poderia ser extraído desse show de horror, era que a amizade deles se tinha aprofundado depois do tempo que haviam passado juntos. Quem poderia dizer, por exemplo, que ele se vestia tão bem para ver TV em casa de manhã quanto para jantar fora numa noite de folga? Enquanto isso, ela não tirava a roupa de ginástica fazia dias. Toda vez que se via no espelho — cabelo de cientista maluco, cor da pele parecendo hóspede de necrotério —, Rachel levava um choque. Embora, pensando nisso, talvez ele tivesse vontade de fazer a mesma observação. Mais uma razão para ir embora antes que sua estadia se tornasse indesejável.

— Você tem sido tão gentil comigo. Mas eu realmente acho...

— A pior coisa que você pode fazer é voltar para casa antes de estar bem.

— Mas e o trabalho? Você não devia voltar amanhã?

— Que se fodam. Você não merece o que estão fazendo. Eu estava pensando em sair mesmo.

Spence tinha falado com Linda alguns dias antes, mas não fizera qualquer progresso. De alguma forma, todos os backups dos registros no eMAR tinham sido corrompidos. Claro, o tribunal podia ver isso como prova de que o sistema eMAR estava com problemas, mas Linda tinha verificado os registros de praticamente todos os outros enfermeiros que trabalhavam no hospital, até mesmo os enfermeiros reservas, que só ficavam lá por alguns dias, e ninguém mais apresentava tantas inconsistências em comparação com os prontuários impressos.

— Não é culpa deles que os backups tenham sido corrompidos — disse Rachel.

— Faz *dois anos* que você trabalha lá. — Ele levou um pouco de macarrão à boca, cobrindo-a enquanto mastigava. — Isso não tem valor? E eu disse à Linda que a história do Griffin era verdadeira. Então, além de chamar você de incompetente, estão me chamando de mentiroso.

Rachel balançou a cabeça. Primeiro seu relacionamento, agora seu trabalho. De jeito nenhum ela ia ser responsável por *isso*. Ela era como um vórtex, sugando qualquer coisa boa da vida das pessoas.

— Eu tenho que sair da sua aba.
— Eu gosto de ter você na minha aba. Você combina com a minha aba.
— Mas e a Lily? Eu preciso...
— Ela está *bem*. Você viu a mensagem do Mark. Ela está ótima. — Spence deu um aperto tranquilizador na mão de Rachel. — Preocupe-se com *você*, só desta vez..

Rachel pensou na bagunça que a esperava em casa. As contas não pagas, a investigação no trabalho, as relações fantasmagóricas que se espalhavam no campo de batalha de sua vida.

Spence pegou sua taça, saboreou um gole e depois voltou a colocá-la na mesa.

— Vamos ser honestos, Rach. No estado em que você está, eu não teria coragem de te deixar ir embora. Eu teria que te internar. Você sabe disso, né? Então, ou você se recupera aqui, assistindo ao *Segredos de um Milionário* enquanto o seu melhor amigo incrível cuida de você, ou vai ficar numa clínica fria e miserável onde vão te furar e te pesar e ameaçar enfiar tubos na sua barriga. Que tal?

As primeiras cintilações quentes do Demerol começaram em seu peito. Ela expirou, com os olhos fechados. Por que estava sempre brigando consigo mesma? Por precisava sempre *dificultar* tanto as coisas? Não seria melhor ficar por ali mais um pouco, até que se sentisse pronta para enfrentar Griffin novamente?

— Quero dizer, você está comendo, né? — disse Spence. — Eu não te vejo mais fazendo cara de nojo para os chocolates.

Era verdade, ela estava comendo. Talvez não tanto quanto ele pensava, mas um pouco, todos os dias. Isso era uma parte importante da recuperação, e não podia ser desprezado.

— Você já esteve nessa situação antes — continuou Spence. — Esta não é a primeira vez que você vence essa coisa.

— Tem razão — ela murmurou.

— Você precisa de tempo e espaço para ficar bem. O Griffin ainda vai estar lá quando você for embora, então dê a si mesma a melhor chance possível de vencer aquele desgraçado. Está me ouvindo?

— Está bem.

— Não o deixe ganhar.

Ela abriu os olhos e sorriu.

— Não vou deixar.

Spence apontou para o prato dela.

— Agora manda ver. Pode comer daquele seu jeito maluco.

Ela riu e escolheu um fio de espaguete com o garfo.

— Sim, mestre.

Enquanto girava cuidadosamente o garfo, sua visão se turvou um pouco, e ela olhou de relance para o moedor de pimenta, mais alto, e o de sal, mais baixo, ao lado da tigela de queijo. Algo no ângulo dos três a fez lembrar de seus pais, uma discussão, seu pai passeando pela cozinha, derrotado, de cabeça baixa, sua mãe atrás dele, mal chegando à altura de seus ombros, seus lábios sem carne batendo enquanto ela gritava insultos. Eles iam e voltavam, odiando-se, enquanto ela, com no máximo seis anos, observava os dois.

Você era o queijo. Calorias vazias.

Spence levantou a tigela e lhe ofereceu uma colher.

— Quer um pouco?

— Não obrigada.

Mande esses pensamentos para longe. Aprenda com Spence. Seja positiva, positiva, positiva! Aproveite o barato do Demerol. Você consegue! Rachel embebeu seu fio de espaguete no molho e — *Continue! Viva um pouco!* — espetou um cubo de pancetta. Pelo menos vinte calorias, mas valeria a pena. Ela sorriu, seu cérebro flutuando.

— Que tal se a gente trancar as portas, bloquear as janelas e ficar aqui para sempre?

Spence limpou a boca.

— Mas e depois que acabar o *Segredos de um Milionário*?

— Está passando um reality novo, eu acho. Uns caras gatos competem para ficar com uma mulher que no fim revela que é trans.

— Me convenceu, mamãe.

— Como você sabe que eu sou uma mãe? — Rachel tomou um gole imprudente de vinho. — E se eu te dissesse que tenho um equipamento escondido aqui embaixo?

Spence caiu na gargalhada.

— Sei lá... *Casa comigo?*

35
LILY

Não era um sonho. Rachel não estava dormindo. Era mais um cenário espaçado, seus pensamentos brincando em meio a uma fantasia que ela costumava vivenciar o tempo todo na adolescência.

Ela era pequena, enrolada na cama, as mãos unidas debaixo do travesseiro, fingindo estar dormindo. A porta do quarto se abriu e sua mãe — ela podia perceber pelo peso de seus passos, o perfume de seu sabonete — entrou no quarto. O coração de Rachel bateu mais rápido. Ela voltou. Finalmente, depois de esperar tanto tempo, ela estava de volta.

Sua mãe deitou-se na cama atrás dela, pesando tão pouco que mal movimentou o colchão. Rachel sentiu a pressão de seu corpo, o fluxo suave da respiração em seu pescoço e uma sensação de profundo contentamento, que não conseguia lembrar de ter experimentado antes, assentada em seu peito.

— Eu já vou — disse sua mãe, sua voz já distante.

Não, ela pensou. *Não, ainda não. Por favor, ainda não. Por favor, por favor...*

Ela tentou dizer algo, mas não conseguia falar. Tentou se virar, encarar a mãe, mas não conseguia se mexer. Quando a imagem se apagou até o ambiente escurecer completamente, ela gritou e se debateu em sua mente, embora seu corpo permanecesse perfeitamente imóvel.

Rachel abriu os olhos. A visão tinha sido tão viva, a perda de sua mãe tão aguda, e isso causou em seu coração uma dor tão grande que de repente ela voltou aos dez anos de idade, deitada em seu quarto na noite do funeral, chorando sozinha.

Esta será Lily em breve. Sofrendo pelo amor de uma mãe que nunca terá, porque você já está morta.

Que horas eram? Ela ainda estava sem celular, e o eco da luz da lua vindo através das cortinas não era uma resposta consistente. Sua cabeça estava pulsando e os lençóis estavam molhados dos sonhos de febre melancólica, cada um mais doloroso que o anterior, indo e vindo durante horas. Não devia ter tomado três Demerol, estava se sentindo atropelada, mas tinha sido divertido na hora, uma ideia bem-vinda, sentar-se com Spence, terminar a garrafa de vinho, ouvir Mista-Jam tocar hinos da era dance na Rádio 1 e fazer fofocas engraçadas sobre algumas das esquisitices da enfermaria. No entanto, apesar da diversão, essa última dose havia empurrado seu corpo para a dependência. Ela podia perceber, pelos tremores de abstinência nos membros, a sensação de insetos rastejando sobre a superfície do cérebro, o nervosismo da voz dizendo que ela realmente precisava tomar um pouco mais, porque estava doendo, certo? Cada parte do seu corpo doía, e de que adiantava ficar ali deitada sentindo tanta dor?

Ela acendeu a luz de cabeceira, gemendo com uma alfinetada no ombro. Ao acender o abajur, seu dedo doeu. Era uma surpresa? Ela sabia que precisava se manter ativa, que seus músculos atrofiariam se não o fizesse, mas, em vez de ouvir seu corpo, ela o calava com sedativos, e agora estava desse jeito. Não conseguia piscar um olho sem se encolher. Seu esqueleto parecia ser feito de vidro rachado, cada movimento causando mais fraturas.

Recuperação?

Que besteira. Ela estava ficando mais fraca a cada dia.

Sua mão procurou a gaveta da mesa de cabeceira. O frasco de Demerol estava lá dentro. Por que não admitir a verdade de uma vez? Ela ansiava estar de volta ao hospital, de volta à ala psiquiátrica, trancada longe do mundo, onde todas as suas falhas já não importariam mais, onde ela podia driblar a luz como um fantasma através dos corredores pálidos, a mente sem esforço, um sorriso nebuloso tocando seus lábios. Tão em paz, tão relaxada. Era por isso que tinha o esconderijo em casa. Por isso que, sempre que algo dava errado, sua primeira reação era ficar sem comer por um dia. Por isso ela estava se permitindo chafurdar na casa de Spence quando deveria estar na sua própria casa, lutando contra Alan Griffin.

Ela fechou a gaveta e virou para o outro lado, a cabeceira da cama de ferro forjado guinchando em protesto. O que estava fazendo com as pessoas que se preocupavam com ela, com Lily, com Mark, até mesmo com seu pai? Uma triste parte masoquista sua não estava secretamente satisfeita por tê-los expulsado?

Ela se livrou de mim, depois se livrou de você...

E Rachel estava fazendo a mesma coisa com Spence, impondo-se a ele. Tinha roubado até seu quarto! Deveria ser *ele* ali, deitado, acordado no meio da noite, quem sabe trocando palavras melosas com algum cara charmoso, não a sua companheira fodida suando por causa do vício em opiáceos depois de abandonar a família.

Ela voltou para a gaveta, abriu-a com força. Despejou dois Demerol, imaginando-se deitada e esperando o calor entrar e sufocar a fome, a dor, a voz em pânico. Olhou fixamente para os pequenos comprimidos brancos na palma da mão.

Talvez fosse melhor para todos se você simplesmente fosse para casa e esperasse pelo fim.

Algo dentro de Rachel se apoderou desse pensamento — não do horror que seria, como ela esperava, mas da excitação. Ela poderia ir para casa, trancar a porta e deixar a natureza fazer o que faz de melhor quando alguém é privado do sustento. Quem estaria lá para impedir?

Ninguém.

Uma sensação de náusea urgente inundou seu estômago. Ela viu Lily adolescente, alta como um salgueiro, o rosto delicado e sério. Seu cabelo castanho comprido dividido de lado, uma única trança passando pela orelha exposta. Estava abaixada diante de uma lápide, com o semblante triste, como se lhe tivessem dito algo importante e ela fingisse que tinha entendido, mas verdade não tivesse ideia do que eles estavam falando, e sabia que nunca faria.

Ela é muito jovem para se lembrar de você. Provavelmente é melhor fazer isso agora em vez de esperar.

Como tinha acontecido com ela? Não saber se sua mãe morrera porque estava doente ou porque não a amava o suficiente para continuar viva? Assombrada pela sua presença esquelética em tudo o que fazia? Era isso que ela queria para Lily?

Isso se eles a deixassem morrer, e não deixariam. Mark invadiria a casa, chamaria a ambulância, e ela seria arrastada para o hospital, atirada no deserto de psiquiatras e psiquiatras. Comprometida por quanto tempo, cinco anos? Dez? Antes que a considerassem sã o suficiente para viver sem supervisão. Ela seria amontoada em algum casebre úmido do conselho, longe de anos de fome, com os dedos rangendo ao entrar no Facebook para ver o que Griffin havia postado hoje em sua linha do tempo.

Ela estaria ausente da vida de Lily, querendo desesperadamente fazer parte dela, mas não podendo porque tinha estragado tudo. E, quando estivesse livre e pronta para se reconectar, para pedir desculpas por todos os anos perdidos, Lily não iria querer conhecê-la, assim como ela não queria conviver com seu pai. Imagine como seria. O inferno na Terra. A morte em vida. Ela a viu, as duas se encontrando, o mesmo nojo no rosto da filha que seu pai sem dúvida via no dela. Não importava quantas vezes ela tentasse se desculpar, explicar sua ausência, implorar por outra chance, Lily não iria querer saber. Ela não iria querer ter qualquer tipo de vínculo com ela.

Rachel saiu da cama, o corpo em agonia, mas precisava fazer isso. Se fosse verdade, se fosse assim que sua vida se desenrolaria, então seria pior do que qualquer coisa que Griffin pudesse fazer, pior do que qualquer tortura que ela pudesse imaginar.

Ela pegou o Demerol da gaveta, cambaleou até o banheiro da suíte e despejou os comprimidos no vaso sanitário. Quando os comprimidos desapareceram na curva, ela soube que era um gesto estúpido, que Spence tinha muitos outros que podiam ser roubados de manhã, mas também sabia que isso não importava. Haveria sempre mais medicamentos. Haveria sempre mais motivos para se castigar. Não tinha nada a ver com Griffin. Tantas desculpas, e ela estava cheia delas. *Cheia.*

Mesmo que de alguma forma se livrasse de Alan Griffin, mesmo que conseguisse fazer Mark, Becca e Spence vê-la como um ser humano normal novamente, e não algum caso clínico com o qual eles tinham que lidar, mesmo que Lily já não estivesse tão marcada, por dentro e por fora, então algo mais aconteceria, algum outro *drama*, e ela estaria de volta a esse lugar novamente. Sozinha e miserável no meio da noite, faminta.

Era a última vez. Isso tinha que parar.

De manhã, ela voltaria para a clínica, para fazer o check-in como paciente sem internação. Precisava aceitar que ainda tinha um problema, que, se ela não assumisse esse fato e não tomasse as providências adequadas, então, como um câncer, a doença continuaria voltando e voltando. Ninguém deveria perder a mãe tão jovem, mas isso tinha acontecido, e ela precisava se conformar com isso. Em algum momento isso iria acontecer.

Mark não era assim. Ele não tinha uma recaída fazia mais de três anos. Talvez houvesse algo em seus diários alimentares, suas práticas de atenção plena, a afirmação de que ele acolhia os pensamentos anoréxicos ao invés de espancá-los. A quem ela estava tentando espancar, afinal? A si mesma? Não admira que a batalha tivesse sido inútil. Tudo o que acontecera tinha a ver com o fato de um lado, seu lado bom, sua mente consciente, ter se cansado e desistido, deixando o lado ruim vencer.

A maioria das pessoas podia rir quando seu lado ruim ganhava, mas seu lado ruim era um maldito psicopata com a intenção de destruir sua vida.

Rachel voltou para a cama. Sua carne parecia uma cordilheira gelada, como um aquecedor em um prédio abandonado, e ela tremia incontrolavelmente. Mas o que faria em relação a Griffin? Não tinha ideia. Ao menos se Mark soubesse agora. Talvez ele já tivesse inventado um plano. Se não, talvez os quatro, ela e Lily, Mark e sua nova namorada, pudessem se mudar para a Austrália. Seria como uma sitcom — *Minhas duas mães*. Ela se permitiu um sorriso enquanto imaginava Rowena abrindo a porta de seu elegante apartamento em Sydney para encontrá-los esperando lá, desgrenhados do voo e gritando um para o outro, uma pilha de malas atrás da família.

A verdade era que não importava o que ela faria sobre Griffin.

O que importava era que ela não fizesse *o que estava fazendo*.

Tudo doía, mas ela tentava acolher a dor. Era a única coisa que podia fazer. Imaginava sua origem como sistemas de tempestade maciça, girando ao redor de seu corpo, e ela as observava de cima, vendo o refluxo e o fluxo de intensidade. Ela flutuou em pensamentos sobre seu pai, repassando algumas de suas trocas, e percebeu que talvez o maior presente que um pai pode dar é cometer um erro tão grave que seu filho fará qualquer coisa para não o repetir.

Quando o primeiro sinal da manhã chegou através das cortinas, ela se deixou levar por um sono sem sonhos. Ainda acordava a cada vinte minutos mais ou menos para se virar, quando a dor de sua posição se tornava muito forte, mas sempre caía de volta na escuridão, felizmente vazia, cavando um subconsciente gentilmente criado para ela.

Em pouco tempo abriu os olhos e a luz sombria sugeriu que eram talvez sete horas. Não adiantava ficar ali. Ela empurrou o edredom, sentou-se e virou o torso de um lado e depois do outro. Ainda doía, mas, surpreendentemente, era o estado de maior alívio que vivenciara em semanas. Rachel escorregou da cama e deu um tapinha no abajur.

Primeiro a comida, depois Lily. Depois o resto de sua vida.

No entanto, quando tentou a maçaneta da porta, descobriu que o quarto estava trancado.

36
ROWENA

Mark verificou o perfil de Rowena no Facebook pela décima vez naquele dia.

Ela não aceitara seu pedido de amizade, nem respondera a qualquer de suas mensagens — não o conhecia, então por que deveria? —, mesmo assim algo não se encaixava. Ele abriu uma planilha e fez anotações sobre as atualizações dela desde que emigrara, quando foram postadas, sobre o que eram, se havia uma foto anexada e quem estava nelas.

Quanto mais anotações fazia, maior crescia o seu sentimento de pavor.

E se...

Ele olhou para a página do site do governo australiano, encontrou o número e ligou.

— Bom dia, Barry falando.

Mark pigarreou.

— Ah... Oi, Barry. Olá. É do Departamento Australiano de Imigração e Proteção de Fronteiras?

— Departamento de Assuntos Internos. Isso mesmo. Você está na área de relacionamento, Nova Gales do Sul.

— Muito bem... ótimo! Eu realmente espero que você possa me ajudar. Eu sou escritor. Estou pesquisando para escrever um romance. Tenho algumas perguntas rápidas sobre segurança de fronteira.

— Não tenho certeza...

— Não, não é nenhum assunto sigiloso! Prometo. São perguntas genéricas. Você realmente estaria me ajudando *muito*.

— Eu...

— Antes que você me diga não, eu vou te falar quais são as perguntas. Se não puder responder... não tem problema!

— Vá em frente, então.

— Obrigado, Barry, você é muito atencioso. Certo, primeira. É bem simples. Digamos que eu trabalhe na polícia britânica, e queira descobrir se uma pessoa passou pela imigração num determinado dia. Que departamento cuidaria desse assunto?

— É recente?

— Digamos que mais ou menos um ano.

— Você teria que falar com o Departamento de Arquivo.

— Departamento de Arquivo. Entendi. E isso fica em apenas um lugar? Ou existem várias repetições espalhadas pelo país?

— Acredito que eles fiquem em Queensland.

— Queensland. Ótimo. Obrigado, Barry, sou muito grato pela sua ajuda.

— É só isso?

— Só isso. Me ajudou demais. Vou até colocar o seu nome nos agradecimentos. Falei com Barry...?

— Mallory. M-A-L-L-O-R-Y. Como o livro vai se chamar? Eu vou quer...

Clique.

— RH.

— Bom dia. O meu nome é Barry Mallory. Estou ligando da área de relacionamento em Sydney.

— Olá, Barry. Como posso te ajudar?

— Meu computador pifou e todo mundo saiu para o almoço. Com quem eu falo para consertar a máquina? Eu comecei essa semana, sabe? Não tenho o nome da pessoa. Nós temos um departamento de TI? Ou é terceirizado?

— É um problema com o Windows?

— Isso mesmo, amigo.

— Ah, quem atende a gente é uma empresa chamada Centrix. Você precisa do...?

Clique.

— Arquivos. Aqui é Tracy.

— Oi, Tracy. Meu nome é Ralph Lum. Estou ligando da Centrix. Nós cuidamos dos seus sistemas de TI. Você tem um minutinho?

— Claro, amor. Do que você precisa?
— Você fica em Queensland, certo?
— Isso mesmo, amor.
— Na semana passada nós recebemos várias ligações solicitando atendimento para o escritório de Queensland. Problemas com o login. Você por acaso teve alguma dificuldade?
— Olha, não.
— Nenhuma dificuldade para se conectar com a rede?
— Nadinha.
— Que notícia boa. E você está no departamento de arquivos, né?
— Sim, amor.
— Você se importaria de fazer algumas verificações rápidas? Não demora mais que dois minutos, prometo.
— Claro. Você me explica?
— Primeiro, desligue o seu computador e ligue novamente. Eu vou acompanhar por aqui quando ele entrar na rede.
— Um momentinho. Vou salvar o meu trabalho. Pronto... Vou sair. Ok, estou desligando.
— Ótimo. Agora faça login, tá?
— Beleza... Já fiz.
— Ok, estou enxergando o seu usuário no sistema. Brilhante, obrigado Tracy. Quando você entra no sistema, que aplicativos você abre? Outlook?
— Isso mesmo. O e-mail. Nós também usamos o chat.
— Algum outro programa?
— Eu normalmente faço login na ArcNet. É ele que nós usamos para conferir cadastros e outras coisas.
— É um aplicativo baseado na internet?
— Como assim?
— Você acessa através de um navegador, tipo o Explorer?
— Isso mesmo.
— Poderia fazer um teste e entrar nesse programa, por favor? Eu quero ter certeza que o seu login não vai dar erro.
— Claro. Um segundo... O Explorer está abrindo... Já vai. É pra eu fazer o login?

— Eu queria que você me passasse a URL. É o endereço que aparece no navegador. Deve começar com https.
— É https://arcnet.adibp.com.au. Você precisa que eu entre nele?
— Por favor, Tracy.
— Tudo bem. Já entrei.
— E eu estou enxergando o seu usuário aqui. Certinho. Obrigado pela colaboração hoje, Tracy.
— De nada, amor. Tenha um ótimo dia.
— Você também.
Clique.

Mark executou uma varredura de porta no servidor arcnet.adibp.com.au. Como esperado, as portas comuns como FTP, Telnet e HTTP, estavam bem protegidas. A porta 22 estava aberta, o que provavelmente significava que algum secure shell estava rodando. Se tudo o mais falhasse, ele poderia ser forçado, mas isso poderia aparecer no monitoramento.

Felizmente, isso não foi necessário. O Simple Network Management Protocol, utilizado para gerenciar a rede, estava aberto na porta padrão do UDP, 161.

A parte seguinte foi fácil. Ele falsificou alguns pacotes UDP para contornar a lista de acesso do SNMP e encontrar o nome de seu roteador, depois atacou com milhares de senhas por segundo para obter o string da comunidade SNMP, sua versão de um nome de usuário e senha. Incorporou no ataque um comando para carregar um novo arquivo de configuração de um site FTP para o roteador, que importava esse arquivo de volta para o servidor usando o run-config.

Nesse arquivo de configuração apareceu um novo login para arcnet.adibp.com.au.

Ele usou esse login para procurar a data em que Rowena Feldman havia entrado na Austrália.

Se é que ela tinha entrado algum dia.

37
ANDREAS

Rachel olhou para sua mão, ainda segurando a maçaneta. O som das batidas do coração pulsando encheu sua cabeça. *Não entre em pânico.* Provavelmente só estava difícil de abrir. Ela moveu a maçaneta para baixo novamente. A porta não se mexeu. *Griffin estivera ali. Ele a localizara, se livrara de Spence e a trancara lá dentro.* A porta parecia nova, sólida. Ela lhe deu um tapa, o barulho ecoando das paredes, sua palma doendo. Bateu de novo e de novo, chamando. Spence? Spence? *Spence?*

Uma chave se mexeu na fechadura. A porta foi puxada e aberta. Spence estava do outro lado, com o rosto molhado, respirando com dificuldade, olhando como se ela tivesse acabado de sair de um buraco no chão. Rachel passou por ele, pegou um copo ao lado da pia da cozinha e o encheu com água fria. Spence apareceu atrás dela. Ela se virou para encará-lo. Ele estava com um ar envergonhado, mas alguma coisa parecia estar errada. Geralmente ele já amanhecia... *arrumado*, usando roupas de caimento perfeito, o cabelo penteado, mas dessa vez seu roupão cor de vinho estava torto, e tufos loiros brotavam de sua cabeça em ângulos estranhos.

— Pensei que ele estivesse aqui — disse ela, e tomou toda a água que conseguiu, agradecida pelo frio súbito em sua boca, que a ajudava a entrar na realidade. — Eu pensei...

Spence cobriu o rosto e ficou imóvel. Após uma pausa, um longo gemido subiu do fundo de seu peito, saindo da boca como um soluço abafado. Suas mãos começaram a tremer, e, quando ele as abaixou, o rosto estava molhado de lágrimas.

— Desculpe — disse ele. — Eu sinto muito.

Rachel olhou para a sala e viu seu MacBook aberto na mesinha de vidro.

— O que está acontecendo? O que houve?

— Ele me largou. Andreas me *largou*.

— *Quando*?

— Ontem à noite, de madrugada. Eu não dormi nada. Ele estava com outra pessoa. Ele me disse que eles... eles estavam... — Uma lágrima manchou o resto de suas palavras. Ele enterrou a cabeça no ombro de Rachel. Ela o abraçou e acariciou seu pescoço, mesmo sentindo suas entranhas retorcerem. Era culpa dela, ela tinha feito isso, mais um desastre para acrescentar à crescente pilha na sua consciência. Se ele não tivesse voltado, os dois ainda estariam juntos.

— Vá se encontrar com ele — sugeriu ela. — Resolva. Na verdade, eu tomei uma decisão.

Spence ergueu a cabeça e olhou para ela com desconfiança.

— O quê?

— Vamos sentar. — Rachel fez um gesto apontando para o sofá.

Ele olhou para o laptop.

— Vamos sentar na mesa.

Então era isso. Ele provavelmente estava vendo pornografia. Isso explicaria o motivo de ter trancado a porta do quarto — ninguém quer ser pego com as mãos enfiadas na calça.

— Primeiro me prometa uma coisa — disse ela, puxando uma cadeira. — Por favor, nunca mais me tranque. Eu sei que esta é a sua casa e que você precisa ter privacidade, mas aquilo me assustou.

— Eu... eu só estava tentando te proteger — disse ele, as palavras vindo com pressa. — Você me falou sobre a faca, e eu te encontrei caída no seu quarto. E eu não queria dizer nada, mas você está mandando ver nos remédios, e eu sei que as coisas estão estressantes, mas...

— Ah, meu Deus — disse ela, rindo. A última coisa que queria fazer era envergonhá-lo. — Não foi nada demais. Você não foi passar o fim de semana fora nem nada.

— Tudo bem, então. — Ele pareceu mais tranquilo e se virou para o balcão. — Quer um café?

— Espere. Vamos conversar.

Ele pegou a cadeira ao lado dela, voltada para fora, então os dois ficaram joelho com joelho. Ela se esticou e apertou sua mão.

— Você tem sido incrível — começou. — Eu não poderia... quero dizer, essa última semana, eu nem tenho como agradecer. Mas eu estou pronta para voltar agora. Eu preciso buscar ajuda. Ajuda de verdade. Eu não posso... — Ela se sentiu bem, e olhou para Spence, esperando um olhar de apoio, mas em vez disso seus olhos estavam duros.

— Você não pode ir para casa.
— Eu preciso.
Spence balançou a cabeça.
— Você está doente.
— Eu sei, e vou procurar ajuda.
— Você vai direto para o hospital para se internar?
— O quê? Não, claro que não. — Ele estava de brincadeira? Ela procurou em seus lábios o traço de um sorriso. — Eu vou voltar para a clínica, mas talvez como paciente-dia.
— Eu não posso deixar você ir para casa sozinha.

Ele estava certo. Estar naquela casa, com a janela quebrada, sem Lily, poderia destruir sua determinação.

— Eu vou ligar para o Mark — ela propôs. — Vou ver se ele ainda está disposto a me hospedar por uns dias.
— Se for para ficar lá, então fique aqui.
— Eu já abusei da sua hospitalidade.
— Isso não é...
— Por favor, Spence. Eu já decidi. Tenho que falar com Mark de qualquer forma, preciso que ele me ajude a ser mais... como ele. Sabe? Mais firme. E descobrir o que nós vamos fazer em relação ao Griffin. Posso usar o seu telefone?

Spence estava mastigando o lado da unha e franzindo a testa, como se tivesse sido distraído por um pensamento angustiante.

— *Spence?*
— O quê?
— Posso usar o seu telefone? Para ligar para o Mark?
Ele balançou a cabeça.
— Está sem bateria. Acabei de colocar para carregar.

Ué, e daí que estava sem bateria? Ela só precisava dar um telefonema rápido. Poderia continuar ligado na tomara. Talvez ele estivesse preocupado que ela bisbilhotasse, e não quisesse que ela visse nenhuma troca de mensagens entre ele e Andreas? Ela nunca faria isso, mas Spence claramente não estava pensando direito. Ela decidiu deixar para lá. Cuidando de Lily, Mark provavelmente estaria trabalhando em casa, então ela poderia ligar para ele a qualquer momento. Primeiro o café da manhã, depois ela pediria o celular de Spence novamente. Talvez pedir que ele chamasse um Uber.

— Então — disse Rachel, animada. — Quer ovos?

Spence olhou para a geladeira.

— Sim, tanto faz.

Entre os alimentos saudáveis — verduras, legumes, iogurte light —, ela encontrou uma caixa amarela de ovos e um pedaço de cheddar.

— Vou fazer mexidos. Tudo bem?

— Então, qual é o plano? — ele perguntou. — Quando você voltar. Você sabe, tem o Griffin.

Ela pegou uma tigela e começou a quebrar ovos lá dentro. Eu não tenho um plano *pra valer*. Só estou vendo o problema de outro jeito.

— Que jeito é esse?

— Um jeito que não inclua me matar de fome antes da hora. Embora eu te deva um lote de Demerol roubado... desculpe!

— Tudo bem.

Ela despejou um pouco de leite e bateu os ovos com um garfo.

— Eu só... eu não quero mais fazer isso. Tem que ter uma saída. Se o Mark consegue... Se o meu *pai* consegue, e ele é o maior... — Ela estava prestes a dizer *o maior perdedor do mundo*, mas se deteve a tempo. Quando voltasse, ela ia procurá-lo, ouvir o lado dele da história. Realmente ouvir o que ele tinha a dizer. — Se ele consegue, por que eu não conseguiria?

— E o Griffin?

— Ainda não tenho certeza — disse ela, tirando uma frigideira do armário embaixo da pia. Ela ligou o cooktop. — Eu espero que o Mark tenha algumas ideias. Ou... estou pensando em talvez começar de novo, na Austrália.

— *Austrália?*
Rachel despejou os ovos na frigideira.
— Eu conheço uma pessoa lá.
— E se ele te encontrar?
Ela deu a ele um encolher de ombros do tipo *fazer o quê?*
— Pelo menos lá é quente.
— Mas... — Spence lançou olhares ao redor da sala, como se estivesse procurando peças de um quebra-cabeça. Cobriu o rosto novamente. — Eu preciso de você aqui... O Andreas...

Spence estava obviamente arrasado e não suportava a ideia de estar sozinho. Ela não queria aumentar sua melancolia, especialmente depois de ele ter sido tão bom com ela, mas precisava pensar em si mesma. Ela precisava pensar em Lily. Precisava resolver sua vida.

— Vamos lá — ela falou, gentilmente. — Vocês só se conhecem há alguns meses. Na semana que vem vai haver outra pessoa, e...

— Eu não quero mais ninguém — murmurou Spence. — Estou apaixonado.

— Você não pode se apaixonar por alguém tão rápido.

Ele deixou cair as mãos e riu, mas o som foi incômodo e forçado.

— Nós dois deveríamos ficar juntos. Não seria ótimo?

— Eu tenho um jeito meio masculino mesmo — ela respondeu, empurrando os ovos com uma colher de pau, o cheiro provocando um barulho estridente em seu estômago. — Mas garanto que eu não tenho os atributos que você curte.

Ele levantou uma sobrancelha e apontou com a cabeça para o quarto.

— Vamos lá descobrir, que tal?

Por mais que ela não quisesse aborrecer Spence, tentar descontraí-lo era bem chato. Mesmo enfrentando a dor de cotovelo por Andreas, ele podia ao menos ficar feliz por ela, que estava se sentindo forte o suficiente para retomar a vida e enfrentar Griffin. Ela pegou dois pratos, dividiu os ovos em partes iguais e ralou queijo por cima. Ele nunca dissera que amava Andreas, nunca sequer insinuara isso. Rachel não imaginava que Spence ficaria tão triste com o rompimento.

Quando ela trouxe os pratos, ele não estava na mesa. Tinha se mudado para o sofá, fechado o computador e ligado a televisão. O canal estava exibindo o The Food Network, onde um homem negro careca de fala rápida usando roupas militares exigia saber que tipo de sorvete você gostava de tomar para limpar o paladar.

— Podemos mudar de canal? — perguntou Rachel, segurando os pratos. — Não aguento mais assistir culinária. Que tal as notícias?

Spence continuou a olhar para a tela, como se ela não tivesse dito nada. Ela lhe estendeu um prato.

— Spence?

Ele continuou a ignorá-la. Foi por ela ter mencionado a Austrália? Mais provavelmente foi porque ela tinha feito pouco-caso do seu drama amoroso. Por mais egoísta que soasse, ela não conseguia lidar com aquele faniquito, não quando precisava se concentrar em comer. Não esperava que seria fácil engolir esses ovos, quase tanta comida em uma única refeição quanto ela tinha comido em um dia inteiro, e não tinha certeza se seu estômago acompanhara as decisões que sua mente tinha tomado na noite anterior. Seu corpo se revoltava contra ela diariamente, então por que ela deveria esperar que fosse diferente agora?

Não era o caso de adiar. Ela baixou o prato dele, sentou-se no braço do sofá, encheu o garfo e o levantou até os lábios. *Começa com uma boca cheia,* pensou ela. *Veja se consegue.*

Embora o queijo tivesse sido um erro e a textura estivesse muito áspera, o calor dos ovos era bem-vindo em sua língua. Na tela, o sargento Sorbet havia sido substituído por uma garota hipster com o lábio inferior perfurado, despejando o conteúdo de uma tigela rosa flúor sobre uma assadeira de cupcakes. Outra porcaria, mas Spence estava assistindo como se fosse seu programa favorito e ele não quisesse ser incomodado. Rachel deu mais uma garfada, mais confiante agora. A comida parecia quente como brasa descendo por sua garganta.

— Olha, Spence. Desculpe se eu te chateei, ok? Eu não queria duvidar dos seus... sentimentos pelo Andreas. — Ela queria cruzar o sofá, sentar ao lado dele, mas algo sobre a maneira rígida como ele estava sentado, como um pássaro sobre um fio de alta-tensão, dizia que, se o fizesse, ele se levantaria. — Mesmo que eu decida me mudar para a Austrália, uma ideia que, devo acrescentar, eu inventei depois de ter ficado sem analgésicos na última semana, não vai ser por muito tempo. Eu só preciso colocar as coisas em ordem lá em casa. Mas eu vou te apoiar, como você fez por mim. Eu prometo.

Ainda sem olhar para ela, ele perguntou:

— Como estão os ovos?

— Dão para o gasto — respondeu ela, mostrando seu prato semiacabado.

Ela esperou que ele respondesse, mas em vez disso ele estava com o olhar fixo na chef gatinha. O que estava acontecendo? Na melhor das hipóteses, ele tinha fingido ao assistir com ela a outros programas de culinária — geralmente, quando ela os colocava, ele ficava mexendo no celular. Spence achava que era saudável para ela ficar vendo aquilo? Será que ele achava que isso a ajudava de alguma forma? Ela se forçou a se acalmar. Era culpa *dela*, não dele. Ela tinha trazido sua loucura para a casa dele, e agora não sabia onde ficar. Talvez ele achasse que ela relaxava ao olhar para a comida e passar fome? Como conhecer as maquinações malucas de um anoréxico?

— Escute — disse ela. — Eu só... acho que eu já vou indo. Posso usar o seu telefone agora? Ou talvez seja melhor você chamar um Uber para mim? Eu tenho uma nota de vinte na minha necessaire e vou te dar. Está bem?

Ele desligou a TV e soltou o controle remoto.

— *Tudo bem* — respondeu, levantando-se do sofá.

Ela o viu se movimentar com o mesmo esforço de um adolescente que recebeu a ordem de arrumar o quarto. Por que ele estava assim? Se ela precisava de uma última indicação clara de que tinha que sair para salvar a amizade deles, então era essa.

Ela enfiou o último pedaço de ovo na boca, afastou o prato e também se levantou. Depois se sentou novamente, com a mão sobre o estômago. A comida parecia estar se expandindo a cada segundo, como se alguém estivesse inflando um balão em sua barriga.

Spence correu para acudi-la.

— Você está bem?

— Acho que comi demais.

Ele a ajudou a ir para o quarto.

— Deite por uns cinco minutos, para ajudar na digestão. Você não tem que sair neste exato momento, concorda?

Ela se sentiu melhor ao se deitar. Um descanso rápido, depois se levantaria e iria embora. Assim que a dor passasse.

— Desculpe por ser tão idiota — disse Spence, aconchegando-a. — Esse lance com o Andreas realmente me derrubou.

— Não se desculpe. Estou *muito longe* de ser perfeita.

— Eu acho que não.

— Você é tão fofo.

— Vou trazer um leite morno para você — disse ele, levantando-se.

A ideia de ingerir qualquer outra coisa enviou ondas de náusea através de Rachel. Mas também ela não tinha comido tanto. O fato era que a comida tinha sido um choque para seu corpo, e o leite morno sempre lhe acalmava o estômago...

— Claro — disse ela. — Se não for muito incômodo.

Ele saiu do quarto.

Momentos depois, apareceu na porta.

— Eu quero tomar um café, e não tem leite suficiente — avisou ele. — Vou dar um pulo no posto, volto em dez minutos.

— Não vá a lugar nenhum!

38
NOTÍCIAS

Menos de um minuto depois que Spence deixou o apartamento, Rachel se sentiu livre para soltar um vento, coisas que você só faz quando está sozinho. Em pouco tempo a pressão em seu estômago diminuiu, e ela deu graças ao seu intestino. Estava preocupada que fosse uma nova rebelião, outro estrangulamento subconsciente em sua sanidade, mas não. Eram só gases.

Ela parou para pensar enquanto dobrava o edredom. Seria tão terrível se fosse embora? Tinha aquela nota de vinte, o suficiente para chegar em casa, mesmo num táxi preto no rush da manhã. Era bem egoísta fazer isso com Spence quando ele estava tão triste, especialmente porque ele tinha ido buscar leite para ela, mas ela tinha que se colocar em primeiro lugar para recompor sua vida. Além disso, evitaria uma nova rodada de discussões sobre o tema. Ele apresentaria alguns argumentos convincentes para que ela ficasse, e ela podia ficar balançada. Não seria preciso muito para tirar a tampa de suas dúvidas e libertá-las. Ela repassou uma imagem da noite anterior — a adolescente Lily cumprimentando sua mãe doentia com desdém — e afundou as dúvidas. De jeito nenhum ela deixaria isso acontecer.

Ela cambaleou pelo quarto, enchendo sua bolsa, depois foi para a cozinha. Pegou um bloco de anotações e uma caneta ao lado chaleira. O que dizer? *Obrigada por largar tudo, incluindo o cara em quem você estava mais do que interessado, que provavelmente só te traiu porque você o deixou na mão para cuidar de mim. Para te pagar eu vou fazer uma corrida enquanto você está nas lojas me comprando leite. Saúde!*

Ela precisava parar de enrolar — ele logo estaria de volta. Ela se contentava com um rabisco de *desculpe* e um monte de beijos. Assim que chegasse em casa, telefonaria.

Ela pegou a bolsa, foi até a porta da frente e deu uma última olhada ao redor. Um dia ela compensaria Spence. Ele realmente salvara sua vida. Quando ela estava no fundo do poço, sem lugar para onde ir, ele estivera ao seu lado de uma maneira que ninguém mais estivera, nem mesmo Mark. Spence nunca duvidara dela, nunca questionara sua sanidade. Tinha se mostrado um amigo mais carinhoso do que ela jamais poderia ter esperado.

Ela tentou abrir a porta, preparando-se para sair, para sentir o ar fresco nos pulmões pela primeira vez em uma semana. Só que a porta não abriu. Ela tentou a maçaneta várias vezes, torcendo o trinco, a percepção irritada de que, sim, ele realmente a tinha trancado por fora — *de novo!* Não podia ser. Não era possível. Não depois da bronca que ele tinha levado mais cedo. Ela bateu, pensando por um momento de insanidade se poderia derrubá-la, mas viu a si mesma caída no chão, com a clavícula quebrada, e repensou.

Ela colocou a cabeça embaixo da cortina, olhando além do corredor que passava pela frente dos apartamentos, levando aos elevadores. Olhou para o estacionamento, e mais adiante para os portões, mas não conseguia vê-lo. O posto Esso 24 horas ficava ao lado do condomínio. Ele provavelmente estava lá agora.

Claramente o universo estava lhe dando um aviso. Sim, ela queria chegar em casa, ver sua filha, encontrar a ajuda de que precisava, mas isso não significava que pudesse ser tão rude com alguém que tinha sido tão atencioso com ela.

Ela se jogou no sofá. Ele saíra fazia cinco minutos, e no máximo seriam mais cinco, então ela esperaria. Sem mencionar a porta trancada. Quando ele voltasse, ela diria que estava se sentindo melhor, que ainda precisava ir embora, e que ligaria mais tarde. Viu, não seria tão difícil.

Rachel ligou a televisão. O cara do sorvete estava tagarelando sobre a adição de glicose em pó em vez de açúcar a uma sobremesa que poderia ser usada como parte de um regime de preparo físico. Ela mudou para a BBC News, precisando se reconectar com o mundo. Imagens ao vivo do Afeganistão mostravam edifícios bombardeados até os escombros. Os rebeldes tinham se escondido em escolas, usando crianças como escudos humanos. Lá fora havia pessoas com problemas *de verdade*!

O bilhete sobre a mesa da cozinha. Ela considerou deixá-lo ali, talvez fazer uma piada com Spence sobre ele tê-la trancado novamente, mas não queria correr o risco de chateá-lo, afinal ele já estava meio estranho, então se levantou do sofá para pegá-lo. Quando começou a rasgar o papel, a matéria sobre o Afeganistão terminou.

E agora, voltando ao nosso destaque de hoje, a suspeita de sequestro da enfermeira Rachel Stone, de 27 anos.

Rachel olhou para a televisão. Sua foto preencheu a tela, a mesma do crachá de identificação do hospital, cabelo raspado na nuca, lábios puxados do lado esquerdo em um leve sorriso. Não poderiam ter encontrado uma foto melhor? Não uma que a fizesse parecer uma assassina em série, lembrando sua piada favorita. Certo, porque isso era o mais importante ali. A qualidade da imagem, não o fato de seu *sequestro* ser a principal notícia da BBC. Era o que dizia a legenda — Enfermeira *londrina sequestrada* —, para o caso de ela ter, de alguma forma, ouvido mal o locutor.

A tela passou a mostrar o hospital St. Pancras. Ela estava tendo alucinações? Sonhando? Deitada na cama presa em um coma lúcido? Uma voz masculina começou a narrar.

Ele dizia que seu nome era Spencer Borrowman. Dizia que era enfermeiro formado em Coventry. Nenhuma dessas coisas era verdade. O que é verdade é que ele era colega de trabalho de Rachel Stone neste hospital do norte de Londres, na ala de recuperação psicoterapêutica. O que também é verdade é que os dois — e outra enfermeira, Rowena Feldman, de 55 anos — agora são considerados desaparecidos.

Rachel procurou uma cadeira ao redor e se sentou. Isso não podia estar acontecendo. A imagem cortou para a enfermaria onde ela trabalhava. Ela reconheceu o posto das enfermeiras, a torre inclinada de pastas sobre a antiga mesa da Dell, o quadro branco com os números de telefone, escritos na caligrafia redonda de Linda, os armários de arquivo com as etiquetas soltando, o painel da máquina de venda. Essa era a enfermaria *dela*. Aquela era a Oakwood!

Quando Rowena Feldman contou aos colegas do Hospital St. Pancras sobre a decisão de fazer um ano sabático, ninguém a questionou. Quando ela chegou à Austrália e atualizou as redes sociais com fotos de sua nova vida, os amigos de sua terra natal ficaram felizes por ela. Acontece que as investigações descobriram uma situação que se mostra cada vez mais sinistra. O governo australiano acaba de confirmar que ela nem chegou a entrar no país, e as primeiras análises realizadas mostram que nenhuma dessas atualizações foi realmente postada por ela.

Rowena não estava na Austrália? Mas elas haviam trocado mensagens. Rachel tinha visto fotos. Se bem que... a maioria das fotos não era de marcos históricos? Ou de outras pessoas, novos amigos que ela tinha feito por lá. Então, quem estava mandando as mensagens em seu lugar? Griffin? Não, isso seria ridículo. Alan Griffin não tinha como conhecer Rowena. E como ele poderia impedi-la de ir para a Austrália?

Tudo isso devia ser um erro, um mal-entendido. Tinha que haver uma explicação racional. Griffin estava por trás disso, de alguma forma.

Mas e quanto a Mark? Ele sabia que ela estava ali. Eles tinham mantido contato; os dois trocavam mensagens. Por que ele não havia contado à polícia onde eles estavam? Linda também. Spence tinha conversado com ela. Por que ela não dissera à polícia que os dois estavam bem?

A tela cortou para uma foto de Spence, seus traços finos e o cabelo descolorido, novamente uma foto do crachá de identificação como enfermeiro. O mesmo rosto que ela via quase todos os dias, por quanto tempo? Onze meses?

Spencer Borrowman começou a trabalhar no hospital St. Pancras quando Rowena Feldman viajou. Conforme descrito por Linda Green, a gerente do setor, ele era um enfermeiro dedicado e competente. Era adorado pelos pacientes. Mas ele não era um enfermeiro de verdade. Os registros da universidade foram falsificados, assim como a digital em seu passaporte nos arquivos do NHS.

Mas ele não a havia sequestrado. Ela tinha vindo por sua própria vontade. Isso *tinha* que ser um erro.

A tela mudou novamente, dessa vez mostrando uma foto dos dois na festa de Natal do ano anterior, uma das poucas vezes em que ela ficara bêbada o suficiente para permitir que alguém tirasse uma foto dela com um celular qualquer.

Eles estavam usando chapéus de Papai Noel e segurando tortas de carne. Ela estava tão bêbada que naquela noite ele a enfiara num táxi preto e pagara adiantado ao motorista para deixá-la em casa. Se fosse realmente um sequestrador, então por que não tinha tirado vantagem dela? Ou em qualquer uma das outras vezes que eles tinham saído? Tinham ficado sozinhos juntos uma centena de vezes.

O sr. Borrowman trabalhou no hospital por quase um ano, tornando-se especialmente próximo da segunda enfermeira envolvida no caso, Rachel Stone, uma mãe solteira que vive em Hornsey, no norte de Londres. A srta. Stone foi vista pela última vez na quinta-feira 15 de outubro, voltando para sua casa, onde presume-se que o sr. Borrowman estivesse esperando.

A tela mostrou a casa dela — a *casa dela*. Isolada com fita adesiva azul e branca da polícia com os dizeres *Não ultrapasse*. A janela continuava quebrada.

O que aconteceu aqui, ninguém pode dizer. Uma janela apareceu quebrada durante a noite. Alguns moradores desta rua pacata se lembram de ter vindo até a rua, mas não viram nada. A polícia encontrou sinais de luta corporal, vestígios de sangue, mas nenhuma pista de onde os dois estão. E nada, ainda, que sugira... assassinato. Uma coisa é certa, algo aconteceu neste imóvel, e três das pessoas envolvidas estão desaparecidas. De volta para você...

Rachel desligou a televisão. Um gemido agudo encheu sua cabeça, como se tivesse ficado ao lado de alto-falantes por muito tempo. Ela verificou a porta da frente de novo, virando o trinco e puxando. Não se mexia. Ele tinha trancado a chave. Por que Spence faria isso se tinha ido até a galeria no posto? Ninguém seria capaz de abrir a porta por fora, então por quê? Ela abriu as cortinas. A janela que dava para o corredor também estava trancada, e as chaves não estavam lá.

Se ele não a tivesse sequestrado, por que ela estava proibida de sair? Ela olhou ao redor novamente, uma sensação de frio se espalhando em seu corpo.

Não era um apartamento. Era uma prisão.

39
LEITE

O telefone. Ele estava prestes a deixá-la usar quando ela começou a se sentir mal.

Ele a ajudou a se deitar, foi buscar um copo de leite na cozinha, voltou para dizer que estava indo à loja e pronto. Então, ainda deveria estar fazendo as compras. Ela correu para o quarto dele, puxando a maçaneta, sua respiração se tornando um soluço, pois achava que também estava trancada, mas acabou sendo apenas sua incapacidade de lidar com a porra de uma porta. Na segunda tentativa, ela voou de volta, batendo contra a parede.

Rachel parou por um momento. Antes de violar a privacidade de seu amigo, ela não deveria ter certeza de que era ele? Não era prematuro imaginar Spence como um criminoso, como ela tinha feito com Konrad? E ela estava embarcando nessa onda sem questionar.

Depois de tudo o que passara, ela não deveria dar a ele o benefício da dúvida?

Mas e se fosse ele, e essa fosse sua única chance de fugir?

Ela entrou no quarto, sentindo-se desconfortável, e ficou ao lado da cama dele, procurando as tomadas. Bastava encontrar o telefone. Estaria bloqueado, mas ela poderia fazer uma chamada de emergência. Que outra escolha teria? Se Spence estivesse sendo incriminado, ela limparia seu nome.

Mas por que eles não sabiam onde ele morava? O hospital não tinha isso no arquivo? Ou o banco onde ele tinha conta?

Nada nas tomadas, então ela abriu as gavetas da mesinha de cabeceira dele, procurando por chaves sobressalentes. Ele devia ter chaves sobressalentes, todo mundo tem, mas as gavetas estavam vazias. Ela correu para a cômoda, esperando que estivesse cheia — havia presumido que ele tirara as coisas do quarto naqueles primeiros dias catatônicos —, mas, exceto pela gaveta de cima, com as roupas usadas última semana, o resto não continha nada, nem um fio de linha. Ele precisava ter mais coisas do que isso. Estava tudo errado.

As janelas. Eles estavam no último andar, mas talvez ela pudesse bater e chamar a atenção de alguém. Ela saiu correndo do quarto dele, escorregando na cozinha e voltando para fechar a porta. Ele não sabia que ela sabia. Essa era a única vantagem dela. Se não podia sair antes de ele voltar, não queria que Spence pensasse que ela tinha bisbilhotado.

Nenhum sinal de Spence no estacionamento, ou mais longe, perto dos portões. Talvez ele tivesse visto a notícia, se assustado e fugido. Talvez essa tenha sido a verdadeira razão de tê-la trancado no quarto. Ela deu uma bofetada no vidro, mas o som foi abafado e ecoou de volta. Ela examinou a janela — sua espinha congelou. Era vidro triplo. Ela podia ligar o motor de um avião ali dentro e ninguém ouviria mais do que um zumbido lá fora. Como o prédio ficava no fundo, a chance de alguém vê-la do estacionamento era minúscula. Isso não a impediu de bater no vidro e gritar por ajuda.

Ela se afastou, soluçando, o choque inicial da verdade, que era Spence, *Spence,* ele tinha feito tudo isso com ela, finalmente deixando cair a máscara, deixando apenas a terrível realidade de que ela estava presa. Ele ia voltar a qualquer minuto. Para fazer o quê? Para matá-la. *Não, Spence não!* Ou então ele não voltaria de jeito nenhum, e, quando a comida acabasse, ela morreria de fome. Ah, então tudo bem. *Vá se foder, ironia.*

Ela precisava encontrar uma arma. As facas não estavam presas à faixa magnética ao lado da geladeira. Ele devia ter levado. Ela abriu as gavetas do armário debaixo de onde ficava a chaleira. Na sua casa, as gavetas estavam cheias de contas, pilhas, post-it destacados, moedas, cartelas de paracetamol semiacabadas e um milhão de outras porcarias sortidas, os detritos do dia a dia, enfiados ali porque não havia outro lugar mais lógico para ficarem. No entanto, além de quatro jogos de talheres na primeira gaveta, as demais estavam tão vazias quanto as do quarto. Ela checou os armários a seguir.

Qualquer alimento embalado, como massa ou arroz, mal tinha sido utilizado. O mesmo para os produtos de limpeza embaixo da pia. Exagerando, ela encostou o ombro atrás da geladeira e a empurrou para fora alguns centímetros. Ficou de joelhos e passou a mão sobre o laminado por baixo. Nem uma migalha. Spence era metódico, mas ninguém podia ter a casa *tão* limpa *assim*. Especialmente porque ela não o tinha visto fazer mais do que ligar a máquina de lavar louça na última semana. Será que ele morava ali? Não admira que ninguém soubesse onde eles estavam.

Rachel pôs as mãos na cabeça. Era demais. Ela não conseguia aguentar tanta coisa. *Ele morava ali* — ela não conseguia limpar sua mente desse fato. Mas por que ela achava isso? Por que ele havia dito? Por que ele tinha duas fotos dele mesmo nas prateleiras? Por que ele tinha alguns livros? Ela se lembrou de pensar que os dois tinham gostos muito parecidos. E logo depois ela tinha visto tudo isso. Eles *sempre* tinham tanto em comum. Não só livros, mas música, comida e televisão. Eles se interessavam pelas mesmas celebridades, viam as mesas novelas, mas era tudo mentira, tudo. O mesmo valia para esse lugar. Não era a *casa de* alguém. Era a imitação de uma casa, não mais real que um cenário. E ela havia sido trancada lá dentro por um lunático.

Ela checou a janela novamente — vinte minutos tinham se passado — e prendeu o fôlego. Ele vinha andando rápido pelo estacionamento, com o capuz sobre a cabeça e o casaco bem alto para cobrir o rosto, carregando no ombro uma sacola de viagem. O que havia lá dentro? Eles não davam sacolas marrons no posto para levar seu leite para casa.

Ela não precisaria esperar muito para descobrir. Ele estaria ali em minutos.

Ela puxou as cortinas para trás e correu o olhar pela sala em busca de evidências de que andara fuçando as coisas dele. Precisaria fingir que não sabia de nada, que estava doente demais para sair da cama, quanto mais sair do quarto, ligar a televisão e descobrir que era objeto de uma busca nacional. Tudo parecia como estava depois do café da manhã, arrumado, exceto por alguns pratos e copos. *Ah, merda*. A geladeira ainda estava fora do lugar. *Estúpida, estúpida, estúpida!* Rachel correu na sua direção e a empurrou para o lugar, mas não havia alavanca para ajudar a mover a peça. Ela encostou o ombro na porta e empurrou o corpo para a frente, o coração parando por duas batidas inteiras quando o grande caixote metálico se inclinou para trás, mas ela conseguiu estabilizá-lo com a mão, e usou o impulso para balançá-la em direção à parede. Rachel recuou, suando, tremendo, tentando avaliar se a geladeira estava reta, percebendo que, se não podia dizer, então provavelmente estava tudo bem, e então voou para o quarto, ouvindo a porta abrir e fechar, chutando os sapatos e mergulhando sob o edredom. Ela tentou estabilizar a respiração enquanto o ouvia entrar no quarto.

— Rachel? Está acordada?

Sua bolsa! Estava na sala, perto da janela. Tudo bem. Ela podia dizer que tinha arrumado as coisas para sair, mas se sentira tão mal que precisara voltar para a cama. Não seria tão terrível. Desde que ela tivesse a história preparada agora, não quando ele lhe perguntasse sobre isso.

Os passos dele soaram sobre o tapete.

— Rachel?

Finja que está dormindo. Ela tinha passado a vida inteira mentindo para as pessoas. Seria só mais uma performance.

Ela gemeu e levantou o edredom, descobrindo o rosto, como se despertasse de um sono profundo.

— Eu... eu apaguei — ela se espreguiçou, lambendo os lábios como se estivessem ressecados. — Você demorou.

— Desculpe. Eu precisei pegar umas outras coisas.

Sua voz era calma, comedida, sem dar mostras de nada. Ela desejava poder ver a expressão dele, mas, com a única luz que vinha do corredor, sua expressão era desconhecida.

— Eu não devia ter comido tanto — ela fingiu lamentar. — Levantei e arrumei minha bolsa, mas me senti tão mal que tive que deitar de novo.

— Me perdoe pelo jeito como eu estava agindo — respondeu ele, embora seu tom não parecesse culpado. Estava inexpressivo, um pouco cansado, como um taxista perguntando *para onde* no final de um turno de doze horas. — A história com o Andreas mexeu muito comigo. Eu realmente sinto falta dele.

— Sim, claro. — Ele parecia sentir tanto a falta de Andreas quanto o quê? Do motorzinho do dentista? Estava tudo errado. Ele estava todo errado. Ela não tinha mais dúvidas. Era ele por trás disso, e Rachel era a presa. Ela precisava ganhar tempo para pensar em um plano.

Rachel se deitou costas.

— Você se importa se eu dormir mais um pouco? Ainda estou um pouco fraca.

— Que tal aquele copo de leite morno agora?

— Não tenho certeza se meu estômago está...

— Sempre acalma o seu estômago. Você mesma diz.

— Eu quero que você pare de ficar correndo por aí. Eu vou dormir, então...

— Eu fui fazer compras por sua causa. Não vai me fazer essa desfeita, né?

Ela ouviu o tom em sua voz, a ameaça.

— Se você tem certeza que não se importa... Obrigada... obrigada, Spence.

Ele se virou e saiu sem uma palavra. Será que ele sabia que ela sabia? Claramente ele queria que ela bebesse o leite. O que ele ia fazer? Envenená-la? Mas por que se dar a todo esse trabalho, criando uma vida falsa, atraindo-a para cá, só para acabar assim?

Da cozinha veio o som de sucção da porta da geladeira abrindo. E ela havia deixado sua filha com ele por um *dia inteiro*. Ela se lembrou de Lily apertando as bochechas e gritando na cara dela... *o corte!* A faca estava afiada, até mesmo ela se machucara com ela, mas, pensando nisso novamente, Lily teria realmente que segurar a lâmina para se cortar tanto, e quão provável era isso quando ela estava procurando debaixo do sofá por um lápis de cera? Spence devia ter feito isso com ela e a obrigou a não dizer nada. Ela tinha aprendido em um seminário sobre como detectar abusos. O abusador pode ameaçar matar os pais da criança se ela contar para alguém. Devia ter sido por isso que Lily a estava ignorando no hospital. Não porque a odiasse, mas porque estava preocupada com ela.

Um clique e depois a porta do micro-ondas se fechou. Rachel ouviu o bipe quando Spence programou o temporizador. Ela engoliu a raiva, agradecendo aos céus que ele não tivesse feito nada pior a Lily.

Ela poderia correr? Tentar a porta da frente? Rachel não imaginava que ele a tivesse trancado novamente depois de voltar para casa.

O problema foi que ela se sentiu tão letárgica. Toda a sua força tinha sido empregada na movimentação de uma geladeira quase vazia por alguns centímetros. Semanas antes ela teria mais chances, mas no momento até mesmo se levantar da cama gastaria a maior parte de sua energia restante. Não daria nem para o começo.

Não, o melhor plano era entrar no jogo como se nada tivesse mudado. Ela precisava convencê-lo de que não tinha visto as notícias, de que não sabia que a polícia estava procurando pelos dois.

Spence voltou para o quarto e se dirigiu à cama, um copo de leite estendido como se fosse uma oferenda.

— Obrigada. — Ela pegou o copo, na esperança de que ele saísse e ela pudesse despejá-lo no vaso. Não confiava em nada do que ele lhe desse. Ela pousou o copo na mesinha de cabeceira. — Eu tomo daqui a pouco.

Ele não se mexeu.

— É melhor tomar logo, antes que esfrie.

Ela bebeu um gole, e novamente baixou o copo.

— Vamos lá — ele disse. — Você sabe que precisa beber tudo para assentar o estômago.

Que escolha ela tinha?

Rachel levantou o copo até os lábios e bebeu.

40
BUSCA

Às duas da manhã, o rosto de Mark estava iluminado pelos monitores dispostos em um amplo semicírculo sobre sua mesa.

O pai de Rachel parou de andar atrás dele.

— Por que estamos olhando para isso de novo? O que eles vão nos dizer que nós ainda não sabemos?

— O que mais podemos fazer? — Mark suspirou, seus olhos escaneando as linhas de texto dos arquivos de log do fórum *Caçadores de Pedófilos*: nomes de usuário, horários das sessões, endereços IP.

— Podemos sair daqui...

— E fazer o quê? Você poderia bater em todas as portas do país e ainda não a encontrar.

— Seria melhor do que ficar aqui sentado torcendo os dedos. Minha vida inteira...

— Você tem que checar tudo. O menor detalhe...

— ... eu a decepcionei, e agora vou perdê-la para sempre.

— ... pode nos levar até ele.

— Ela é minha *filha*, Mark. Imagine se fosse a Lily. Você ficaria sentado aqui, olhando para uma tela?

Mark girou na cadeira.

— Nós vamos encontrá-la, eu prometo.

— E se não a encontrarmos?

— Eu descobri que o Spence falsificou o diploma, não descobri? E que a Rowena nunca entrou na Austrália. Não foi?

— Alguém deve ter visto a Rachel... ou *ele*. Eu vou imprimir cartazes. Não vou parar até que toda Londres saiba sobre esse desaparecimento.

— Eles podem não estar em Londres.
— Eles estão aqui. Eu sinto.
— Olha, Jim. Eu sei que você está nervoso...
— Eu não posso fazer nada.
— Eu só preciso de mais tempo.
— A que horas, Mark? Aquele policial disse que as primeiras 48 horas...
— Por que o Spence se meteria na vida da Rachel por um ano inteiro só para matá-la?
— Quem sabe o que aquele lunático está fazendo com ela!
— Fale baixo, por favor. A Lil já acordou tendo pesadelos.
— Desculpe, eu...
— Você sabe que estou fazendo tudo que eu posso.
— Eu sei, Mark. Eu sei.
— Então fique sentado, está bem? Ele é esperto, mas todo mundo comete erros. Vamos começar de novo. O que nós temos que *não* é um beco sem saída?
— A história do salário?

Mark clicou em uma aba do lado direito, abrindo uma planilha. A conta do HSBC, registrada no... endereço de Luton, nome Kate Smith na ficha. Existe nome mais genérico?

— Devemos ir lá novamente?
— A polícia já está de olho. Além disso, está vazia. Não há nada lá.
— Eu não sei, porra.

Tem que haver alguma coisa nesses logs. Eu sei como ele fez isso. Estou vendo onde ele fez as mudanças nos dados. Eu só preciso de mais...

— Não temos *tempo*, Mark.
— Ele teria se conectado através de um túnel SSL a um roteador Tor, mas talvez... Para quem você está ligando, Jim?
— Konrad.
— Deixe-o dormir.
— Ele deve estar acordado.
— Você precisa descansar, Jim.
— Você fica aqui, continua o que está fazendo. Nós vamos procurar uma gráfica. Eu vou fazer cartazes, folhetos.

— Estamos no meio da noite!
— Estamos em Londres. Deve ter alguma aberta.
— Sente-se aí e vamos continuar. Jim? *Jimmy*? Volte!

41
SPENCE

Branco. O mundo inteiro, branco. E no fundo, um murmúrio baixo, como se alguém estivesse rezando.

Era o Céu?

Rachel mexeu a cabeça e viu um pingente cinzento de sombra clara. *Não é o paraíso, sua idiota. É o teto.*

Várias coisas lhe vieram à mente ao mesmo tempo — sua bexiga estava prestes a estourar; a dor de cabeça era uma enxaqueca violenta; a boca estava tão suja e pegajosa quanto papel de mosca usado; o murmúrio baixo vinha de uma televisão portátil posicionada no canto do quarto, sintonizada no The Food Network; finalmente, e talvez o mais importante, ela tinha sido drogada por alguém que, até aquela manhã, considerava ser um de seus amigos mais próximos.

Spence sabia que ela sabia. Mas quanto? Que o desaparecimento dela estava sendo investigado? Que ela não podia sair? O que isso importava? Ele estava dando as cartas. Batizar seu leite com um sossega-leão era praticamente uma declaração de intenções. E a declaração era: ela estava fodida.

Dormira por quanto tempo? O relógio no canto da tela dizia que eram 18h13. Dez horas! O que ele tinha dado a ela? Ela movimentou os ombros e o entorpecimento evaporou de seu corpo, apenas para ser substituído por uma dor enfadonha e pela sensação de ausência de energia, como se alguém tivesse batido sua carne com um martelo macio enquanto ela dormia. Sem dúvida suas pernas não estavam em melhor condição. Ela as puxou e dobrou o joelho. Ou pelo menos tentou.

Depois de alguns centímetros, suas pernas pararam. Rachel puxou o edredom para cima e deixou escapar um gemido.

Agora a coisa estava ruim pra valer.

Se antes ela estava fodida, agora estava fodida e meia, com uma bela cereja de desespero no topo. Uma faixa de couro, acolchoada com penugem preta falsa, prendia cada um de seus tornozelos, e uma corrente grossa o suficiente para rebocar um carro ligava as duas. Outra corrente saía do edredom, passando pela extremidade do colchão. Rachel a puxou e a viu se esticar. Ela estava presa à cabeceira da cama de ferro forjado.

Sua primeira reação foi mandar tudo à merda, gritar, implorar e oferecer qualquer coisa para que ele a deixasse ir embora, mas um fragmento de sua mente, de alguma forma ainda racional, lembrou-a de que ainda não estava morta. Ele queria algo dela. Havia esperança. *Sim, claro. O que poderia ser?* Ela sentiu a virilha, aliviada por não estar dolorida. Outra coisa, as algemas eram acolchoadas, o que significava que, apesar de deixá-la inconsciente e de acorrentá-la à cama, o conforto dela ainda era uma preocupação para ele. Spence tinha até lhe dado uma televisão! Então, sim, ele estava louco, provavelmente tinha se revelado um daqueles caras doidos que tiram a pele das vítimas, mas ele a queria viva, não a havia violentado e meio que se importava se ela estava feliz. Não era muito, era verdade, mas ainda era melhor do que cortada e dissolvida em uma banheira de ácido sulfúrico.

Rachel mexeu a boca até conseguir saliva suficiente para falar. Tentando manter a histeria longe de sua voz, ela chamou:

— Spence? Você está aí?

O controle remoto estava no armário de cabeceira, então ela desligou a TV. O silêncio repentino aumentou o medo, como se o tom alegre dos apresentadores tivesse impedido seu cérebro de perceber plenamente o verdadeiro horror de sua situação. Chamou por ele novamente. Nada. Tinha ido embora. Ele a tinha deixado ali para morrer. Ela esfregou as algemas, sondando sua resistência, mas eram fortes; o couro cobria um núcleo de metal, e além disso estavam trancadas com uma chave. Ela pegou uma das correntes, checando se podia deslizá-las ao redor da estrutura da cama, sacudindo-as com frustração quando elas não se moviam.

— A cama foi feita por encomenda.

Spence estava parado na porta. Ele estava segurando uma bandeja, sorrindo como se a surpreendesse com o café na cama no seu aniversário.

— Então é melhor você relaxar — disse ele.

Só que não era Spence, não realmente. Não usava mais o cabelo descolorido, o jeans justo e a camiseta da moda, substituídos por um penteado certinho repartido de lado, os fios agora castanhos, uma camisa preta mais justa na cintura, com dois botões abertos no colarinho, e uma calça cinza elegante, com um tecido que tinha uma penugem. De camurça ou antílope. Sapatos modernos de couro preto, amarrados com um laço bem-feito, do tipo que Spence acharia engraçado e chamaria de "estilo repartição", completavam a transformação. Até seu perfume era diferente, uma colônia leve e fresca, não muito diferente daquela que Konrad usava... ah, *merda*.

Ela mordeu o interior da bochecha para manter o choque sob controle. Ele não apenas cheirava como Konrad. Também se parecia com ele.

Na época em que eles saiam para jantar fora, era assim que ele penteava o cabelo. Tinha pintado o cabelo da mesma cor também. E essa roupa. Konrad usou exatamente o mesmo look na noite em que estiveram no St. John em Spitalfields, quando ela pensou que ele fosse dizer que a amava. Ela se lembrou da câmera que havia encontrado na sala, do que ela e Konrad fizeram no sofá quando chegaram em casa naquela noite, e estremeceu. Havia quanto tempo Spence a estava espionando?

Uma cadeira da cozinha havia sido colocada perto da cama, mas não perto o suficiente para que ela a alcançasse. Ele já tinha feito isso antes. Quantas pessoas haviam morrido ali? Spence colocou a bandeja sobre a cadeira e ficou de pé, com as mãos descansando no encosto. Quando Rachel viu o que estava na bandeja, um arrepio subiu pelo seu pescoço e percorreu seu rosto.

Era isso. Ela ia morrer.

O pensamento seguinte a atingiu feito um soco. *Nunca mais vou ver Lily.*

Todas as intenções de se manter controlada desapareceram.

— Spence, escute, por favor... por favor, eu faço qualquer coisa. Qualquer coisa que você quiser. — Lágrimas rolaram em seu rosto. Ela engoliu o soluço com dificuldade. — Não faça isso, Spence. Por favor, por favor, por *favor*. Não faça isso comigo.

— Ei. O que é isso, Rach? Está tudo bem. Você está segura aqui. Não vou fazer nada com você. — Ele apontou para a bandeja. Sobre ela havia uma seringa, preparada com um líquido transparente, um comprimido dentro de um copinho de papel, do tipo que ela distribuía na enfermaria cinquenta vezes ao dia, e um copo de água. — Isto é para *você*.

Ela enxugou os olhos com a manga.

— Para mim?

— Isso tudo deve ser um choque para você. — *Não brinca, psicopata.* — Mas eu quero que você saiba — ele continuou — que você não é obrigada a ficar aqui. Você pode sair a qualquer hora. — Ele empurrou a parte de trás da cadeira e se aproximou, agachando-se ao seu lado. — E esta é a sua saída.

— Eu não... eu...

— Me deixe explicar. Na seringa tem cloreto de potássio. Dói pra diabo, pelo menos é o que dizem, que parece que você está se dissolvendo por dentro, mas acaba em minutos. Por sorte, como enfermeira, você seria capaz de aplicar a injeção corretamente. Você não ia querer errar com *isso*. — Ele fez uma careta e moveu o dedo para os comprimidos. — Amitriptilina e Oxazepam. Vai levar mais tempo, talvez algumas horas, mas é muito mais relaxante. Você pode escolher se quer misturar com Demerol, ou qualquer coisa que não tenha despejado na privada, e curtir o barato.

Curtir o barato?

Spence ficou de pé e endireitou o corpo, as mãos descansando atrás das costas, o peito esticando o tecido da camisa. Até seus passos haviam mudado, passando de um ligeiro ar caipira desleixado para algo totalmente masculino, até mesmo um pouco militar. Ele levantou o queixo.

— E você pode, também, me pedir para ir embora, e eu vou. Então nós vamos esperar que a natureza siga seu curso. Eu posso te deixar mais água, se você quiser, e então você pode levar menos ou mais tempo, em termos relativos, quanto quiser.

— Você está dizendo que me deixaria morrer de fome? — disse ela, bem devagar.

— Se você preferir assim.
— Se eu *preferir?*
Isso não estava acontecendo. Tinha que ser uma pegadinha, uma brincadeira de mau gosto. E se fosse um daqueles sites sinistros da internet nos quais os ricos pagam para ver alguém sendo torturado?
— Por favor, Spence — sussurrou ela, olhando nos olhos dele. Ele olhou para trás, sem piscar. — Nós éramos amigos, não éramos? — Ela esperou que ele respondesse, mas ele permaneceu tão inabalável que Rachel o imaginou fugazmente como um robô, com uma placa de circuito atrás do rosto. — Me deixe ir embora. *Por favor.* Eu... eu não conto nada para ninguém.

Rapidamente, como se tivesse sido movido por um interruptor, todo o seu comportamento mudou, seus ombros relaxaram, seu corpo virou de lado, um pouco como um modelo ao atingir o fim da passarela. E era Spence, ali mesmo, o *seu* Spence, o amigo que começava a trabalhar mais cedo para ajudá-la nos seus turnos, que a divertia contando histórias de seu estilo de vida hedonista, que ia à casa dela às sextas-feiras à noite para ver filmes românticos e reclamar dos finais felizes. Não aquela versão masculina esquisita dele.

Ele deu a ela o mesmo sorriso e piscada que tinha dado tantas vezes no hospital.

Era ele! Ainda era el...

Igualmente rápido, sua postura voltou a mudar. Ele apontou um dedo brincalhão para ela.

— Você caiu, né?
— Por que... por que você está fazendo isso comigo?

Ele fez uma pausa, medindo-a, depois pegou a bandeja da cadeira e a colocou no chão, ao lado da cama. Sentou-se, cruzando a perna, tornozelo apoiado no joelho, entrelaçando as mãos atrás da cabeça. Ela se lembrou da imagem de um pássaro tropical, algo do *Planeta Terra*, pavoneando-se e querendo parecer maior para atrair um companheiro. *É isso que ele está fazendo, o homenzinho. Tentando se tornar grande.*

— Por quê? Ué, porque eu te amo.
— Você precisa de ajuda— disse ela, balançando a cabeça.
Spence a olhou de cima abaixo.

— Não sou eu que estou acorrentado à cama.

— Então você fez tudo isso? Você mandou minha foto para os amigos do Konrad? Você tirou o dinheiro da minha conta? Você provocou minha demissão?

— Tecnicamente foi só uma suspensão.

— Você sabia o que aquele emprego significava para mim. — Ela mordeu o lábio para evitar que tremesse.

— Você está olhando tudo pelo ângulo errado. — Sua expressão era impaciente mas ao mesmo tempo divertida, como se ela fosse uma criança fazendo a mesma pergunta estúpida pela centésima vez. — Tente ver tudo isso como um grande gesto romântico.

— Não podia ter me dado flores? Ou a porra de uma caixa de bombons? — Ela começou a chorar novamente. — Como você pôde fazer isso comigo, Spence? Como pôde...?

— Aqui — disse ele, colocando a mão no bolso de trás. Estendeu um lenço dobrado.

— Não, *obrigada*.

Ele puxou a mão de volta.

— Procure não assoar o nariz no lençol. Não é lá muito feminino.

— Vai se foder.

— Isso também não.

— Vai se foder.

— Acho que você está meio cansada. — Ele começou a ficar de pé.

Ela olhou para os comprimidos e para a seringa na bandeja. Estava sendo deixada ali para morrer?

— *Espere!*

Spence se abaixou casualmente.

— Sim?

— O que você quer de mim? É sexo? Você quer transar comigo? Eu pensei que você fosse *gay*.

— Você já me viu beijando um homem?

Era verdade, ela nunca tinha visto. Rachel já tinha visto um desfile de namorados em fotos, histórias de encontros noturnos em boates, mas nunca tivera contato com provas de sua sexualidade, não mais do que ele tinha contado a ela. Rachel caiu de costas contra o travesseiro.

A plena percepção de sua situação a atingiu — que era Spence o tempo todo, seu amigo Spence, e agora ele a tinha acorrentada à sua cama —, e ela soltou uma risada incrédula. — Mas por que toda essa armadilha? Por que me conhecer? Por que não apenas me bater na cabeça num beco escuro e me arrastar até aqui?

— Os pássaros raros não são capturados com pancadas na cabeça. Ela movimentou as pernas, sacudindo as correntes.

— Que diferença teria feito?

— Eu admito, as coisas não saíram exatamente como planejadas.

— *Planejadas?* Que plano foi esse?

— Eu queria uma fase de lua de mel primeiro, antes de nós chegarmos a esta fase.

— *Lua de mel?* Mas eu não... eu não... — Ela se deteve, sabendo que não adiantava dizer que não o achava atraente. — Mas nós éramos *amigos* — terminou, em tom de lamento.

— Nós teríamos conseguido, no fim das contas. Talvez depois que você ouvisse sobre o noivado do Mark.

— O *quê?* Eles estão juntos há algumas semanas!

— Questões de visto com a namoradinha vietnamita, eu acho. Pelo que eu ouvi, tudo o que você tem que fazer é pôr a mão no pênis dele e ele concorda com o que você quiser. — Rachel balançou a cabeça. Sua boca estava aberta, mas ela não era capaz de falar.

— A quem mais você teria se voltado? — Spence prosseguiu. — seu pai? Aquele velho bêbado provavelmente está virando uma garrafa enquanto nós conversamos aqui. Que tal a Becca? Ela é um poço de descontrole. Konrad? Meu Deus, eu odeio aquele tipo bonitão e ignorante... tão previsível. Aquele salsichão teve sorte de não pegar cinco anos no presídio de Pentonville. Não, tinha que ser eu. Eu estaria lá, cuidando de você, protegendo você, pois você estava ficando cada vez mais magra, cada vez mais fraca.

— Mas... mas eu pensei...

— Eu sei, eu sei, você pensou que eu fosse gay. Mas alguns viados pegam mulheres quando são jovens. Você sabe disso, né? Ele se abriu para você sobre seu passado, o fato de passar vários anos inseguro, chegou a ficar noivo de uma garota em algum momento. Acho que ele estava com 21, se bem me lembro da história. E ele ficou *tão* magoado com toda a tragédia envolvendo o Andreas. Os homens são tão insensíveis, tão sem coração... Uma noite vocês teriam entornado uma garrafa de algo seriamente alcoólico juntos, e ele teria acordado na sua cama. — Ele levantou as sobrancelhas de uma maneira sedutora. — E você teria pedido a ele para ficar.

— Então esse era o seu plano? Ferrar com a minha vida inteira a ponto de eu não ser capaz de viver sem você?

— Prefiro pensar nisso como *duas almas se encontram, se apaixonam*...

— Uma alma acorrenta a outra na cama? Essa eu não conhecia.

— Como eu expliquei, essa fase iria demorar um pouco, mas o que se pode fazer? Você está aqui agora. Isso é o mais importante.

A maneira como ele falava com ela, calmo, quase digno, enquanto ela continuava histérica, era uma afronta.

— *O que se pode fazer?* Eu estou presa aqui, seu maníaco!

Ele rolou os olhos como se quisesse perguntar: *Por que esse drama todo?*

— Olha — disse ele, tentando parecer razoável. — Você acabou de dizer que nunca rolaria um clima entre nós. Nós éramos *amigos*, certo?

Ela assentiu, cuidadosa.

— Eu queria você — ele continuou. — Você nunca teria vindo até mim por vontade própria. Mesmo que você pensasse que eu era hétero... então eu te roubei. Não é nenhuma mágica. Qualquer pessoa consegue fazer isso. O mundo está aí para ser conquistado. Você só precisa tomar a iniciativa.

— E você não se importa se eu não sentir o mesmo.

Spence alinhou a coluna e endireitou a camisa.

— Será que o rei se importa que a menina que lhe trouxeram à noite preferiria estar dormindo em sua cama? Será que um chefe de aldeia se preocupa que o belo tigre que ele capturou preferiria estar vagando pela selva?

— Eu não sou um animal.

— Por favor. Se eu visse as pessoas dessa maneira, nunca faria nada.

— Por que eu? De todas as pessoas com quem você poderia ter feito isso, tantas celebridades gostosas.

— *Pfff.* Silicone.

— Mas por que *me* escolher? O que eu fiz...? — Ela se sentiu perdida novamente, e lutou contra as lágrimas. *Fiquem aí!*

— Uau, você está realmente querendo ganhar elogios! Ok, eu vou morder a isca. Você é alta, e eu gosto disso. E você é muito atraente. Fisicamente, quero dizer. Você com certeza nunca ficaria com alguém parecido comigo.

Rachel abriu a boca para falar, mas o menear da cabeça de Spence a calou.

— Não negue — disse ele. — Não suporto gente mentirosa. O que mais...? Você é inteligente... e determinada, eu admiro isso. Eu odeio pessoas fracas. — Ele sacudiu a cabeceira da cama. — Isso aqui não seria divertido se você fosse fraca, e essa é geralmente a melhor parte. Merdas *acontecem* nesse quarto. Mas eu acho que o principal é, eu não sei... você me *intriga*. E isso acontece com muita frequência. Na verdade nós temos muito em comum. Existe essa escuridão dentro de você, ela vai direto para a sua essência. Eu vejo isso. E isso *realmente* desperta o meu interesse. Toda essa coisa da fome é incrivelmente sexy.

— Você curte anoréxicas, né?

— Nunca saí com nenhuma, mas sou um grande admirador. — Ele se inclinou para a frente, os olhos brilhando. Era Spence de novo. — Uma beleza decadente.

Quando ele se sentou, todos os vestígios de seu amigo tinham desaparecido.

Como ela tinha trazido *isso* para sua vida? Fora o *doxing*? Será que ele a perseguia por anos, esperando o momento certo para atacar?

— Há quanto tempo você está me observando?

— Se você quer saber, estou *interessado* em você faz algum tempo, mas o momento nunca era o ideal. Ou você era muito jovem, ou eu estava com outra pessoa, depois você engravidou da Lily. Eu não queria interromper isso. Eu não sou um monstro! — Ele olhou nos olhos dela, como se estivesse esperando que concordasse, e Rachel rapidamente assentiu. — Eu estava de olho naquele cara que estava preso. Vi que ele saiu em liberdade condicional. E você tinha um namorado novo, eu precisava resolver aquilo. Já eu estava solteiro e procurando um novo projeto. Daí as coisas se encaixaram.

A maneira como ele falava, como se estivesse contando um caso vagamente interessante sobre como ele tinha conseguido um novo emprego, além de apontar as minúcias do motivo de ter destruído a porra da vida dela, era de enlouquecer. Ela falhou em manter o sarcasmo na voz.

— *Se encaixaram*? Você entrou na minha vida faz quase um ano... nem é um enfermeiro de verdade, eu presumo. — Spence fez um bico.

— Quer dizer que você finge ser um enfermeiro.

— Como você acha que eu sou cozinho tão bem? E levo tanto jeito com decoração? Uma das coisas de que eu mais gosto nos meus romances é a oportunidade de ampliar minhas habilidades, e estar com você me deu a chance de ter algum treinamento médico em tempo real. Não dá para aprender muita coisa nos livros didáticos e assistindo séries de médicos.

— Mas os pacientes... Você poderia ter matado algum.

— Na verdade foram alguns. — Ele assentiu desdenhosamente. — Ahh, eles já estavam velhinhos.

Rachel tentou não expressar nada enquanto processava o que ele estava dizendo. Quantas vezes ele tinha aparecido na vida de alguém e a destruído ao ponto de se voltarem para ele em busca de conforto? Quantas pessoas tinham acabado acorrentadas assim à cama? E ninguém jamais o havia descoberto, caso contrário ela não estaria ali agora.

— É tão difícil entender? — ele perguntou. — Eu te vi, eu me apaixonei por você, daí eu te roubei. O amor é isso, não é? Pegar o que você quer e fazer dele o seu próprio amor.

Seu jeito de falar a lembrava dos psicopatas que conhecera durante sua passagem pelo Northside Centre, o garoto que apunhalara o outro por ocupar sua cadeira. Precisava ficar calma, deixar o clima divertido. Ele podia ser imprevisível. Propenso a ter rompantes de violência.

— Tudo bem, você me pegou — disse ela. — Então o que vai fazer comigo?

— *Isso* quem decide é você.

— O que você quer? — ela perguntou, cautelosamente.

— Endireite o edredom — exigiu ele. — Cubra as pernas.

Ela obedeceu.

— Assim está melhor?

Spence se curvou na sua direção.

— Torne essa coisa real. Enquanto você fizer ser de verdade, eu fico aqui. Se você não fizer, eu vou embora. Simples assim.

Ela não conseguia argumentar com Spence, isso era claro, então, em vez disso, precisava trabalhar no tempo dele, ver o que pretendia fazer a seguir. Talvez, quando ele decidisse forçá-la, ela pudesse convencê-lo a desatar suas pernas e depois dominá-lo.

— Eu vou tornar essa coisa real — ela disse, e obrigou seus lábios a dar um sorriso. — Se é isso que você quer.

Ele empurrou o punho de sua camisa para trás, e, alinhando os ombros como um modelo de catálogo, conferiu o relógio.

— Eu diria que está quase na hora do jantar. Você deve estar com fome.

Isso era um eufemismo. Parecia que o estômago dela estava se virando do avesso, procurando restos de comida nos bolsos. Mas ela conseguia lidar com isso. O mais importante era fazê-lo pensar que ela não conseguia comer, que estava ficando mais fraca. Muito fraca para tentar escapar.

— Eu acho que não... — ela balbuciou.

— Eu vou preparar, então vai estar lá se você quiser — respondeu ele, com um sorriso travesso. — O "seu" Spence costumava dizer o mesmo.

Na porta, ele se virou para ela.

— Só mais uma coisa. É perfeitamente natural que alguém na sua posição tente pensar em maneiras de fugir, ou de bater algo na minha cabeça quando eu não estiver olhando. Se é isso que você está pensando em fazer, então eu vou te dizer uma das minhas frases favoritas. *Não tem nada pior do que saber o que você tinha, e perdeu para sempre.*

Ele fixou o olhar nela, seu olhar frio, e fez mímica simulando um corte na palma da mão.

— Você ainda tem a sua filha. Eu odiaria que *mais* alguma coisa acontecesse com ela.

Quando ele se foi, Rachel cobriu o rosto e chorou. *Lily.* A ideia de que nunca...

Ela baixou as mãos, seus olhos se arregalaram.

Ela voltou no tempo e se viu como uma adolescente na clínica de distúrbios alimentares, o laptop equilibrado nas pernas, Mark ao seu lado enquanto percorriam a deep web procurando alguém que ajudasse a incriminar Alan Griffin. Ela reviu a janela de bate-papo, o nome piscando enquanto as palavras apareciam.

Não há nada pior do que saber o que você tinha, mas perdeu para sempre.

Foi assim que essa *coisa* tinha aparecido na vida dela — ela o tinha convidado! Ele era o hacker que eles pagaram na deep web para plantar as fotos no computador de Griffin. Ele era Regret.

42
ENCONTRO

Era tão estranho assim o comportamento de Spence? Será que um ditador pensa que a multidão acenando tem súditos leais e amorosos? Será que uma estrela pop acredita que os bajuladores de sua comitiva se arrepiam a cada afirmação dela porque é mais esperta que o Dalai Lama? Será que o cara escroto que desembolsa cinquenta libras numa cama do Soho acredita que a prostituta deitada sobre o lençol de plástico curte transar com perdedores solitários que provavelmente não lavam as bolas há uma semana?

Não, não, absolutamente não.

Tudo o que o solitário, o ditador e a artista querem é que a *performance* seja convincente. Com Spence funcionava do mesmo jeito — à sua maneira, ele queria que os dois estivessem juntos. Apesar de mantê-la acorrentada à cama, ele achava que eles poderiam, de alguma forma, ter um relacionamento.

Se era isso que ele queria, era isso que ele ia ter.

Ela precisava ser como uma gueixa, sorrindo mesmo enquanto um velho de oitenta anos de idade empurrava seu pinto cheio de manchas de idade em sua boca. Se ela não o fizesse, nunca mais veria Lily novamente.

O fato de ele lhe dar mais comprimidos ajudava, para que ela estivesse mais frágil, menos ameaçadora. Sendorax, esse era o nome estampado na cartela com dez. Provavelmente outro opiáceo. A coisa mais fácil de viciá-la. Ela até tinha feito uma piada — *Pelo menos desta vez não vou conseguir afastá-los.* Quando ele as entregou a Rachel, ela destacara dois deles e os jogara na boca. Depois que ele saiu, ela os cuspiu e os escondeu embaixo do colchão, ao lado dos chocolates esborrachados.

Estava com muito medo de jogar no vaso e o encanamento entupir. Que ironia os remédios serem capazes de salvá-la agora. Ela ia precisar de todas as suas forças para tentar escapar.

Apoiada nos travesseiros em uma posição tão sentada quanto sua corrente permitiria, com as bochechas frouxas e os olhos vidrados, Rachel assistia à televisão. Em *The Naked Chef* na Food TV+1, Jamie Oliver tagarelava sobre uma torta caseira. Ela precisava manter o fingimento de estar entorpecida, mesmo quando Spence não estava no quarto com ela. Especialmente quando ele não estava. Ao contrário do *seu* Spence, que não conseguia tirar o casaco sem fazer estardalhaço, essa nova encarnação se movia tão furtivamente quanto uma pantera caçando sua presa. Uma vez ele estava dois passos dentro do quarto, perguntando se ela queria uma bebida, antes de ela perceber.

Ela tateou a lateral do colchão, de olho na porta, inclinando-se lentamente, pronta para fingir que estava apenas mudando de posição se ele a flagrasse. Seus dedos encontraram um dos chocolates achatados. Um Bounty, legal. O de coco podia contar como um dos seus cinco diários. Ela o segurou debaixo do edredom, tentando sincronizar o crepitar da embalagem com a espátula de Jamie raspando nas laterais da frigideira. Quando fazer um movimento? Agora, quando ela tinha mais força? Ou em algumas semanas, quando ganharia a confiança de Spence e as defesas dele estariam mais baixas?

Ela enfiou o chocolate na boca, mastigando rápido, engolindo assim que pôde e deixando o rosto frouxo novamente. Não, tinha que ser logo. Todas aquelas besteiras sobre o amor — mais provável que ele a violentasse algumas vezes e depois a largasse ali para morrer. Mesmo que a mantivesse por mais tempo, presa em sua versão sociopata de um casal em lua de mel, ela só ficaria mais fraca, seu corpo se tornando mais frágil e mais dolorido quanto mais tempo ela permanecesse acorrentada à cama, e ele ainda se livraria dela no final. E então? E depois de tê-la deixado ali para morrer? Ela não o deixaria para trás para stalkear Lily pelos próximos vinte anos e depois fazer o mesmo com ela, passando pelas duas como uma fantasia macabra de mãe/filha. Ela não podia arriscar que isso acontecesse.

Ela deveria contar que sabia que ele era o hacker que tinham pago para incriminar Griffin? Ele mesmo não tinha oferecido essa informação, então talvez não quisesse que ela soubesse. Rachel poderia usar isso, de alguma forma? Por que ele não comentara? Ele fora presunçoso o suficiente para mencionar as outras mulheres com quem tinha feito isso — uma chef, uma decoradora de interiores, e quem sabia quantas mais.

É aqui que a merda acontece.

Ela estremeceu. Isso não soava bom.

Da cozinha veio o cheiro de manteiga derretida, e ao fundo, uma nota de salmoura. Frutos do mar. Sua mente a presenteou com imagens de salmão selvagem, filetes de robalo grelhando na panela, bolos de caranguejo dourados guarnecidos com aioli de ervas, aguçando sua boca em antecipação. Pegou outro bombom, um de caramelo desta vez. De alguma forma, precisava convencer Spence a libertá-la. Não ia ser fácil. Ele já havia recusado um pedido, quando ela perguntara sobre ir ao banheiro; ele lhe pediu para esperar, depois voltara com uma comadre. Quando ela gemeu por causa da indignidade, ele a lembrou que vinha trabalhando em uma enfermaria geriátrica havia um ano e já tinha visto todos os tipos concebíveis de resíduos produzidos pelo corpo humano. Em grandes quantidades também.

— Você não viu os meus — ela respondeu, petulante.

— Ainda não — ele sorriu, e deixou a peça com ela.

Ela não precisava se preocupar — estava tão entupida quanto uma sarjeta londrina. Embora, talvez pela primeira vez na vida, estivesse feliz por ter o intestino preso. A única coisa que poderia piorar ainda mais essa situação seria intercalar momentos em que ela lhe entregaria uma vasilha cheia com seu próprio cocô. Esperava sair dali antes que isso acontecesse.

Dois bombons depois, Spence apareceu na porta. Rachel pegou o movimento pelo canto do olho, mas continuou vidrada na televisão, onde Jamie estava grelhando alguns brócolis para usar na torta caseira.

— Rachel — disse Spence suavemente. — Amor?

Era assim que ela chamava Lily. *Seu desgraçado, você não pode falar assim!*

Ela balançou a cabeça pesadamente, piscando como se estivesse lutando para ficar acordada.

— Ei... O que...

— Vamos jantar, então? — Sua voz era suave, quase compassiva, como se estivessem presos ali juntos, e ele fosse tão vítima das circunstâncias quanto ela. — Eu preparei um cardápio especial.

— O cheiro está ótimo — ela murmurou, não querendo abrir muito a boca para que ele não farejasse seu hálito.

— Que tal os analgésicos?

— Legais.

— Achei que você iria gostar mesmo — ele respondeu, dirigindo-se para a sala.

Ela esfregou o rosto, abrindo bem os olhos, como se estivesse tentando acordar, mas congelou quando viu que ele estava segurando outra bandeja.

— O que tem aí?

— Ostras. — Ele colocou a bandeja de lado. — Eu sei que você adora.

Ela sentiu a garganta apertar. *Fique firme. Não demonstre nada.* Ele não só estava *vestindo* o que Konrad usava no encontro deles com os Spitalfields como tinha feito a mesma comida.

— Eu adoro mesmo — ela sussurrou, e colocou a mão sobre o estômago. — É que... não é...

— Coma a quantidade que quiser — disse Spence, dando-lhe um olhar tímido. — Eu nunca sonharia em te obrigar a comer. — Ele desligou a televisão, pegou algumas velas perfumadas da bandeja e as espalhou ao redor. Depois de acesas, ergueram uma suave névoa laranja no quarto.

— Que romântico — disse Rachel, fingindo.

— Eu quero que as coisas sejam especiais. No nosso primeiro encontro.

A mesma roupa de Konrad, o mesmo penteado, a mesma comida. O que Spence pensou que aconteceria? Que as velas amoleceriam a luz e os comprimidos amoleceriam tanto a mente que seus olhos esqueceriam os cinquenta quilos que separavam os dois homens? Que ela *iria interpretar? Fingir* que estava em casa com o namorado e não acorrentada à cama de um lunático?

• • •

Uma rolha estalou na cozinha. Spence voltou com duas taças estreitas de vinho branco cintilante. *Uma celebração. Nem mesmo Becca ficaria feliz em ver uma taça borbulhando nesse momento.* Ele fez uma pausa antes da cadeira, em seguida andou deliberadamente em sua direção e lhe estendeu a bebida.

Os músculos do antebraço dela se contraíram. Ele estava perto o suficiente para que Rachel pudesse se esticar e torcer suas bolas.

Você tem a sua filha. Eu odiaria que algo mais acontecesse com ela. Não, não era o momento certo. Seria muito fácil para ele se esquivar. Além disso, mesmo que ela de alguma forma o dominasse, como se libertaria das algemas?

Rachel pegou a taça. Enquanto bebia, ele manteve o dedo sobre a parte de trás da mão dela. Um sacudidela brusca ao toque físico subiu pelo seu braço. Ele olhou nos olhos dela, e soltou. Ela se sentiu invadida, violentada, enquanto se afastava. *Fique calma. Não dê na vista.*

Spence pegou a bandeja da cômoda, colocou-a na cama e puxou a cadeira para mais perto. Um círculo de ostras de manteiga de alho, servidas em meia concha e salpicadas com salsa, deitadas em uma cama de gelo branco triturado em um prato feito de prata. Ele tinha cozinhado e os tinha apresentado idênticos àquela noite. Como ele sabia? Teria ela lhe contado os detalhes? Ou ele tinha espiado pela janela do restaurante? Apesar de tudo, ela não podia deixar de ficar impressionada com sua atenção aos detalhes. Não é de admirar que ele pudesse se fazer passar por enfermeiro.

Ele levantou sua taça.

— A que nós vamos brindar? — *Sua morte lenta e agonizante?*

— Que tal... à verdade? — ela respondeu, tocando a taça dele com a sua.

— Eu gosto disso. A verdade.

Rachel fez um som de apreciação, embora o vinho fosse tão ácido e desconfortável como agulhas em seu intestino, e colocou a taça sobre a mesa de cabeceira.

— Essas ostras parecem incríveis. — Ela tentou impedir que sua mão tremesse enquanto alcançava uma.

— Eu prefiro cruas — ele respondeu, sorrindo sugestivamente. — Sem limão, sem nenhum tipo de guarnição. Apenas o sabor fresco do mar na minha boca, os grãos de areia e tudo mais.

— Dizem que Casanova comia cinquenta desse jeito todas as manhãs.

— Vou começar com uma.

Ele levantou sua ostra para ela como uma saudação.

— Tudo tem que ter um começo.

Ela enfiou a concha na boca, não querendo gostar, mas o sabor da manteiga, temperada com pimenta, e a textura macia, quase cremosa, da ostra estimularam sua língua. Eram exatamente iguais às do restaurante, se não melhores. Queria engolir todas elas, mais rápido do que shots de tequila em uma noitada de mulheres. Em vez disso, colocou a concha ao lado da taça, fazendo uma careta como se a comida tivesse ficado presa no meio do caminho.

— Não consegue? — ele perguntou.

— Está maravilhoso. Eu só estou... É difícil...

Ele se inclinou e colocou sua mão sobre a dela.

— Ei, está tudo bem. Já te falei, coma a quantidade que quiser. Sem julgamentos. Não aqui.

Perdão, Lily.

— Posso te falar uma coisa? — Rachel disse, em voz baixa, como se revelasse um segredo para uma sala vazia. Ele assentiu, movendo o corpo para a frente, mantendo a mão sobre a dela. — Você já me ouviu reclamar, certo? Trabalhar em tempo integral, depois voltar para casa e ser mãe. Eu amo a minha filha. Você sabe que eu amo. Mas é difícil. Todo dia é uma batalha. E... e eu estou tão cansada. O tempo todo. — O queixo dele estremeceu e ela respirou fundo. — Minha mãe era assim também. Ela me amava, claro que amava, mas não aguentou o ritmo, não depois que o meu pai foi embora. Se eu não a tivesse visto daquele jeito, eu *mesma* não saberia como fazer. — Ela sufocou um soluço. — Estou tão assustada que a Lily possa ter herdado isso de mim.

— Está tudo bem — disse Spence. — Eu entendo.

— Vou te falar uma coisa que nunca contei para ninguém. Uma coisa que eu... eu lutei muito para admitir para mim mesma.

Ele se sentou, seu sorriso aumentando.

— Continue.

— Na primeira vez que minha alimentação ficou muito ruim, com toda essa coisa do Griffin, eles me mandaram para a ala psiquiátrica. Sabe, junto com os doidos de verdade. — Ela tentou engolir e lamber os lábios, mas sua boca estava muito seca para fazer qualquer uma das duas coisas. Spence a estava observando, imóvel como uma cobra esperando para ver se o rato em sua mira faria um movimento brusco. — Você pensaria que eu odiava aquilo lá, mas... eu não odiava. Eu gostava. A vida era tão *fácil*. Às vezes eu até desejei voltar para aquela fase. Sem emprego, sem contas, sem filha. Sem responsabilidades. Só vendo televisão, descansando... descansando tanto quanto eu queria. E ler também. Eu adorava ler, mas não pego um livro desde, bem, eu não sei desde quando. E não ter que me preocupar com o que comia, porque podia comer o que quisesse, quando quisesse, mesmo que não fosse nada. E, se os médicos não ficassem entusiasmados com isso, eles poderiam me alimentar com uma sonda meu estômago e me deixar em paz! Foi... foi a época mais feliz da minha vida.

Spence balançava a cabeça enquanto ela falava, e deu mais algumas balançadas depois que ela parou. Ele se sentou e inflou as bochechas, parecendo inseguro, como se estivesse tentando encontrar a moral da história.

— Esta última semana, aqui com você, foi a mais feliz que eu tive desde aquela época — prosseguiu ela. — Eu não queria ir embora. Era o dever me fazendo querer ir. E, se você me diz que não tem problema em não me sentir assim, que eu posso simplesmente ficar aqui e viver a vida que *eu* quero, então eu... eu *acredito em você*. Isso é loucura?

Ele tomou um gole de vinho.

— Não é loucura.

— Será mesmo? Para mim parece loucura.

Ele sorriu e ia pegar outra ostra, mas fez uma pausa e em vez disso ofereceu o prato a ela.

— Quem sabe possamos ser loucos juntos?

Ela procurou por uma concha.

— Quem sabe?

43
CÂMERAS DE SEGURANÇA

— Deus, eu queria tanto estar mais perto — disse Mark, dando zoom na imagem. — Há outra câmera que está muito mais próxima, mas está fora de serviço desde o ano passado.

Konrad esfregou os olhos e se concentrou novamente na tela, onde imagens granulosas mostravam um casal, explodindo em pixels, entrando no que parecia ser um táxi preto.

— E você acha que são eles? — perguntou.

— Eu acho. Realmente acho. — Mark arrastou a guia para a tela mais à direita, e clicou em *Enter*. Veja. Este é o Sussex Way, 547. Eu sei que está escuro, e eles estão abaixados, mas olhe para a altura deles e me diga que não podem ser os dois. Ele voltou para a primeira tela, e ampliou-a de novo. — E eles são os mesmos que saem... aqui, no alto de Tollington. Quatro minutos depois. Quantas pessoas correm pelas ruas secundárias de Holloway a essa hora da manhã? Têm que ser eles.

— Então eles pegaram um táxi? E depois. Não dá para enxergar a placa.

— Não, mas, se nós encontrarmos o motorista, então vamos poder verificar o histórico do GPS.

Konrad sorriu e lhe deu um tapa nas costas.

— Nossa, você é um gênio! Quantos táxis pretos existem em Londres? Não pode haver tantos assim. Nós precisamos colocar isso nos jornais, talvez no *Evening Standard* de hoje. Posso ligar?

— Pode não ser a melhor ideia. Invadir o circuito de câmeras de segurança do município é definitivamente ilegal. — Mark pegou um

laptop com a tampa arranhada, do tamanho de um livro de capa dura, de uma gaveta na escrivaninha. Levantou a tampa e digitou diretamente na tela. Há uma caixa de denúncias na deep web. Eu posso deixar a filmagem lá.
— É seguro?
Mark deu a ele um sorriso sombrio.
— Pra você é.

44
DE VERDADE

Rachel claramente cuspiu a ostra, esperando que Spence não tivesse percebido que ela estivera encenando, dentro do lenço que ele havia oferecido no início do dia, e depois o viu terminar o resto. Depois de limpar os restos, ele puxou sua cadeira para o lado da cama dela e ligou a televisão. *Segredos de um Milionário,* que ele suportava com notório menor interesse do que antes, mesmo no fim do programa, perguntando em voz alta como alguém poderia se submeter àquele lixo. Eles seguiram depois para o primeiro episódio de *Breaking Bad,* a série preferida de Konrad. Spence achou que era uma série clássica que os dois podiam curtir juntos.

No meio do episódio, vinte minutos depois de colocar um par de Sendorax em sua boca, Rachel deslizou pelo colchão, colocou as mãos debaixo do travesseiro e fingiu estar dormindo. Spence continuou a assistir por um tempo, depois desligou a televisão. Ela ouviu a respiração dele se aproximando, podia sentir o calor do corpo dele enquanto se inclinava para perto dela, e se perguntou se deveria lhe dar um tranco, furar seus olhos, mas então ele começou a se afastar, dando passos leves na direção da porta. Ela esperou até ouvir o clique silencioso da fechadura, depois cuspiu os comprimidos, colocando-os com os outros debaixo do colchão, e engoliu os restos de sua segunda ostra.

Durante a noite, ela mordiscou chocolates, querendo comê-los mais rápido. A fome era um tormento, seu estômago rosnava, mas a ansiedade a fazia sentir como se alguém a segurasse pela garganta em uma corda acima de um fosso cheio de ursos. Ela estava fraca. Podia sentir. Todo o trabalho que tinha feito para reconstruir seu corpo, mas se sentia tão baqueada como antes, como um colchão de hotel barato, os ossos afiados como molas. Ela havia perdido uns dez quilos, no mínimo.

Sem saber as horas, a noite parecia durar para sempre. Tornou-se uma luta de momento a momento para não tomar os analgésicos. O que mais chocava Rachel era sua repentina vontade de viver. Esquecera os funerais imaginados na sua infância, os tributos cheios de remorso, os cenários bonitos onde seu pai irrompia em seu velório, caía de joelhos ao lado do seu caixão e implorava ao mundo que o tempo voltasse, para que ele pudesse ver a filha mais uma vez. Nada poderia estar mais longe de como ela se sentia. Ela ia sair dali, voltar para Lily. Ser a mãe que deveria ser.

Mas como? *Como?* Ela tocou a lateral do colchão, deu uma palmadinha no chão e sentiu a bandeja de eutanásia. Quando ele recolheu os restos do jantar, Rachel pedira a Spence para levar a bandeja embora, pois sua presença a assustava. Ele tinha refletido, olhando dela para a bandeja e de volta, depois dissera que era melhor se a mantivessem ali.

— Você é livre para sair a qualquer momento — ele disse.

Ela pegou a seringa. E se ela a escondesse embaixo do edredom, espetada, fingindo estar morta? A bandeja poderia estar virada no chão. Quando ele chegasse perto para verificar se ela estava mesmo morta, ela poderia esperar até que ele se inclinasse e o apunhalar no pescoço com o cloreto de potássio. Mas e se ela falhasse? Se as reações dela fossem muito lentas? E se ele estivesse esperando que ela estragasse tudo para poder fazer algo horrível com Lily, deixando Rachel viver com o sentimento de que a culpa era dela, como se ela fosse um objeto de pesquisa em sua tese psicológica sobre arrependimento?

Ela recolocou a bandeja no chão e massageou as coxas. Que porra poderia *fazer*?

Pela manhã, Rachel se sentia tão abatida como estava fingindo ser. Quando Spence chegou, por volta das oito, para ver se ela queria um café ou algo para comer, seu grunhido para ser deixada sozinha de debaixo do edredom não foi teatral. Ela tinha começado a dormir ao nascer do sol, e estava desesperada para continuar. O que mais ela ia fazer? Sentar-se na cama e ver televisão como se tivesse pegado um atestado para faltar ao trabalho?

Spence abriu as cortinas do quarto, enchendo o ambiente com uma luminosidade turva.

— Chega de hibernar.

— Ah, ei — ela disse, olhando ao redor.

Apesar de estar novamente vestido como Konrad, desta vez com o modelito polo preta/calça de linho bege do aniversário de três meses de namoro, quando comeram blinis de salmão defumado e vinho branco gelado na cama, o comportamento de Spence estava todo errado. A gola da camisa estava torta, o cabelo subia em pequenas ondas onde deveria estar liso, mas a estranheza estava mais na maneira como ele se comportava, como se pudesse sentir alguém parado atrás dele.

Então ela percebeu. Ele estava *nervoso*.

O que tinha acontecido? Ele tinha visto algo no noticiário?

Rachel pigarreou, sem saber se deveria perguntar o que estava errado. Para ganhar tempo, ela derramou um copo de água do jarro em sua mesa de cabeceira. Os analgésicos. Eles tinham desaparecido do lado da cama. Ela abriu a gaveta.

— Você pega depois — ele disse. Havia um hiato na voz dele, uma urgência. — Eu não quero que você adormeça em cima de mim desta vez.

Desta vez. Isso não soava bom. Na verdade, todo o seu jeito era preocupante. Na noite anterior, ela pensava ter algum controle sobre ele, mas agora Spence parecia preocupado, imprevisível. Ela precisava encontrar uma maneira de relaxá-lo e fazê-lo voltar ao mesmo estado de espírito de antes.

Spence bateu os dedos na cabeceira da cama de ferro.

— Comida? Você quer? Ou não preciso me preocupar? Você não vai comer de qualquer maneira, né? — Ele assentiu, como se estivesse concordando com a voz em sua cabeça. — Ok, vamos ao que interessa.

Rachel tentou puxar as pernas até o peito, gemendo quando percebeu que não conseguia.

— Comida seria bom. Posso comer alguma coisa? *Por favor*...

Spence fez um barulho com a boca enquanto a analisava.

— *Tudo bem*. Por que não? Nós já adiamos assim por tanto tempo.

Ela não estava gostando. Do jeito como ele estava falando, como estava agindo, como se ela fosse uma tarefa a ser cumprida. Na cozinha, os pratos tilintavam, os talheres batiam, as portas do armário se fechavam. O que quer que isso significasse, não era bom. O sedutor silencioso da noite passada tinha desaparecido. O que acontecera? Algum novo desdobramento na investigação? A polícia estava fechando o cerco? Spence tinha pressa porque estavam chegando perto, e queria sair dali?

Mas não antes de acabar com ela.

Quando voltou, entregou a Rachel um prato de blinis de salmão defumado cru, o peixe tão áspero nas bordas que parecia rasgado a mão, e abriu uma garrafa de vinho branco com tampa de rosca.

— Precisa de uma taça? — perguntou, inclinando o pescoço para ela, como se fossem bêbados dividindo uma garrafa em um ponto de ônibus.

— Seria legal.

— *Está bem.*

Ele lhe entregou a garrafa.

Mais tarde voltou com duas taças, pegou o vinho as encheu quase até a boca.

— Saúde. — Ele virou seu copo de uma vez. — Bem, eu estou pronto.

Isso estava caminhando muito rápido. Ela precisava diminuir a velocidade.

— Por favor, sente-se. Você disse ontem à noite que seria bom. Você disse...

— Está bem, *está bem*. Estou sentado. — Ele se acomodou na cadeira. Feliz?

— Achei que pudéssemos conversar um pouco — disse ela, levantando um dos blinis. — Tem tanta coisa que eu quero saber.

— Saber? O que você precisa *saber*?

— Algumas das coisas que você fez comigo. Eu gostaria...

— O que isso importa?

Ela vasculhou ao redor do cérebro, procurando razões.

— Porque... eu estou *impressionada* com a sua capacidade de virar a minha vida de cabeça pra baixo. Quero dizer, o lance do Snapchat, mandar a foto da minha conta. A Becca falou que isso seria impossível. Que você não conseguia entrar no Snap do...

— Ah, sim, A Becca. Manja tudo de computação. Ela não reconheceria uma conexão UDP nem com um chute na bunda. Eu só copiei o arquivo do usuário da pasta de instalação do seu telefone, coloquei no meu, depois fiz o login com a sua senha. Muito fácil.

— Certo, certo, mas e o fórum? O tal usuário, *SóPraVocê*, estava logado no meu laptop quando o endereço do Griffin foi postado. Mas isso era impossível, porque eu estava logada como eu.

Ele enfiou um blini inteiro na boca, e continuou falando enquanto mastigava.

— O tempo de login na sua página de perfil. De onde isso vem? São dados, só isso. Então eu alterei.

— Mas era um site seguro.

— Um macaco com um teclado poderia fazer sapateado nos sistemas de segurança cibernética daquele site e ninguém notaria nada.

— Mas e o Sistema Nacional de Saúde? Eles devem ter tido...

— Tanto faz. Quero dizer, sério, qual é a importância disso? Você é minha. Fim da história.

— Mas eu...

— Você nada.

— Eu... eu quero conhecer o seu verdadeiro eu.

— O *quê*?

Ela se encolheu na cama.

— Eu pensei...

— Quem se importa com o que você pensa? Quem se importa com o que qualquer um de vocês pensa?

— Por favor, Spence, não seja assim.

Ele gesticulou para a janela, expansivamente, como um imperador prestes a se dirigir ao seu reino.

— E alguém de vocês... *pessoas* sem brilho, sem expressão, pensa que pode fazer o que eu faço? *Você consegue fazer o que eu faço?*

— Pare com isso — gemeu Rachel. — Você está me assustando.

Spence a encarou, os olhos frios como máquinas.

— Acho bom ter medo mesmo.

Ele empurrou a cadeira, vindo até ela. Rachel ergueu as mãos, suplicando.

— Espere, por favor, assim não. Por favor, não faça assim. Ele agarrou o pulso dela, puxando seu braço para o lado, surpreendendo-a com sua força.

— Você disse que seria bom, Spence — disse ela. — *Você prometeu que seria legal.*

Ele a empurrou na cama, prendendo seus pulsos de cada lado do travesseiro. Os olhos dele se desviaram pelo corpo dela.

— Ainda pode ser bom — ela suplicou. — Eu posso fazer que seja bom para você. É o que você quer, não é? Que seja bom, né? Que seja *de verdade*.

Os olhos dele cruzaram os dela. Ela procurou pelo menor vislumbre de compaixão.

— *Por favor* — ela sussurrou.

Spence a soltou. Ele limpou a garganta, ajeitando o pulôver e alisando o cabelo. Deslocou o torso de um lado para o outro, como se estivesse imaginando um movimento de dança, alongou a coluna, posicionou as mãos atrás das costas e, em um instante, tornou-se o Spence da noite anterior.

— Tudo que eu sempre quis — disse ele, sorrindo casualmente, como se os últimos minutos só tivessem acontecido na mente de Rachel — é fazer *você* feliz.

— E eu estou pronta para te fazer feliz. — Era sua chance, sua *única* chance. — Eu só preciso que você faça uma coisa por mim.

45
CHAVE

— Eu deixei a comadre embaixo da cama — Spence rebateu. — É para isso que ela está lá.

— Eu tentei várias vezes — gemeu Rachel. — Não consigo me soltar com ela. Já é difícil o suficiente quando estou assim... amarrada. Eu preciso sentar em um banheiro. *Por favor...*

Ela não queria perguntar quando ele estivesse com esse humor. Na defensiva, desconfiado. Ela queria o Spence da noite anterior, aquele que falava em estar apaixonado. Mas que escolha tinha? Estava claro agora que, uma vez que *dormissem juntos*, como ele sem dúvida descreveria o estupro para si mesmo, Spence iria embora, fugiria antes que a polícia o localizasse. Ela precisava fazer alguma coisa.

Era agora ou nunca.

— Eu não posso te deixar sair — ele disse.

— Eu não vou *tentar* nada. Você deixou bem claro que a Lily correria perigo.

Ele começou a abrir os botões de sua camisa, começando do colarinho, lentamente, a boca desenhando um biquinho de apreciação, como se ela estivesse esperando por ele de boa vontade na cama. Ele pelo menos a ouvira?

— Spence? *Por favor.* Você disse que nós dois iríamos curtir. Eu só queria estar confortável. Minha barriga está doendo muito.

— Já conversamos o suficiente — ele retrucou, tirando um ombro da camisa, depois o outro, tensionando o peito a cada movimento. Ela nunca o tinha visto sem camisa, e, embora os músculos dele não se dilatassem do corpo como os de Konrad, tinham peitoral que murchava a confiança dela.

Seus olhos vagaram pelo quarto. Mesmo que ele a deixasse usar o banheiro, havia algo que ela pudesse agarrar como arma? O jarro de água perto da cama? A seringa de cloreto de potássio no chão? Ela se sentiu entorpecida e frágil, seus músculos tão fracos que ele provavelmente seria capaz de arrancar o que quer que ela segurasse antes que ela pudesse atacar. E se ela desistisse de pedir para se levantar, e esperasse até que eles estivessem no meio do sexo para pegá-lo de surpresa? Enfiando os polegares nos olhos dele no momento do orgasmo, empurrando até suas unhas cravarem no cérebro de Spence? Mas e depois? Ela ainda estaria presa à cama, morrendo de fome, e desta vez com o cadáver de Spence como companhia. Não, melhor não.

Primeiro, se preocupe com o que fazer.

Ela precisava mudar de rumo.

— Aqui — disse ela, se arrastando até o fim da cama. Ela o pegou.

— Deixe-me...

Spence olhou de sua mão para o rosto, e sorriu. Deu um passo à frente, perto o suficiente para que ela enfiasse os dedos na cintura dele, puxando-o em direção a ela, e deslizando o cinto para fora dos passadores. Ela beijou a barriga dele, bronzeada e reta.

— Eu posso fazer que seja incrível — ela ofereceu, traçando com a língua os gomos no centro de seu abdome.

Ela sentiu o ritmo lento do coração dele. Spence a encarou, sua expressão impassível, e colocou a mão no topo de sua cabeça.

— *Ah, Deus, venha.* — No entanto, em vez de empurrar sua nuca para baixo, ele acariciou seu cabelo com suavidade, como se ela fosse um cachorro bonito que ele pensou que pudesse estar com sarna.

Ela beijou ao redor do umbigo dele, duro como uma moeda. Respirando forte, como se estivesse entrando no clima, ela sussurrou:

— Eu posso fazer isso ser muito bom para você.

Ele levantou o queixo dela com o dedo.

— Você vai?

— Você não perde por esperar.

— Se eu te deixar ir ao banheiro, você vai tornar a coisa *real*?

— Você pode fazer qualquer coisa comigo que eu vou adorar. Eu vou adorar *você*.

— Qualquer coisa? A proposta me interessa — disse ele, com um sorriso afiado. — Eu sempre quis estar em uma relação *experimental*. — Ele balançou a cabeça de um lado para o outro. — Tudo bem.

Quando se levantou, ele ficou perto da porta e mostrou a ela a chave.

— É assim que vai funcionar — disse ele. — Eu vou destrancar, mas você só vai se mexer depois que eu mandar. Por mais que você se estique, eu vou estar do lado de fora da porta, e você pode ficar sentada até morrer pensando no que eu vou fazer com a sua filha. Entendeu?

Rachel assentiu. Ela sentia a corrente de adrenalina, seus pensamentos se intensificando em um ataque de pânico. Como iria se aproximar dele, e especialmente dominá-lo? E se fosse sua única chance de se libertar e ela tivesse estragado tudo?

O que ela ia *fazer*?

Spence se aproximou dela, observando seu rosto. Aos pés da cama, ainda sustentando seu olhar, ele levantou o cadeado onde as correntes se ligavam.

— Eu não vou dar um segundo aviso — disse ele, e deslizou a chave, girando-a e ficando com a fechadura na mão. Com o dedo em riste, ele caminhou para trás até ficar perto da porta do quarto novamente.

— Por favor — disse ele, estendendo o braço em direção ao banheiro da suíte. — Fique à vontade.

Era isso. Ela estava livre. Mas para fazer o quê? Correr? Quando se sentou na lateral da cama e dobrou os joelhos para colocar os pés no chão, sentiu ondulações debilitantes de dor através dos ossos. Seus músculos pareciam finos, mal se prendendo às articulações, que pareciam inteiramente comprometidas. Enquanto isso, ele tinha o abdome trincado e era treinado em artes marciais. Ela tropeçou no tapete, a corrente se enroscando em seus tornozelos a cada passo, suas pernas se movendo como peças de motor que não eram lubrificadas havia anos, desejando exagerar na demonstração de dor, mas cada operação de seus membros inferiores era realmente uma agonia. Seus olhos a seguiam até o fim; mesmo quando ela não podia mais ver seu rosto, sabia que estavam sobre ela.

Ela abriu a porta do banheiro e entrou. Olhou ao redor, com os pés no frio dos azulejos, fazendo um balanço, mas tudo tinha sido retirado — sabonete, pasta de dente, gel de banho. As prateleiras acima da pia estavam vazias, até a tampa do reservatório da descarga havia desaparecido. Ela pressionou a maçaneta para fechar a porta.

— Deixe aberta — disse Spence. — *Por favor*.

Rachel se aliviou no vaso. Não havia esperança. Ela não era rápida o suficiente, ou forte o suficiente, para atacá-lo. Teria que convencê-lo a deixá-la sem se acorrentar. Talvez com o tempo ela pudesse fazê-lo confiar nela. *A que horas? Você acha que ele vai ficar aqui sentado enquanto a polícia está caçando por ele?* Ele provavelmente tinha documentos falsos e um uma prótese de rosto esperando na sala da frente. *Bang, bang*, obrigado, senhorita, depois viajar para o Caribe a fim de celebrar mais uma destruição bem-sucedida da vida de alguém.

— Você disse dois minutos — chamou Spence, alegremente. — Você sabe o que eles dizem. Se não for resolver nenhum assunto, libere a vaga para outro.

— Só... Só mais um minuto... — Ela mordeu o lábio e apertou os olhos, tentando reter as lágrimas. — *Aguente firme!* — Um minuto...

— Mais um minuto para quê? O que ela poderia fazer?

Nada.

Ela se arrastou para fora do banheiro.

Quando saiu, a visão de tudo — Spence sem camisa, com o cinto desabotoado, observando-a da porta, o colchão com a corrente embaixo, espessa como uma cobra, esperando que ela fosse presa novamente — fez correr um tremor de algo próximo ao luto através dela.

— Tudo bem? — ele quis saber.

Cada passo para a cama era como se estivesse lutando contra o vento. Não havia saída. Ela não conseguia pensar em como vencê-lo. Ele ia estuprá-la e deixá-la ali para morrer.

— Calma — ele pediu. — Você disse que seria muito bom. Não queira saber o que eu faço com gente mentirosa.

Rachel tropeçou, seus pés se enroscando na corrente, e caiu sobre o colchão. A bandeja estava ao seu alcance. Mesmo que ela pegasse a seringa, ele a alcançaria antes de ela chegar perto. Ela não queria chorar na frente dele, sabia que não era o que Spence queria ver, mas não conseguia parar.

— Não prenda de novo. Por favor, não me obrigue. Nós podemos fazer isso real. Podemos ser um casal de verdade. Eu vou te amar, eu realmente vou. Só não me prenda de novo.

— Namoradas de verdade não fazem drama antes de... *fazer amor.*
— Ele sacudiu os ombros. — Olha, você está ferrando tudo. Eu me esforcei muito para isso e você está ferrando tudo, e não queira saber o que vai acontecer se você ferrar as coisas para mim. Entendeu?

Algo sobre a maneira desapaixonada como ele falava com ela, como se ela fosse uma figurante que exigisse uma direção menor no filme de sua vida, foi mais arrepiante do que se ele estivesse em cima dela com uma faca. Ela assentiu rapidamente, e se ajeitou na cama.

— Muito bem — disse ele, jogando o cadeado aberto para que ele pousasse ao lado da corrente. — Agora, se você não se importa...

Ah, ótimo. Tão bom quanto cavar sua própria sepultura. Ela procurou um elo fraco nas correntes, mas ambos eram pesados. Ela travou a fechadura.

Era isso.

Ele continuou a se aproximar dela, desabotoando a calça.

— Que tal se nós tirarmos a calça?

Quando ela tirou a sua, ele já estava de cueca, um modelo boxer, igual ao que Konrad costumava usar. Não ficava tão interessante nas pernas de Spence.

— A camiseta também — ele ordenou, movendo-se para que ela a tirasse. — Eu quero sentir sua *pele.*

Ele subiu na cama como um tigre caçador, movendo-se com os ombros, toda a sua atenção sobre Rachel. Ela precisava fazer, e precisava fazer bem-feito, deixar que ele conseguisse o que queria, quanto mais estranho e bizarro melhor, desde que ela continuasse interessante para ele, para que ele não a deixasse ali para morrer.

Ela se aproximou do ombro dele, lentamente, como se estivesse preocupada que ele virasse a cabeça e desse um tapa na sua mão, e o guiou na sua direção. Então eles estavam se beijando, Spence apoiado no cotovelo e se inclinando sobre ela, seu corpo empurrando-a para baixo, uma mão no cabelo dela para que Rachel não pudesse mover muito a cabeça se tentasse. A outra mão dele deslizava pelo seu torso, parando para apertar seus seios, para segurar a carne que permanecera em seu flanco.

Ela não sabia o que esperar, alguma ternura talvez, depois do que ele tinha dito sobre o *amor*, mas não havia nenhuma.

Sua boca se esfregava na dela como se estivesse espalhando peças de um quebra-cabeça, sua língua mergulhava entre os lábios dela como um peixe predador examinando uma caverna escura em busca de presas, a saliva com o sabor salgado do salmão defumado. Quando os dedos dela acariciaram suas costas, ele se esticava ao toque dela, como se quisesse exibir seu físico para ela.

Então ela entendeu. Ele não se importava com *ela*, como ela se sentia, mas com o que ela pensava *dele*.

E outra coisa — a chave para o cadeado estava em sua calça.

Ao lado da cama.

Spence segurou o cabelo dela, puxando-o para trás para que ela tivesse que inclinar o queixo para cima. Deslizou os lábios em seu rosto, mordiscando sua pele, depois correu a língua pela lateral de seu pescoço. Com a outra mão, acariciava entre suas pernas, por cima do tecido fino da calcinha. Ele ergueu a cabeça e, olhando para ela com frieza, colocou os dois dedos mais longos na boca. Quando os tirou, eles brilhavam na luz. Puxando sua calcinha para o lado, enfiou os dedos profundamente dentro dela. Rachel se agitou, com o braço em volta do pescoço dele, despertando a tempo de fazer parecer prazer em vez de susto. Ela gemeu no ouvido dele.

— É isso. É assim que eu gosto.

Ele grunhiu, empurrando os dedos para dentro dela forte e rápido, seu rosto contraído e intenso enquanto ela virava o rosto e lambia seu pescoço, mergulhando a língua no vale ao lado de sua traqueia, as mãos subindo e descendo pelas costas, sua artéria carótida pulsando contra os lábios abertos — agora, *agora*, *AGORA!* Ela prendeu ambos os braços firmemente no pescoço dele e apertou os dentes.

Ele tentou se afastar do peito dela, inseguro, por menos de meio segundo, mas foi tempo suficiente para ela fechar os braços, sua mente ficando branca e vazia enquanto ela pressionava as mandíbulas com a força que tinha, cada centímetro de músculo e tendão trabalhando juntos, e ele se tornou tudo o que ela já havia se privado, cada dor que havia infligido a si mesma, cada crise de autoaversão que havia tirado de sua alma.

Sua boca se encheu com o sabor do metal enferrujado enquanto seus incisivos rompiam a pele dele, rasgando através do músculo fino abaixo. Spence batia nas laterais e no peito dela, mas era como se Rachel tivesse uma força sobre-humana, uma mãe que arranca a porta de um carro em chamas para chegar ao seu bebê, e ele não conseguia se libertar de seu abraço. Ela apertou a mandíbula com mais força, mordendo mais profundamente. O sangue se tornou uma torrente, disparando em sua boca, atingindo a parte de trás de sua garganta. Ela girou para o lado, tossindo borras vermelhas.

Spence rolou da cama e ficou de cócoras, sua expressão mais confusa do que qualquer outra coisa. Ele tocou o pescoço e franziu a testa ao ver os dedos manchados de vermelho. A ferida era profunda e estava aberta, e jorrava sangue como um cano estourado em seu peito descoberto. Seu bronzeado tinha ficado amarelo pálido, como areia.

— Idiota... — ele começou, tentando ficar de pé, mas parecendo estar tonto. Deu um passo rápido para o lado a fim de recuperar o equilíbrio. — Sua puta idiota de merda. Como é que... o que deu na sua cabeça?

Ambos olharam para baixo ao mesmo tempo. Spence caiu sobre os quadris enquanto Rachel se esticava da cama, os braços dela batendo no chão onde as calças haviam estado um momento depois de ele as ter arrancado.

A perna dele estava perto o suficiente para agarrar.

— Por favor. Pense na Lily. Não faça isso com ela...

Spence estava olhando para Rachel, olhos desfocados, oscilando levemente. O sangue parecia estar saindo mais lentamente. E se ele tomasse para trás e morresse fora de alcance? Levando a chave consigo...

Pegue... *pegue agora!*

Ela esticou mais as mãos, as pontas dos dedos roçando os pelos da canela dele enquanto ele deslocou os pés para o lado.

Ele caiu de joelhos. Quando ergueu o rosto com um sorriso esperançoso e promissor, quase parecia estar fazendo um pedido de casamento.

— Divirta-se — disse ele, e desabou.

46
FOME

Rachel olhou fixamente para o cadáver de Spence. Ela sabia o que isso significava, sua situação era definitiva, mas essa consciência parecia estar em algum lugar superficial de sua mente, e uma parte mais profunda dela ainda esperava que ele se moveria, se sentaria, daria uma gargalhada igual à do Coringa e sugeriria que ela era uma imbecil por pensar que poderia se livrar dele tão facilmente. Ela lamentou quando essa expectativa, por mais absurda que fosse, se desvaneceu, porque o que veio depois foi muito pior.

Ela se arrastou para a frente, as algemas se esticando contra os tornozelos, os dedos estendidos, tentando alcançar o braço de Spence. Ele estava talvez a dez centímetros de distância, mas poderia muito bem ser mil porque, a menos que ela roesse as duas pernas, não faria diferença a distância que ele estava, qualquer distância seria imensa. E, se ela roesse sua perna para se libertar, não precisaria mais da maldita chave!

Depois que parou de gritar, xingar e bater no chão, ela voltou para a cama e fez um balanço. Tinha talvez um litro de água na jarra, mais o que quer que estivesse na bexiga. Mais da metade de uma garrafa de vinho branco, e o que sobrara no copo. Alguns chocolates, mas não tantos quanto ela poderia ter comido — por que comera tantos na noite anterior? Ah, e a bandeja da morte. Ela não podia esquecer. Deu um gole da garrafa de vinho e sorriu horrivelmente.

Saúde!

Então ela quebrou duas unhas tentando abrir à força as algemas.

Spence estava certo sobre uma coisa, aquele psicopata maluco de merda. A pior coisa é sentir o arrependimento. As perguntas a atormentavam, dia e noite, rasgando sua sanidade. Por que ela não o tinha agarrado com mais força? Mais alguns segundos, só isso, e ele teria ficado muito fraco para se libertar. Por que ela havia permitido que ele entrasse tão facilmente em sua vida, de qualquer forma? Será que estava tão carente de atenção que precisou oferecer sua amizade tão completamente a alguém que mal conhecia? Ela perdeu a conta das vezes que deu tapas na testa, antes de perceber que estava desperdiçando energia preciosa quando podia repreender-se facilmente usando sua voz interior.

Mais do que tudo, ela desejava que Spence tivesse deixado a televisão ligada, para conferir as notícias, ver se ainda estavam procurando por ela.

Com o passar dos dias e o desaparecimento dos chocolates, juntamente com a maior parte da água limpa, a última de suas esperanças se foi. Ela tentou mantê-la viva, buscando interesses em sua mente — *O que tinha deixado Spence tão irritado? Será que ele podia ter deixado uma pista de onde os dois estavam?* Em seus sonhos, ela via o caso sendo solucionado, as cenas se desenrolarem como se fosse um fantasma na sala, conversas preocupadas sobre com quem ela tinha sido vista pela última vez, perseguições malucas que terminavam em bizarras voltas ansiosas no lugar quando as coisas não se encaixavam nos lugares certos.

No sexto dia, ela ficou sem água. Não que estivesse muito incomodada com esse ponto. Já estava bebendo sua urina, e não tinha um sabor mais agradável depois da segunda passagem pela bexiga. A situação se agravava profundamente, mas, talvez surpreendentemente, ao ser absorvida, parecia perder sua potência; já não parecia um soco em seu espírito como antes. Todas as perguntas, todas as recriminações, todos os medos tinha caído por terra. Para quê? Ninguém viria atrás dela. Ninguém jamais a encontraria ali.

Rachel começou a ver os pontos positivos. Se tivesse que escolher uma maneira de morrer, escolher apenas uma, a fome provavelmente estaria no topo da lista. Ela não se importava com o acúmulo de dor no estômago, nem com a sensação primordial de fome crua que lhe vinha do peito até a virilha e que ela tinha de ranger os dentes para suportar.

Outros terminariam loucos, não poderiam pensar em nada pior, mas essa era uma maratona que ela já tinha corrido, e as sensações físicas, mesmo nos piores momentos, eram suportáveis.

Apesar da dor no corpo, uma serenidade quase filosófica dominava sua mente, um jejum alto como da primeira vez que estivera no hospital, e ela se lembrou de seu passado sob uma luz diferente. Não era amaldiçoada, não merecia tudo o que tinha acontecido com ela, só havia sido azarada por ter crescido com aqueles pais de merda. No entanto, desde o começo, tinha construído uma vida. Tinha sentido o amor de Lily, que, quando adolescente, pensava que ninguém jamais sentiria por ela. *Seja generosa consigo mesma,* repetia ela, para passar o tempo. *Seja grata pelo que você teve. Orgulhe-se do fato de que no final você desejava viver.*

Quando esse mantra deixava de acalmá-la, ela olhava para Spence, apodrecendo no chão a seis metros de distância. Esse era outro ponto positivo, certo? Ele estava morto. Ele poderia facilmente ter feito o que queria, sem emoção, atacando-a como um robô depois de um Viagra, para então sair atrás do próximo alvo na sua lista, talvez até mesmo Lily, deixando Rachel para morrer ali de qualquer maneira. O fedor de seus restos em decomposição tornava mais fácil não pensar em toda a comida deliciosa que ela adoraria desfrutar, então havia isso também. Na verdade, quando ela realmente pensava nisso, seu poço de boa sorte transbordava.

Olhando para ele ali, tão perto, tão, tão perto, alguma coisa faiscou em seu peito. Tentando conservar energia, ela não se movia fazia dias, mas agora tentava levantar a perna. Como era de esperar, a perna parou quando a corrente se estendeu. Ela inclinou os dedos dos pés para a frente, e seu coração bateu mais rápido de repente.

Ela tinha perdido tanto peso que a algema estava cedendo.

Ela se esparramou na cama e se inclinou para olhar mais de perto, seus membros em agonia enquanto os forçava a ficar na posição. Não era muito, mesmo assim a pele do seu tornozelo deslizou contra o acolchoado onde antes estava apertado.

Ah, meu Deus. O estofamento.

Por que ela não pensou nisso antes?

Rachel segurou a pele falsa — estava costurada no couro —, mas o revestimento não se afastou do núcleo metálico.

A taça de vinho. Ela a chocou contra o chão. Pegou um dos cacos e cortou o couro, revelando o núcleo de ferro embotado por baixo.

Tentou puxar o metal nu sobre o tornozelo, a borda raspando a pele, mas, embora estivesse muito mais frouxa agora, ainda não conseguia dobrar o pé o suficiente para que saísse. Tinha sido o suficiente para alcançá-lo? Ela se colocou em posição, respirando com força, os músculos esticados, preparando-se para pular.

Três, dois, um — *vai!*

Ela se impulsionou para fora da cama, o braço esticado com tanta força que parecia que seu ombro poderia arrebentar. Bateu no chão com um baque. Quando olhou para onde sua mão pousou, o desapontamento inundou-a tão rápido que ela estourou em soluços.

Ainda estava a alguns centímetros de distância.

Não importava o quanto esticasse, as pontas dos dedos eram sempre curtas demais.

Ela se arrastou de volta para a cama e pegou o pedaço de vidro que havia usado para cortar o estofamento. Não precisava ser muito. Alguns centímetros...

Ela cortou a manga da blusa, amarrou-a abaixo do joelho, apertando o suficiente para que a panturrilha pudesse pulsar, depois segurou o vidro com um pedaço de pele.

Não pense. Apenas faça.

Rachel endireitou o pé, esticou a contenção e depois apunhalou o caco de vidro na parte superior do calcanhar. Ela gritou enquanto rasgava até a carne fina. A dor queimou sua perna, subindo como um choque elétrico pelo tronco acima, até o cérebro. *Não pense.* Ela rasgou a pele, contornando o pé, o sangue escorrendo em mão. Gritava a cada nova ferida, sua mente furiosa, os dedos cortados, a mancha de sangue no colchão ficando maior. Ela puxou a algema, torcendo-a e, sentindo a pele rasgar, gemendo quando ficou presa, todo o seu corpo tremendo, o suor inundando seus olhos. Era o suficiente? *Era o suficiente?* Ela olhou para a poça de sangue onde seu pé estava. A maior parte do calcanhar tinha desaparecido. Seu tornozelo estava preso na algema. Ela não conseguia mexer o pé, que parecia morto. Soltou o caco de vidro e caiu sobre a cama, nadando no chão na direção de Spence, seu hálito parecendo estranho e miserável.

Não precisava se esticar muito para alcançá-lo. Um pouquinho mais era suficiente para que seu braço se aproximasse o suficiente para agarrá-lo. O rigor mortis tinha tornado seu corpo pesado e duro, mas a euforia diante do que havia feito, a vitória em alcançá-lo, propiciaram a injeção de adrenalina de que ela precisava para afastá-lo e conseguir pegar a calça que ele segurava na mão.

A chave ainda estava no bolso.

Quando caiu no chão na vez seguinte, ela estava livre das algemas. O torniquete estava fazendo seu trabalho de mantê-la viva, mas o sangue ainda escorria, muito sangue sendo perdido, e ela mal saíra do quarto quando seu corpo estremeceu, e de repente sua energia foi a zero.

Isso não poderia estar acontecendo. Tudo que ela tinha feito para se manter viva, para se libertar — ela tinha que pelo menos sair do apartamento! Ela esticou o braço, arrastou-se para a cozinha, sua perna um peso morto. Toda vez que pensava que não podia mais, conseguia avançar com a mão, içar o corpo um pouco mais. A cabeça pulsava, e o suor frio lhe cobria a pele. Foi só quando chegou à sala que ela caiu em si — e se ele tivesse trancado a porta? Bem, se fosse assim, então ela estava pronta para se entregar. Estava cansada demais para procurar as chaves.

Ela já choramingava enquanto agarrava a maçaneta, esperando que a porta ficasse presa ao batente, e ficou muito chocada para reagir quando foi aberta e Rachel desabou no corredor de concreto. Ela tinha conseguido. Estava livre! Mas não podia mais nada, não conseguia se mover. Havia outros apartamentos no corredor, então ela só tinha que esperar alguém chegar em casa, vê-la e chamar uma ambulância.

À noite, essa esperança havia evaporado. Ela tinha ficado ali deitada o dia inteiro, à deriva, à espera do momento em que alguém passaria e veria que ainda estava viva. Foi só quando a noite caiu, e Rachel tremeu no ar frio, que percebeu a verdade. Ninguém viria, porque ninguém morava ali. Durante todo o tempo em que ficara no apartamento, nunca tinha visto uma sombra sequer passar no corredor atrás das cortinas. Spence provavelmente era dono de todos os apartamentos do andar, ou mesmo do prédio inteiro. *Com uma mulher acorrentada à cama em cada um deles!*

Logo se tornou frio demais para ficar do lado de fora. De alguma forma Rachel se arrastou de volta e puxou sobre o corpo o edredom que felizmente ainda estava no sofá. Ficou enrolada junto à porta, mantendo a respiração rasa, cada uma deixando entrar um fino sopro de ar que mal raspava sua garganta a caminho dos pulmões.

Quando sentiu necessidade de urinar e a urina não saiu, ela soube que estava quase no fim.

Ao menos não iria morrer acorrentada àquela cama.

Era leve, depois não era, e se repetiu. Ela perseguia os sonhos, porque, quando sonhava, ainda estava viva. Eventos do passado, reimaginados de maneira bizarra; delírios lúcidos nos quais ela andava pelo apartamento, procurando a saída, tão real quanto estar acordada; o nascimento de Lily, mas sem a dor, apenas estando lá novamente para isso, e segurando-a quando ela veio ao mundo. Rachel segurou a cauda daquele sonho e não a largou, forçando sua mente a imaginar mais e mais o peso de sua filha em seus braços ainda bebê. A cada sonho, ela se preocupava que o próximo pudesse ser apenas escuridão. Logo essa preocupação foi embora também, e ela se tornou apenas a sensação de algo, um sentimento de resistência, como se estivesse fazendo cabo de guerra com sua mente. Nunca soltava completamente.

Segure... Segure... vamos lá, segure... solte! Sem resposta. Recarregue e vamos lá, e — solte! Sem resposta. Recarregue mais uma vez. Vamos lá, vamos lá, eu sei que você está aí. E — solte! Eu tenho o pulso. Tragam o tubo! Preciso de um gasômetro aqui, agora!

EPÍLOGO

— Se você não comer o seu almoço — disse Rachel, encostada em Lily com uma cara boba. — Então *eu vou*...

Lily torceu a boca, decidindo claramente se a posse da torrada era mais importante do que não ter mais fome.

Rachel ergueu a mão sutilmente e em um movimento arrancou a fatia do prato de Lily, dobrou-a ao meio e enfiou-a na boca.

— Haha, você perdeu. — Ela mastigou a torrada.

— Devolve!

— Vem cá, passarinho — Rachel se inclinou para ela, gargalhando.

— Não, mamãe! Pare, mamãe!

Konrad colocou a cabeça na cozinha.

— Hum, muito bonito. Fazendo bagunça enquanto *poderia* estar aqui comigo e com seu pai, ajudando com a decoração.

— Quero comer chocolate, — declarou Lily, deslizando de sua cadeira e marchando decidida para fora.

Konrad deu a Rachel um olhar questionador, mas divertido, e em resposta ela encolheu os ombros.

— Eu vou ter que carregá-la para a cama hoje à noite — disse ela, levantando a mão para ele ajudá-la. — Mas é uma festa.

Konrad a puxou com um cuidado excessivo, pausando a cada momento para verificar se ela estava bem, como se fosse uma animação em stop-motion, e estava ficando pior à medida que ela se tornava maior e menos móvel. Todos diziam que ela estava muito maior do que na época de Lily porque ela estava esperando um menino, mas Rachel sabia que a razão era muito mais simples do que essa: comida. Talvez, sem surpresas, ela tivesse desenvolvido um ódio patológico à fome. Ela ainda não gostava do peso a mais, principalmente no ritmo em que estava inflando, mas detestava mais sentir fome.

— Só um minuto — disse ela, esticando a coluna. Ele beijou sua bochecha, dizendo para não ter pressa.

Ela parou com a mão no encosto da cadeira, e olhou pela janela da cozinha. De alguma forma, Londres sempre parecia uma cidade diferente na primavera, com as abelhas flutuando preguiçosamente ao redor dos arbustos frondosos, a luz do sol clareando o amarelo baço dos tijolos, as pessoas circulando sem seus casacos de inverno, sorrindo como se estivessem de férias.

Mesmo agora, quase um ano e meio depois, ela se movia lentamente, sempre mancando um pouco, mesmo depois de ter colocado o corpo em movimento, se se fazia acompanhar, tanto nos dias bons quanto nos maus, de um suave gemido de dor. Após ser encontrada, ela havia passado meses entrando e saindo de hospitais. A fisioterapia tinha sido cansativa — ela tinha cortado vários tendões do pé —, mas ela sabia o que esperar, tinha praticado muito sozinha, então tentou ver esse tempo como uma chance de refletir antes de, de certa forma, voltar ao mundo real. Seu pai vinha vê-la todos os dias, e eles conversavam longamente sobre o passado, sobre a vida. Ele contou a ela pela primeira vez sobre seu próprio pai, também alcoólatra, e que ele havia morrido em seus braços, porque naquela época não havia telefone em casa para chamar uma ambulância. Rachel chorou por horas depois que ele foi embora.

Konrad veio na maioria dos dias também, primeiro como amigo, mas em pouco tempo como algo mais. Quando ela teve alta pela última vez, ele a levou para casa, e, bem, as coisas *aconteceram*. No primeiro exame, todos declararam ser um milagre, embora ela preferisse o termo *desastre do caralho*. Fisicamente, ela não sabia como iria lidar com isso. Nem conseguia pegar Lily no colo. Aqueles dias tinham ido embora para sempre.

Saber que seu corpo estava tão destruído que ela não conseguia nem levantar a própria filha a deixava tão triste, lágrimas apareciam quando pensava nisso, até que ela se lembrou: *seja generosa, seja grata, tenha orgulho*. Apenas palavras, mas sempre faziam a diferença. Então, ela se convenceu de que estava provavelmente fazendo melhor do que esperava, ou do que qualquer um esperava quando a encontraram.

Foi o pai dela que descobrira o apartamento de Spence. Junto com Konrad, ele passara por cada posto de táxi preto em Londres, conversando com os motoristas, mostrando fotos dela e de Spence. Um dos taxistas que encontraram em Euston disse que poderia ter levado os dois, e permitiu que Mark verificasse seu histórico de GPS. Ele descobriu que eles tinham sido deixados em um ponto perto uma galeria de lojas em Tottenham.

Eles foram à polícia, implorando que revistassem todas as casas, mas não foram atendidos. Havia trezentas mil pessoas morando em mais de setenta mil propriedades na mesma área. Além disso, novas evidências — e-mails românticos salvos em seu laptop, reservas de balsa para dois na França — sugeriam que ela e Spence podiam simplesmente ter fugido do país juntos.

Se a polícia não ia procurar, eles iriam. O pai dela a encontrou no oitavo dia de busca. Rachel não errara muito no fim das contas. Spence era dono de todos os apartamentos do último andar. Os restos mortais de Rowena foram encontrados duas portas à frente.

O pai de Rachel veio para a cozinha, sentindo o joelho. Andar pela rua durante doze horas por dia ferrado tudo de vez. Ele ia precisar de uma cirurgia, mas continuava adiando, dizendo que queria estar de pé para ajudar com o bebê. Ele pegou a mão dela e esfregou suas costas.

— Estamos quase terminando lá dentro. Por que você não se levanta e se arruma?

Rachel se inclinou e lhe deu um abraço.

— Obrigada, papai.

Ela não queria esse chá de bebê, ou qualquer outra desculpa para a celebração barulhenta que lhe havia sido imposta desde que saíra do hospital; ela detestava ser o centro das atenções, e as inevitáveis perguntas sobre sua recuperação. Mas, para ser justa, eles tinham feito a sala ficar bonita.

Correntes de papel com laços nas paredes, e balões de todas as cores tinham sido espalhados pelo piso. Mark tinha até pendurado um banner bonito dizendo: "Olá, mundo", que aparentemente era algum tipo de piada geek. Talvez fosse. Era tão engraçado quanto as outras piadas geek que ele tinha contado para ela.

Mark foi o primeiro a chegar, trazendo presentes tanto para ela quanto para Lily.

— Eu não podia presentear uma e deixar a outra chupando o dedo — disse ele, apertando calorosamente seus ombros.

Rachel levantou um dedo para ele esperar, demorando para mastigar e engolir um cupcake.

— Isso é algum tipo de assédio?

Mark se afastou dela como se tivesse acabado de perceber que ela estava infectada.

— Você é uma idiota.
— Onde está a Ella?

Ele fingiu pentear o cabelo em um espelho.

— Eu não queria que ela ofuscasse o meu *estilo*.
— Você precisa ter um estilo para alguém poder ofuscar.
— Rá rá rá. — Ele balançou a cabeça, sarcástico. — Essa foi demais. Ela vem mais tarde. Me falou que adora chá de bebê.

Rendida com o tema da festa, Rachel o cutucou nas costelas.

— E aí???

Ella não era a primeira namorada de Mark. Desde que Qui desaparecera de sua vida, não tão coincidentemente no mesmo dia em que a notícia do sequestro se espalhou, ele tivera uma vida amorosa bem movimentada, saltando de garota em garota como um nerd garanhão. Mas a coisa com essa parecia um pouco diferente.

Mark encolheu os ombros e abriu um sorriso tímido, mas cheio de segundas intenções.

— Fizemos uma codificação juntos ontem à noite. Foi *sensacional*.
— Vocês definitivamente nasceram um para o outro. Sempre tem um chinelo velho para um pé cansado.
— Que tal passarmos aqui para uma visita? Você pode nos mostrar o lugar. — Ele arrancou o resto do bolinho da mão de Rachel. — De qualquer forma — disse, dando uma mordida. — O mais importante... E *você?* Você sabe, a *pergunta?*

Rachel se pegou a caminho de revirar os olhos. Ela havia pensado um pouco mais nos dias anteriores. Não é que não quisesse se casar com Konrad, ou que não os visse juntos em vinte anos. Ela meio que via, e definitivamente poderia, mas estava preocupada que fosse pelo motivo errado, por causa do bebê, e não dela. Embora uma parte mais calculista da sua mente lhe aconselhasse aceitar. O que importava se fosse apressado, se fosse mais pelo bebê, porque não era só isso que ela queria, que ela e Lily fizessem parte de uma família?

— Só para constar — disse Mark —, eu acho que você deveria aceitar.

— Esqueci que vocês são amiguinhos agora.

Mark sorriu.

— Ele me deu umas dicas sobre a pesagem dos abdominais, e o treino de shakes de proteína. Bom, acho que é mais ou menos isso. Ah, espere, acho que é o contrário.

— Você é tão engraçado. Um dia eu quero ser tão engraçada quanto você.

Ele espetou os dedos nas costelas dela, então ela gritou deu um pulinho.

— Você nunca vai ser tão engraçada quanto eu.

— Cuidado — disse ela, batendo em sua mão. — Você vai fazer o bebê chegar mais cedo.

Konrad apareceu, trazendo Lily pela mão, com um chapéu de festa inclinado e os olhos brilhando por causa do açúcar. Ele sacudiu um dedo para Mark.

— Esse cara está incomodando você?

— Sim, pode colocar pra fora.

Lily balançou o braço de Konrad, repetindo:

— Coloca pra fora! Coloca pra fora!

Mark fingiu estar magoado.

— Ei, eu sou seu pai. Você não pode me expulsar. Mamãe, diga a Lily que ela não pode colocar o papai pra fora.

Antes que Rachel pudesse responder, a campainha tocou.

— Deve ser Becca.

— É melhor ela trazer alguma coisa borbulhante para ajudar a calibrar — disse Mark. — Se eu tiver que lidar com você nesse clima *engraçado*.

— Sinto muito — ela respondeu. — Acho que a Becca não está borbulhando mais. — Ela lhe deu um tapinha no peito.— Eu deixo a porta aberta para você fugir.

Quando Rachel voltou, o pai dela estava lá com o telefone preso ao seu novo brinquedo, um pau de selfie.

— Vamos lá — disse ele, esticando o braço para ela. — Venha.

Ela não se preocupou em conter seu gemido, mas aceitou o braço de seu pai de qualquer maneira. Konrad chegou pelo outro lado, levantando Lily mais alto para que ela estivesse no ângulo da câmera. Enquanto eles sorriam, esperando a lente captá-los, Rachel tentou não pensar nas pessoas que poderiam ver a foto, pessoas que ela não conhecia, mas que poderiam conhecê-la, que poderiam segui-la, que poderiam estar esperando nas sombras para arruinar sua vida novamente.

Ela tentou não o fazer, mas pensou nisso de qualquer maneira.

Clique.

AGRADECIMENTOS

Este livro foi difícil de escrever. Ele trata de algumas questões obscuras, e eu precisei mergulhar fundo para compreendê-las. Por mais de uma vez cheguei a pensar que não conseguiria terminá-lo. Mesmo quando estava concluído, quando a última de muitas versões ficou pronta, eu ainda tinha dúvidas quanto a ter feito justiça a Rachel e sua história. Isso tornou ainda mais especial o fato de ter encontrado uma editora como a Bloodhound Books disposta a aceitar esse desafio. Por isso, eu gostaria de agradecer primeiramente a essa equipe, que fez tudo acontecer: a Fred, que ouviu a ideia por alto em Harrogate e me encorajou a enviar o manuscrito (embora provavelmente só tenha feito isso por educação), a Betsy, por apostar em um romancista inédito, e a todos os amigos do design e do editorial, por fazerem deste o melhor livro que ele poderia ser.

Em seguida, gostaria de agradecer aos meus grandes amigos/principais leitores/carrascos, que me deram um feedback incrível sobre os primeiros rascunhos. Val, que leu o conto original e sugeriu que daria um bom romance; Jilly, que me fez perceber que eu precisava repensar o nome do personagem principal; Jonny, por insistir que eu fizesse um final mais terrível; Tashy, por realmente aquecer o personagem de Dimitri; ao meu querido irmão Adam, que me disse o que eu não queria ouvir, e por estar certo sobre tudo o que falou.

Um obrigado especial a pessoas que deram opiniões ponderadas e incisivas sobre os capítulos iniciais nos momentos certos: Liz Barnsley, Kate Burke e especialmente Marie Henderson, que também me carregou para a Harrogate, onde eu joguei o livro nas mãos de Fred.

Os mais importantes: minha família. Minha mãe e meu pai, que trabalharam duro para fazer de mim a pessoa que sou hoje, e providenciaram toda a canja de galinha necessária para fazer isso acontecer. Minha melhor amiga peluda, Boddington, e minha filha mágica, Amelie, cujo maior truque é me trazer alegria a cada momento do dia. Finalmente, a mais importante de todos, minha maravilhosa esposa Delia. Obrigado por ler praticamente tudo o que já escrevi (e foi muita coisa!), por mais confuso, depravado ou terrível que fosse. Você significa tudo para mim. Eu não poderia ter chegado até aqui sem você.

Sucessos
ubk Publishing House

Doze dias

Em um castelo remoto, na Itália, velhos amigos se reencontram em um retiro para comemorar o Natal. Seria uma reunião para recordar os velhos tempos, quando o grupo se encontrava para estudos bíblicos sob o olhar vigilante do reverendo James. Mas feridas do passado ainda estão abertas e cada um deles parece ter um assunto pendente para esclarecer.

Uma nevasca sem precedentes, paredes tão grossas que nenhum grito pode ser ouvido do lado de fora e um museu da tortura, com os mais terríveis instrumentos à disposição, formam o cenário perfeito para um acerto de contas. À medida que a tensão aumenta, e os convidados se tornam vítimas, os sobreviventes precisam descobrir quem é o assassino entre eles... antes que se tornem o próximo alvo.

Na mente de um assassino

Esfaqueamento relatado no parque Brunswick Square Gardens.

A chamada no rádio interrompe a corrida matinal da sargento Alice Parr. A dois minutos do local, ela é uma das primeiras a chegar à cena do crime. O que a detetive não esperava era encontrar a vítima ainda consciente, lutando pela vida. As chances de sobrevivência são mínimas e, pouco antes de ser transportada para a ambulância, a mulher parece sussurrar algo para Alice...

A informação desencadeia uma corrida pela identidade do autor do crime. E, de um dia para o outro, a experiente sargento da Polícia Metropolitana de Londres se vê dentro de uma intricada caçada, sem saber se está prestes a capturar um criminoso internacional ou se está jogando exatamente da forma como ele planejou.